她與他與祂的
召靈
大逃殺
散狐 著
天由 繪

序章

原木的辦公桌面散發著玫瑰色的光澤，溫潤的檯燈光線照亮了擺放在桌上的玻璃箱。一陣讓人忍不住冒起雞皮疙瘩的窸窣聲，鑽出透明的箱蓋，蔓延在黑暗的室內。

軟底皮鞋踩踏在地毯上，幾乎沒有發出任何聲音，一道人影走到桌邊，緩緩落座，他交疊起雙手，觀察著玻璃箱中的騷動。

色彩斑爛的蜘蛛、蜈蚣和毒蠍，各自占據玻璃箱一角，一邊悄悄移動著自己的位置，一邊彼此對峙著。

燈光照亮了人影的面龐，男人那正開始帶點灰白的頭髮，和梳理整齊的短鬚，勾勒出冷硬的臉部線條，黑色的西裝，與他的氣質相當般配。

男人專注地看著玻璃箱中三種帶有劇毒的生物，像是在等待著什麼訊號發出，整齣戲劇才會正式揭幕。

一切就在轉瞬間發生。

張牙舞爪的毒蠍首先發動攻擊，一對巨鉗大張，尾部的毒刺高高翹起，朝四處遊走著的蜈蚣衝去。

大蜘蛛的八隻長腿一彈，跳到正夾住蜈蚣猛刺的蠍子身上，尖銳的毒牙扎入蠍子體內，注入毒液。

正死命掙扎的蜈蚣，甩動多節且靈活的身體，咬住大蜘蛛肥碩的腹部。

三隻色彩鮮豔的毒物，在狹小的空間內纏鬥，殺得難分難解，男人的眼神也始終沒有離開玻璃箱過。

「老闆。」

黑暗中傳來一道聲音，暫時分散了他的注意力，男人抬起頭，身穿鼠灰色西裝的下屬對他鞠了個躬。

「已經開始了。」

「那麼，我們也該做準備了。」男人淡淡地說道，用指節輕敲著原木桌面，在辦公桌的邊緣，立著一塊燙金的木製名牌。

歐陽旭，這三個字被金色的藤蔓圍繞、捧起，鐫刻在木紋中。

「老闆，我還是不大懂。」擔任助理的男子瞇起細長雙眼端詳起玻璃箱中的死鬥，語氣中透露出疑惑：「在這場競賽中，我們要做些什麼？您說的『御靈京』，究竟是什麼呢？」

啪唧一聲輕響，蜈蚣的身體被蠍子剪斷，體內汁液四處噴濺，數十根短足快速痙攣蠕動，但卻沒有馬上死去，而是更死命地咬住蜘蛛的身體。

「說起來，還沒詳細和你解釋過呢。」名為歐陽旭的中年男子放下交疊的雙手，坐直身體，「伊凡斯，你知道在人類的歷史文化中，有許多魔法怪物的傳說吧？」

「您是指會噴火的飛龍，或是獨角獸、妖精之類的嗎？」

「那只是其中一部分而已。除了正式文獻中的記載外，包括神話故事、民間流傳的奇聞軼事，甚至是童話和都市傳說，在人類豐富的想像力醞釀下，各式各樣的怪物透過口耳相傳的方式，在世界上存在已久。」

「這些都只是虛構的生物，不是嗎？」伊凡斯細長的眼角，像是透著笑意，即使他的內心此刻並沒有半點快樂的情緒。

「的確是虛構的沒錯。」歐陽旭點頭同意，「但經由人類的想像創造出來的怪物，在世界各地流傳後，因為許多『相信』的意念，而逐漸有了力量和意識。這些意識，統稱為『御靈』。」

伊凡斯的注意力，稍微被辦公桌上的騷動給拉了過去。

玻璃箱中的激鬥已進入下個階段，力盡的蜈蚣啪一聲落在箱底，一動也不動，剩下的大蜘蛛和毒蠍彼此噬咬，扭成一團，發出外骨骼互相碰撞的咯咯聲。

「源於人類想像的御靈，也有能力附著於人類身上，並透過人類『相信』的力量，進一步擁有實體，進而在世界各地引起騷亂，殺傷人命、毀壞建築等等。」歐陽旭垂下眼簾，觀賞著蜘蛛與毒蠍的殊死一戰，「為了避免這些情況繼續蔓延，人類中比較有能力和腦袋的一群，想出了一個辦法。」

「是什麼辦法呢？老闆？」伊凡斯恭謹地追問。

「既然人類無法解決御靈，那就讓他們解決彼此吧。」歐陽旭意有所指，「每過百年，人類的能力者就會操縱某個區域的地脈，將該地變為適合御靈聚集的地方，吸引世界各地的御靈集中於此，讓他們自由附身在城市內的居民身上，成為一個個『御靈者』。」

伊凡斯站在辦公桌前，默默咀嚼著這個全新的單詞。

「御靈者和搭檔的御靈，會被強制待在該地脈圍繞的城市中，限制活動範圍、逼迫他們自相殘殺，而這個被選定的城市，就叫做『御靈京』。」

「原來如此，這樣就能有效減少御靈的數量，最後只要想辦法對付剩下的少數個體就行了，對吧？」伊凡斯眼神亮了起來。

「只對了一半。」歐陽旭拿起桌邊的酒瓶，替自己斟了一小杯紅酒，對著玻璃杯邊緣輕啜了口，「廝殺到最後，只會產生一個勝利者，而不是少數群體。」

伊凡斯疑惑地偏了偏頭。

「身上附著御靈的人類，只要踏出規定的範圍外，就會被地脈中的法術侵蝕全身，當場死亡，搭檔的御靈也會因為失去憑依之物，跟著魂飛魄散，化為單純的能量被吸入地脈中。所以要逃出這場生存遊戲，是不可能的。」歐陽旭舉起酒杯，透過燈光觀賞紅寶石般的液體，「至於為什麼我說，必定會有一位勝利者，那是因為……」

啪嘰一聲輕響，被重重蛛絲捆住的毒蠍，被大蜘蛛咬下了腦袋。

「據說，最後剩下的御靈者和御靈，會成為『神』。」

伊凡斯微微睜開瞇起的雙眼。

室內恢復了短暫的寂靜，大蜘蛛專心地吸吮著戰敗對手的體液，色彩斑斕的身體一鼓一縮著。

「老闆，這是什麼意思？」

「說成為神是籠統了點，簡單來講，當剩下唯一一組御靈者和御靈時，儲存著所有戰敗御靈能量的地脈，就會將所有的意識能量釋放，灌注在僅存的御靈身上。」

吸乾毒蠍屍體的大蜘蛛，挪動著稍嫌臃腫的身軀，攀上蜈蚣的殘骸，張開口器，狠狠咬下。

「這股龐大的意識能量，會讓原本只是御靈和御靈者的個體，昇華為超越御靈的存在，也就是『神』。」歐陽旭握住拳頭，眼神中閃爍著充滿野心的光芒。

「執行完這個儀式後，在百年內能大大削弱御靈們的元氣，直到下個百年，妖魔們因為人類意識能量的高漲恢復活動，才會再次選定御靈京的地點，這就是利用人類的肉體，來逼迫所有御靈相互交戰，以此削減數量的解決方案。」

「的確有其道理……」伊凡斯托住下巴，消化著剛得到的資訊。

「御靈是人類想像的具現化產物，所以這場大混戰的場地，必須選擇在足夠多人類的居住之處，才能支撐眾多御靈聚集時，匯聚的意識能量，因此『御靈京』的選定地點，多半是繁華的大都市，這也是為什麼我會臨時把公司的總部搬遷至此的原因。」歐陽旭站起身，走到巨大的玻璃帷幕落地窗前往下望，辦公大樓居高臨下，美麗的城市夜景一覽無遺。

桌上的檯燈不穩地閃爍了幾下，玻璃箱中，一團黑影正蠢蠢欲動。

「這塊土地，就是本次御靈京舉辦的場所，而我，將贏得這場大戰的勝利，成為神！」

歐陽旭背對著豪華的辦公室，緩緩攤開雙手，露出自信又張狂的笑容。

伊凡斯望著他的背影，也忍不住跟著勾起嘴角。

這個不可一世的男人，即使本身就擁有深厚的家世背景，卻一刻也沒有停止算計和努力，不斷向上攀爬，終於在剛步入中年的時候，獲得了富可敵國的財富，以及一聲令下就能調動一個城市資源的權力，但他卻依然沒有感到滿足。

「成為神」就是歐陽旭的下一個目標。

即使是現在，伊凡斯也深信著，這個男人將會獲得前所未有的成功。

「那麼，就先從計畫的下一步開始執行吧，從找到『那個御靈』，並收歸旗下開始。」

「是！老闆。」

玻璃箱中，吸收了其他兩種毒物體液的大蜘蛛，爬上敵人的屍首，昂起前半身，細長的四隻前腳舉向天空，誇耀著自己的勝利。

「這場大戰結束後，我將升格為神。」

第一章

「接下來為您報導晚間新聞，歐陽財團在新的辦公大樓落成後，即將把公司總部遷至藍灣市，財團經營人歐陽旭表示……」

「親子丼和柴魚湯，親子丼和柴魚湯，請問是哪位客人的？」

「啊，抱歉，是我的。」戴著黑框眼鏡、穿著學校制服的長髮女孩，趕忙將視線從店家掛著的電視機上轉開，跑到櫃檯前。

「來，這樣一共六十五元。」

裝著紙盒的塑膠袋，和女孩遞上的銅板交錯而過。

「謝謝惠顧！別忘記餐具喔。」

「謝謝您。」女孩微微鞠了個躬，拎著塑膠袋往馬路上走去。

黃昏時分，天際一片紅霞，夕陽映照著波光粼粼的海面，反射出點點金光。

臨海的藍灣市，是一座緊靠在大陸旁的彎月狀小島，儘管面積不算大，但發達的港口和興盛的商業，還是讓它成為了一座繁榮的都市，島上從教育機構、醫院到娛樂場所，無一不備，提供了市民安穩且便利的生活環境。

女孩身穿繡有藍灣高中校徽的制服，側背書包的名牌上，則工整的寫著「姜澪」兩個字。

夕陽漸漸消失在海平面上，最後一絲餘暉打在人行道的石板路上，被姜澪輕輕踩過。

她離開車輛川流不息的大馬路，彎入陰暗的小巷中，沿著歸家的捷徑緩步走著。

走慣的小巷始終安靜且凌亂，幾輛摩托車隨意地停靠在路邊，壓縮行人走動的空間，一些零散的垃圾則翻倒在角落，靜悄悄的不出半點聲息。

所有事物就像平常那樣。

除了擋在路中間的長髮女人外。

姜澪眨眨眼睛，放慢腳步，身邊的寂靜顯得有些詭異。

隨著彼此慢慢拉近的距離，女孩平滑的眼鏡鏡片上，也反射出長髮女人的身影。

亮麗的大眼睛配上白皙的皮膚，烏黑的長髮與高眺的身材，雖然臉上戴著一副醫療用的口罩，遮住了半張臉，不過光憑以上條件，想必任誰都會覺得她是一個美人。

「吶，小妹妹。」長髮女人在姜澪低頭經過自己身邊時，出聲叫住了她。

「請、請問有什麼事嗎？」一遇到店員以外的陌生人，就會忍不住結巴的姜澪，戰戰兢兢地抬起頭，仰望比她高出一個頭的女人。

「我可以問妳一個問題嗎？」

「嗯……請說……」姜澪腳下的影子微微顫抖著。

「妳覺得我漂亮嗎？」

女人的臉龐突然靠近，即使隔著口罩，姜澪也能感覺到一陣陣冰冷的吐息。

「漂、漂亮……」有點慌了手腳的姜澪，後退了一步，牙關不住打顫。

長髮女人瞪視著姜澪的雙眼，緩緩舉起雙手，解下擋住臉部表情的口罩。

姜澪腳下的影子劇烈震動。

「那這樣呢？」

女人咧開一路延伸到耳際的嘴角，露出血淋淋的牙肉和面頰肌理，兩排尖銳的牙齒互相摩擦著，發出令人毛骨悚然的聲音。

姜澪撲通一聲跪坐在地上，恐懼在她臉上蔓延，但女人沒有因此放過她。

長髮女人將那張裂嘴貼到姜澪面前，緩緩、緩緩地又問了一次。

「我這樣，漂亮嗎？」

姜澪身下的黑影變形、扭動著。

長髮女人手中，握著一把銳利的手術用剪刀，貼在姜澪微張的小嘴邊，閃著寒光的刀刃張開。

「漂亮嗎？」女人瞪大眼睛，額頭抵在姜澪的劉海上，語氣突然加重，冰寒的氣息和血腥味從裂嘴中噴出，灌入女孩的鼻腔。

「漂、漂……漂……」淚水在姜澪的大眼中打轉，因為緊張蔓延至全身的僵硬感，讓她甚至沒有辦法移動腳步逃命。

「漂亮……」

「不要回答！」

姜澪還沒反應過來，女人猙獰的臉龐就從她面前消失，已經稍微割破女孩嘴角的利剪，也鏘啷一聲，掉落在地。

女人失去頭顱，身體向後倒去。

「這種御靈，是叫『裂嘴女』的都市傳說妖怪，如果妳剛剛回答『漂亮』的話，嘴巴就會被剪開，變得和她一樣，如果回答『不漂亮』，就會直接被殺掉。」

姜澪睜大眼睛，看著身穿白色上衣和牛仔褲的大男孩走了過來，雙手各提著一把亮晃晃的獵刀。

剛才他從小巷旁邊的建築屋頂一躍而下，交錯雙刀，瞬間把裂嘴女的頭給砍下，速度快到姜澪還來不及眨眼，裂嘴女就已經倒地不起了。

「什麼……你是……誰？」姜澪一緊張就會忘記呼吸，試了好幾次才好不容易喘過氣來。

「噢，看來妳是搞不清楚狀況的那一群。」男孩收起獵刀，隨便把裂嘴女的屍體踢到一邊，走到姜澪面前說：「站得起來嗎？眼鏡女。」

「你殺了她嗎？」看著女人無頭的身體，姜澪忍不住打了個寒顫。

「不算，她脫離了御靈者的身體，不算真的活著了，應該說，御靈這種東西，本來就是一種概念，並不擁有生命，妳自己看吧。」男孩指了指裂嘴女，她的身體正在慢慢蒸發，化成一縷混合著點點白光的輕煙。

男孩回身一抓，用手掌捉住一小團光霧，仔細揉了兩下。

「嘖，什麼爛能力。」他滿臉唾棄地放開裂嘴女的光霧，雲團脫離手掌後，咻的一下被吸入地面，消失無蹤。

「我、我不大懂……」姜澪結結巴巴地說道，眼前混亂的情況讓她不知所措。

「我知道妳什麼也不懂，先站起來吧，此地不宜久留。」男孩對姜澪伸出手，把她從地面上拉起來。

直到面對面的當下，姜澪才意識到，眼前的這個男孩，是如此的不尋常。

一頭短髮染成全白，劉海處卻又挑染上紫色，運動員般的體格，讓他看起來更加高大，他的眼神無比銳利，像隨時都警戒著周遭般，散發出陣陣凶氣。

姜澪還是頭一次看到同年齡的人，外表如此有個人風格。

當然多半是拜那誇張的髮色所賜。

「你、你剛剛說的御靈，是什麼？」被男孩拉著向前走的姜澪小聲問道。

「妳一臉怕生的樣子，但話倒是挺多的。」男孩轉過身來，「雖然就算我什麼也不說，妳不久後也會知道狀況，但說不定妳的御靈根本不打算理妳，所以我還是稍微解釋一下好了。」

「我的御靈？像剛才那樣的……我身邊也有嗎？」聽到這裡，姜澪的膝蓋又忍不住顫抖了起來。

「何止是有，他現在應該就躲在這。」男孩踩了踩她腳下的影子。

姜澪啪的一下，嚇得貼在牆角，但影子還是遵守物理法則緊跟在她身邊。

「這這這這這到底是什麼東西？」

「妳的反應真有趣。」原本緊繃著一張臉的男孩，看到姜澪魂不附體的樣子，也忍不住覺得好笑。

「我不懂……你、你該不會也是怪物……」

「哦，我現在身上就有一隻，不過我的御靈沒辦法給妳看。」

「不用了！」姜澪連連搖手，勉強抑制住想逃走的衝動，小心翼翼地觀察男孩身上是否有什麼怪物的特徵。

「看妳反應這麼誇張，我還是在走出靜界前，稍微解釋一下吧，免得妳出去搞不清楚狀況，馬上就被殺掉。」

「殺掉……」聽到關鍵字，姜澪的腦袋一片空白。

「先別急著緊張，注意聽好了，我只說明一次。」男孩清了清喉嚨，整理好思緒後，再度開口：「剛剛提到的『御靈』是所有人類傳說中，神怪妖魔的具現化型態，包括神話、故事、典籍甚至都市傳說裡的妖怪，只要引起人類強烈的感情或深刻印象，都有機會成為御靈。」

姜澪呆呆地張著嘴巴。

「妳的認知中所有的妖魔鬼怪，都在御靈的範疇內。因為許多實體化的御靈，在本質上就是對人類有害的，所以每過一段時間，就會把世界上所有御靈集中在一起，關在某個地方，讓他們自相殘殺，減少他們的數量，然後活到最後的御靈，會吸收所有戰敗御靈的能量，成為類似神的存在。」

「欸?所以說……」

「對，那隻裂嘴女，與其說是衝著妳來的，不如說是衝著躲在妳影子裡的御靈來的。」男孩指了指地上延伸的陰影。

「那、那怎麼把這隻御靈弄掉，我對什麼成為神的沒有興趣……」姜澪淚眼汪汪地扯著自己的制服裙襬，雙腳踩踏著地面。

「沒辦法。因為本源出自於人類，所以幾乎所有御靈都需要憑依的對象，才能發揮力量。這種情況下，被憑依的人類就會被稱為『御靈者』，妳就是其中一個，除非死亡或是特殊情況，否則御靈和御靈者是不會分開的。」男孩若無其事地講述著殘酷的事實，「另外，這場大逃殺也不允許中途逃跑，只要御靈者離開場地『御靈京』的範圍，就會死。」

「怎麼這樣……」像是被宣判死刑般，姜澪絕望地垂下肩膀。

「順帶一提，這次御靈京的場地，就是這個離島城市『藍灣市』，妳可要小心點別超過範圍了。」男孩像是想起什麼般，拿出手機看了眼，「我該走了，如果妳想活下去的話，就和妳的御靈學習怎麼彼此配合和戰鬥吧。」

「等、等一下，照、照你這樣說的話，你為什麼不殺了我？」姜澪雖然容易緊張，腦袋卻不笨，當她聽到這場競賽只會有一個勝利者時，就了解到「眼前的男孩也是敵人」的事實。

「我參與這場大戰的目的，不是為了獲得勝利。」男孩眼神中的溫度似乎降低了一點，「而且，如果不是因為妳的御靈還沒完全成形，我早就把他殺了。」

「可以……只殺掉御靈嗎？」

「當然可以，不過大部分的戰鬥，都會針對御靈者而來，妳自己小心點吧。」

「為什麼……」

「因為御靈者就等於御靈的命脈，只要御靈者身亡，御靈也會隨之消散。」男孩的語氣顯得有些不耐煩，「也是因為這樣，才能透過限制御靈者的行動，來強迫所有御靈進行大亂鬥，削減他們的數量。」

「哦……我懂了。」雖然還不算完全了解情況，但姜澪看到男孩煩躁的表情，還是選擇不追問下去。

「好了，我們浪費夠多時間了，跟我過來。」

男孩有點粗魯地拉住女孩的手臂，他一馬當先往巷子外走去。

「聽好，這個地方叫做『靜界』，是現實世界反轉的裡空間，在這裡的所有行為，都不會影響到現實世界的人事物，御靈們在彼此戰鬥前，都會進入這個空間。所以下次如果妳又誤打誤撞闖進靜界，就要小心可能是有其他御靈正準備攻擊妳。」

「怎、怎麼分辨？」聽到重要的生存情報，姜澪顧不得維持禮貌，趕緊抓著話題的尾巴追問。

「靜界裡不會有半點雜音，天色永遠是黃昏和黑夜的交界，某些景物的顏色會和原本的相反，大概這樣。」

男孩說得很快，當姜澪還手忙腳亂地在書包裡翻找筆記本時，就被推了一把，跌出暗巷。

眼前是熟悉的車水馬龍，霓虹燈和昏黃的路燈光線交織在一起，使入夜的藍灣市街道包裹上一層淡淡的光暈。

一輛計程車用力地按了按喇叭，催促遛著小白狗的過路青年加快腳步。

看到這再熟悉不過的景象，驚魂未定的姜澪幾乎要哭了出來。

「到這邊就行了吧？」染著誇張髮色的男孩回過頭，勾起嘴角。

姜澪拚命點頭。

「那就再見啦，眼鏡女，希望下次見面的時候，妳不是具屍體呢。」男孩沒有給她繼續追問的機會，一轉身就消失無蹤。

沒有多費心思追蹤男孩的去向，姜澪拚命朝對街大樓的公寓跑去，完全不敢回頭看身後的巷子一眼，她一鼓作氣打開鐵門，衝上老舊的樓梯，摸索了好幾次才找到鑰匙。

喀嚓，她轉動手腕，解除三樓右手邊房間的門鎖，用力推開房門，卻因為力道過猛而向室內摔去，跌在玄關處的踏墊上。

「好痛……」姜澪揉著直擊地面的鼻尖，將歪掉的黑框眼鏡扶正。

「妳在做什麼啊，姊姊？」聽到巨響，打開廁所門走出來的，是小姜澪兩歲，目前就讀高一的妹妹姜雪。

她雖然沒有戴眼鏡，頭髮也削短至肩膀處，但光看五官的話，與姜澪長相神似，任誰都會認為她倆是姊妹。

「真是的，老是這麼冒失，沒什麼事的話，我繼續化妝了喔？待會要和朋友們出門逛街，晚餐就在外面吃了，不用等我。」丟下這串話後，她沒有等姜澪回答，就逕自跑回廁所，把門關上。

「小雪……」姜澪伸出的手，只好無力的垂下。

除了髮型和眼鏡外，若要說這兩個少女間，最顯而易見的不同，就是那股由心而生的氣質了吧。

姜澪喜歡把頭髮留長，遮蓋住自己的脖頸和臉頰，不擅長與陌生人相處的她，常常流露出畏縮的姿態，容易因為緊張而顯得笨手笨腳。在學校光是能講上兩句話的人，可能五根手指頭就數得出來，更別提知心好友了。

反之，妹妹姜雪看起來活潑又親人，經常運動的她，全身散發陽光健康的氣息，加上靈活的頭腦與和善的個性，姜雪身邊總是圍繞著各式各樣的人。

聽到妹妹提起晚餐，姜澪才發現自己買的親子丼，早就在和裂嘴女拉扯時弄掉了，但現在要她再出門去，根本是不可能的事。

看來只能翻翻看屋子裡有沒有東西可以吃了。

姜澪才剛脫下皮鞋，準備關上房門，打扮好的姜雪就從廁所裡衝了出來，十萬火急地抓起包包甩到肩上。

「姊，我快遲到了，先出門去嘍。」姜雪一邊單腳跳著穿上外出鞋，短髮隨著她的動作一搖一晃。

「路、路上小心……」

「拜。」砰的一聲，門板被姜雪豪邁地甩上。

「小雪不要走……」到最後還是不敢把心裡的話講出來，姜澪沮喪地垂下頭，寂靜的室內又只剩下她一個人。

低落的情緒沒有維持多久，想起現在好像還有一隻妖怪躲在自己的影子裡，姜澪忍不住又渾身顫抖起來。

她脫下腳上的長筒襪，鑽到角落上下舖的下層床上，用棉被裹住身體，好像這樣就能保護自己周全。

根據那個染髮男孩的說明，這個叫做「御靈」的東西，似乎不會傷害他附著的人類，但一想到有個未知的意識體黏在身上，隨時隨地都跟著她，姜澪就忍不住害怕起來。

平常沒少看恐怖片和鬼故事的她，此時甚至做起了無數想像，嚇得自己用棉被包住全身，連頭也一起蓋住，躲在床上瑟瑟發抖。

在房間內的日光燈照射下，高聳棉被堆延伸的影子，正緩緩變形、扭動著。

察覺到異樣的姜澪探出腦袋，視線在狹小的四坪多空間內來回搜尋，最後落在明顯已經不是正常形狀的影子上。

「噫……」聽見自己發出不成聲的慘叫，姜澪用力按住嘴脣，猛地轉過身，背對自己的影子。

正確來說，那道黑影已經變形成一個模糊的高瘦男人形狀，貼在地板上蠢動不已。

那是什麼那是什麼那是什麼那是什麼那是什麼！

姜澪將腦袋埋在雙膝之間，緊緊閉著雙眼，抱頭發抖。

大概把叫得出來的神佛全都念過一遍後，她才好不容易鼓起勇氣，緩緩地朝後方瞥了一眼。

「啊……啊啊……」淚水充盈在姜澪的眼角，她用力踏著床沿向後退，卻砰的一聲撞到堅實的牆壁，眼冒金星。

一個實體的男人形狀黑影，正從她的影子中，伸長手爬了出來。

「啊……啊啊！嗚！」正當姜澪忍不住大聲尖叫的時候，黑影倏地直逼她面前，漆黑的手掌壓住了女孩的嘴脣，用力箝制了那聲呼救。

因為這陣動作，眼鏡歪向一邊的姜澪，用著一半模糊、一半清楚的視線，看著黑影逐漸凝固成形，雕琢出更細緻的五官和色彩。

不一會，一個臉色稍嫌蒼白，滿頭黑髮、身穿黑色長大衣的男人，半跪在床前，降落在她的視線中。

看著黑髮男人豎起一根手指，在脣前比了個「噓」的手勢，姜澪覺得自己快驚嚇過度而昏倒了。確定姜澪不再尖叫後，黑髮男人才放下手掌，站起身來環視四周。

「你是什麼……」用像是吞下哽在喉頭的魚刺般生硬的語氣，姜澪小聲地開口問道。

黑髮男人回過頭來，姜澪才發現，他的眼珠是耀眼的純金色。

「我是將參與御靈京大戰的眾多御靈之一，澪，正因為妳意識到了我的存在，我才能提早以實體的模樣出現。」

「你、你剛剛叫我什麼？」大概知道「被妖怪知曉名字，是相當危險的事」這個道理的姜澪，語氣中參雜著絕望。

「別害怕，澪，我待在妳身邊的時間，遠比妳所猜測的還要更早，一些基本的事情都有所認知，還請放心。」

這種說詞，完全不能讓人放心啊！

姜澪在內心這麼吶喊著，不過比起害怕，上一秒聽到的某個關鍵詞，更讓她感到在意。

「你說……你很早就待在我身邊？」止不住顫抖的聲線，姜澪拋出了個直指核心的問題。

「是的。」像是騎士般將手放在胸口，黑髮男人如此肯定道。

「很早，是指多早？」

「從澪還小的時候就在了。」

「無時無刻都在？」

「無時無刻都在。」

「連洗澡、換衣服……都、都在？」

「沒錯。」

「呀啊啊啊啊！變態啊啊啊啊啊！」

枕頭、書籍、娃娃，以及姜澪手能搆著的所有東西，全都不分青紅皂白的飛越房間，砸在黑髮男人身上。

「澪，聽我說。」男人無奈地伸手將扔來的雜物撥開，走到床前。

「噫噫！不、不要傷害我！」

看著大動作往後跳，頭不小心撞到上鋪床板、疼得重重坐倒的姜澪，黑髮男人嘆了口氣。

「澪，仔細聽我說，再過十二個小時左右，世界各地的御靈就會全部聚集於藍灣市，御靈京大戰也會正式開始。在那之前，我們必須先想好彼此配合的方式，否則很可能一開始就會被殺。」

「為什麼……我不想參加這種莫名其妙的戰爭啊……我不想死……」姜澪抱著頭，淚水滴了下來，「為什麼……為什麼是我……」

望著小聲啜泣的女孩，黑髮男人低下身來，沉穩和緩地朝她說道：「澪，我是順應妳的願望和心中所想而降臨的。也許妳不記得了，但澪曾經強烈地相信著我的存在，我才能提前具現化。」

「我……強烈地相信……你的存在？」姜澪擦了擦滾落的淚水，有些意外地問道。

「是的，正因為這份意識比誰都強烈，所以我才能比其他御靈，更早穩固住自身的憑依狀態，成為妳的御靈。」

「所、所以，你也是某種妖怪嗎？」姜澪絞盡腦汁，回想自己到底是在什麼時候，強烈地相信著什麼東西。

「不大算，但也可以說是。」黑髮男人模稜兩可的回答，「的確有些人類視我為妖魔而恐懼，但那與我的本質不一樣。」

「想不出來……」姜澪放棄思考，開口詢問：「你到底是什麼?」

「很遺憾的，我不能直接告訴妳。」男人搖搖頭，「通常御靈者在被我們依附的時候，就會知道御靈的名稱和傳說，但澪的狀況不一樣，妳擁有御靈的時間太早，已經過了應該得知資訊的時期，現在只能靠妳自己摸索，找出我的真實身分。」

「還、還有這樣啊……沒有什麼提示嗎?」姜澪顯得有些失望。

「妳可以想想看小時候曾經強烈相信過的虛構事物，再把那些傳說拿來和我的特徵互相對照，通常御靈的外貌和能力，都會忠於傳說故事中的形象。」黑髮男人這麼建議。

姜澪呼了口氣，閉起雙眼輕按著太陽穴思考。

黑髮男人與常人無異的外表，以及溫和的態度，使她漸漸平靜下來，不再崩潰逃跑或大哭，至少已經沒有像遇到裂嘴女時，這麼恐懼御靈的存在了。

「啊。」像是想起什麼般，她睜開眼睛。

「如何?有頭緒了嗎?」黑髮男人滿懷期待地問。

「莫非你是……」姜澪歪著頭，上下打量起眼前的黑衣人。

剛才挖掘記憶時，姜澪想起孩提時代，她的確曾強烈相信某個以人形生物為主角的傳說。似乎感受到姜澪內心的把握度，黑髮男人鼓勵地對她點點頭。

「你是聖誕老人?」

黑髮男人長嘆了口氣。

「不、不是嗎?」

「我看起來像是提著大袋子、坐在馴鹿雪橇上，到處發禮物給乖孩子們的肥胖紅衣老頭嗎?」黑髮男人哭笑不得地反問。

「的確不像。」姜澪托著下巴，不禁認同地點了點頭。

「從我服裝的顏色猜猜看?」男人拍了拍身上的黑色長大衣，指引姜澪猜測的方向。

「蝙蝠俠?」小時候看過幾集卡通的女孩靈光一閃。

「唉……」

「對不起……」看著黑髮男人頭痛的樣子，姜澪也有點沮喪。

「如果御靈者不知道御靈的真實身分，契合度就會大打折扣，我也沒辦法發揮真正的實力，這在隨時都需要應付戰鬥的御靈京中，可是很危險的。」男人皺起眉頭，「不能『靈化』，是一大致命傷。」

「請問……什麼是『靈化』?」再次聽到未知名詞，姜澪忍不住出聲表示疑惑。

「『靈化』，是當御靈和御靈者契合度達到一定程度，就能啟用的狀態。」黑髮男人盡責地開始解釋：「一般情況下，即使御靈的憑依來源是御靈者，但兩者還是會以不同個體的模樣顯現，由御靈負責戰鬥。」

他各豎起兩手的食指，代表御靈和御靈者。

「而『靈化』則是打破這個界限，讓御靈的力量轉而讓人類持有，兩者合二為一，由御靈者主導戰鬥。在這種狀態下，人類和御靈間的能力將相互加乘，讓戰鬥力極大化，也就是所謂的『靈化』。」黑髮男人將兩根食指併在一起，視覺上的體積立刻大了兩倍。

「但是，我們現在的默契可說是前所未有的差。不說別的，在澪想起我的傳說以前，是絕對不可能靈化的。平常也就罷了，若是遇到其他熟習靈化的搭檔，很可能就會陷入苦戰，甚至喪命。」黑髮男人放下雙手，正色說道：「所以，在接下來的時間，請務必嘗試找出我真正的名字。」

「我、我知道了。」受逼於男人強硬的氣勢，姜澪表情僵硬地點了點頭。

儘管在一小時前，對於怪力亂神的事情還抱持著不信的態度，但襲擊自己的裂嘴女，和從影子裡爬出來的黑衣男人，都不斷向她證明這可怕的事實。

一想到此刻，屋外可能就蟄伏著無數想要殺掉自己的怪物，姜澪忍不住打了個寒顫，緊緊地環抱住肩膀。

「澪，別害怕，我會在這裡守護著妳，每分每秒。」

「你這話聽起來簡直像跟蹤狂一樣！」姜澪捏著裙襬大叫，過了幾秒，稍微冷靜下來後，她才發現一個難以忽略的事情。

「那個……我可以問一個問題嗎？」

「請說？」

「你剛才說，會每分每秒守護著我？」

「是的，幾乎所有御靈都不需要睡眠，所以就算妳熟睡著，我也會隨時保持警戒。」男人露出可靠的笑容。

「所以……你會一直待在我的身邊嗎？」

「是的。」

「不行不行……這樣不行……我要怎麼跟小雪解釋家裡多了一個男人……」姜澪混亂地壓著自己的頭髮，眼鏡後的雙眸呈現不斷轉圈的狀態。

「別擔心，需要的話，我可以回到影子裡。」黑髮男人溫和地指向地面。

「可是這樣我的隱私……洗澡的時候……怎麼辦……」姜澪臉頰兩側倏地添上兩片薄紅。

「我保證不會偷看，請放心。」黑髮男人正色道：「如果妳還是不放心，我可以用人形以外的形象出現。」

「不、不用，這樣就好。」姜澪趕緊搖頭，黑髮男人雖然始終散發著一股非人的氣息，但看起來至少比裂嘴女或其他妖魔鬼怪好多了。

以一般人的標準來說，他的外表俊美，除了皮膚稍微蒼白了點外，不論是蓋住前額的柔軟劉海底下，透出的淡漠金色眼眸，或是在長大衣包覆下顯得修長挺拔的身材，都讓黑髮男人散發出不同凡人的氣質。只能說這樣的外在條件已經沒有什麼好挑剔了。

「那麼，還有一件事必須完成。」直起身，黑髮男人俯視著坐在床沿的姜澪。

「什麼事……」

「澪，在找回我的傳說之前，妳必須先替我取個代號。」將手掌平放在胸口，男人緩緩說道：「名字對於御靈來說是很重要的，因為名字的概念，牽涉到『認知』和『第一印象』等，與御靈的力量息息相關。所以就算無法使用原本的名字，也必須取個應急用的代號，而這個任務，只能交給身為御靈者的妳，請慎重思考再做決定。」

「我、我知道了……」開始拚命思考的姜澪，腦袋卻遲遲轉不過來，只能一邊無意識地發出唔唔聲，一邊抱頭苦思。

現實中沒玩過什麼網路遊戲，也沒有養寵物的經驗，她對於命名實在沒什麼頭緒，加上黑髮男人又把取名字這件事講得很重要，讓姜澪更不敢隨便拿個菜市場名來用。

在姜澪沉吟了好一陣子後，她勉強抬起頭來，直視著那對金色的雙眼。

「小、小黑？」

黑髮男人的嘴角抽搐了兩下。

「不、不好嗎？因為頭髮和衣服都是黑的……抱歉、抱歉！我馬上再想一個！」姜澪慌亂地揮動雙手，忙不迭地道歉。

「從顏色做為特徵發想是不錯，但我建議還是不要取得太可愛才好，否則戰鬥時的能力可能會因此下降。」黑髮男人提醒道。

「這樣啊……我想想……」

姜澪全力運轉著腦袋中負責命名的神祕區塊，既然取得太可愛，可能會降低戰鬥力，那麼反過來說，只要取個足夠嚇人的名字，戰鬥力就有機會提升嘍？

突破盲點的姜澪，用力抬起頭。

「黑鬼，怎麼樣？」

用右手掌摀住雙眼，黑髮男人顯得更加無奈。

「抱、抱歉，我再重想！」

夜空下，辦公大樓玻璃帷幕外側，有道身影正站在狹窄的窗緣，用靈化後增強數十倍的視力，監視著老舊公寓的一舉一動。

挑染著紫色劉海的白髮男孩，此時正瞇起雙眼，透過沒拉上窗簾的窗戶，觀察眼鏡女孩和黑髮男人的互動。

這個距離，即使是一流的御靈，也無法察覺到他的存在。

在確認那是眼鏡女孩召喚出的御靈後，男孩吐了口氣。

要現在衝進去下手，以絕後患嗎?即使自己的目標並不是活到最後，但是不是該盡可能解決更多的御靈，以免之後的行動受到干涉呢?

男孩內心掙扎了一陣，悄悄拔出藏在腰側的兩柄獵刀。

辦公大樓頂樓內部，擁有奢華裝飾的辦公室內，此時傳來兩個男人的交談聲。

「到手了，老闆。」瞇著細長雙眼的伊凡斯，手中捧著一個半公尺見方的木箱子，聲音中透著興奮。

「很好，拿過來吧。」歐陽旭的語氣相對平靜很多，在他的眼裡，只要一切都還在計畫中，那麼達到目的也只是時間上的問題，不必有過多的喜悅之情。

木箱的箱蓋在兩人的注視下打開，撥開防撞的泡棉條後，一顆蛋狀的光滑玉石露了出來。

在那堅硬的表面上，有著一條條奔騰火焰般的紋路。

「伊凡斯，去檢查一下爐火的情況，這邊由我親自動手。」

「是，老闆!」

歐陽旭捲起兩手的袖子，小心翼翼地抱起玉石蛋，將它搬到已經提前燒熱的壁爐邊。

在伊凡斯的護持下，他將蛋放入燃燒的爐火中，不一會，有著焰狀紋理的玉石就被火舌完全吞沒了。

兩人屏息以待，一時間，偌大的辦公室裡，只聽得到劈劈啪啪火焰燃燒的聲響。

下個瞬間，數百道金色的光芒，從裂開的玉石蛋中綻放而出，刺眼的光線將室內淹沒，從大樓的玻璃帷幕湧出，照亮了半邊夜空。

爐火前的兩人，不約而同地舉起手臂遮擋金光。

感受到如太陽般強大力量的歐陽旭，此時才終於露出狂喜的神情。

「來了，來了！這就是……」

公寓內的姜澪，沒有注意到外面驟變的天色，啊的一聲合起手掌。

「你可以躲在影子裡對吧？」

「看來終於能定案了呢，澪。」黑髮男人苦笑著，對她伸出手，「決定好的話，就握住我的手，然後把名字念出來。」

原本躲在辦公大樓外牆的男孩，也感受到異樣，能力全開朝下飛躍。

歐陽旭張開雙臂，沐浴在萬丈金光中，仰天大笑。

「這就是曾經贏得一次『御靈京』大戰，不死的御靈！最強的御靈！」

「選擇『雄獅格子』，借給我力量吧……」垂直踩在玻璃帷幕的表面上，男孩一面下墜，一面呼喚著他的御靈，狂風從他耳邊呼嘯而過，吹開白紫兩色的頭髮。

姜澪輕輕握住黑髮男人的手，深呼吸一口氣。

「你就叫做……」

歐陽旭上前一步。

一對巨大的光輝熾翼，在辦公室中展開，史詩中以「鳳凰」、「不死鳥」為名的神獸，高聲鳴叫。

「迦樓羅！」

「奇美拉！」

「影鬼！」

第二章

深邃的幽暗中，一陣無聲的鼓動似波紋般向四周散開，迴盪在不見一絲光明的密閉空間中。

「好了，這樣就調整完成了，起來吧。」

在不知名女聲的指示下，染著紫白相間髮色的男孩從軟床上坐起身，隨手把外衣披上。

全新的制服襯衫，與他年輕的外表十分合襯，若不是那衣襟大開、隨意裸露精實上身的模樣，任誰來看，可能都會覺得他只是個普通高中生。

男孩雙眼中，閃爍著如警戒中的貓科動物般的眼神，他輕撫自己疤痕滿布的上身，悄悄站起身，活動了一下筋骨。

「御靈契合狀態十分完美，這次調校之後，應該就不用每戰鬥過一次就回到這裡休息了，你適應御靈的速度比我預期快得多。」充滿知性氣息的女聲讚歎道。

「我本來就覺得妳謹慎過頭了。」男孩不以為然的回了一句，握住拳頭感受充盈在體內的能量。

自從在昨晚的偵查中，感受到高聳大樓內側傳來的巨大力量後，他就回到此處，要求提早接受「最後的調校」，讓自己能發揮百分之百的實力。

那股深不可測的壓迫感，挑起了他的危機意識。

「勸你還是不要太過托大喔，雖然對現在的你來說，區區戰鬥已經不會產生任何負擔，不過……」

女人的聲音中滿是告誡的意味，「你身體內有七成器官都是移植過來的，光是這點就要萬分慎重了。」

「這不也正是我能和這隻御靈無比契合的原因嗎？」男孩滿臉輕鬆，雙手隨意插著腰，絲毫不以為意。

「話雖如此……」

「唉，妳太緊張了啦，我用這副身軀活了十多年，早就習慣了。」男孩揮揮手，一邊扣起衣襟的釦子，一邊走向密閉空間的邊緣，一探手間，抓住了某樣東西。

伴隨著喀嚓的清脆聲響，門把的喇叭鎖被解開，刺眼的室外光線透過長方形的門緣透了進來，讓男孩不禁瞇起眼睛。

女人嘆了口氣，無奈道：「的確，你的身體狀態長年來都相當健康，但還是要記得注意安全。這可是『御靈京』，會發生什麼樣的戰鬥誰也不知道。」

「了解。」男孩沒有回頭，他的背影融入耀眼的逆光中，消失無蹤。

門板關上，室內再度回歸黑暗。

沉寂了好一會後，一盞燭火被悄悄點亮，照亮了整齊疊在書桌上的某份文件。

被填滿資料的表格右上方，貼著男孩還沒染頭髮前的大頭照，文件後頭是各種追蹤病況的報告，以及某大醫院的醫療證明。

「不小心點可不行喔，你的身體可是絕無僅有的最佳容器，搞壞了的話，我會很傷腦筋的。」女人溫柔的嗓音呢喃道，嘴角斜出一抹笑容。

◆

浪濤一波波沖刷著海岸，一艘潔白的遊艇破開浪花，駛近藍灣市的碼頭。

幾隻海鳥拍動翅膀，朝清晨的天際飛去。

一名梳著辮子頭的高大壯漢，站在甲板上，迎著海風蹙起眉頭。

黝黑的皮膚滿布縱橫的傷疤，如鋼鐵般堅實的肌肉，撐起黑色的無袖上衣，從飽經風霜的嘴角和眼睛旁的紋路，可以看出他有一定的歲數，即使如此，男人卻始終神采奕奕。

曾在世界各地，以傭兵身分四處征戰的他，目前處於半退休狀態，但那對戰鬥氣息相當敏銳的嗅覺，卻沒有半點退化。

這座看似平靜的小島上，被厚重的殺伐之氣籠罩，此時的祥和景象，只不過是暴風雨前的寧靜罷了。

再過一小時，等太陽正式升起後，這裡就會成為血流成河的戰場。

一如他過去數十年來，所經歷的戰役般。

「雷——克斯！」某道軟綿綿的聲音蹦了過來，打斷男人沉重的思緒。

嬌小的身影活力滿滿地跳上男人的肩膀，一邊叫著他的名字，一邊用軟軟的臉頰，蹭著雷克斯滿是鬍碴的下巴。

「吉兒別鬧了，我們該下船了。」拍拍肩膀上小女孩的腦袋，雷克斯彎下腰，提起腳邊的行李箱。

吉兒蓬鬆的長捲髮，被男人的手掌揉亂，但她卻不以為意地咯咯嬌笑，用手臂環住雷克斯的脖子，賴在上頭不下來。

雷克斯拿她沒辦法，只好就這麼保持被騎乘的姿勢，緩緩步下早晨的遊艇，踏上藍灣市的土地。

「雷克斯你看！是鳥欸！」吉兒指著天空中四處翻飛的海鳥，能夠以比往常高的距離觀看這個世界，她似乎非常開心。

這個頭髮和聲音都像泡泡糖般軟綿的小女孩，是雷克斯在上次任務中，從戰場裡倒塌的孤兒院救出來的，從那之後，吉兒就一直跟在他的身邊。

為了來這趟藍灣市，雷克斯本來是打算把吉兒寄放在朋友家照顧的，但這個平時乖巧聽話的小女孩，卻偏偏死活都不依，硬是巴著他不放。

最後，是因為妻子說的幾句話，才有了現在的情況。

「雷克斯，把這女孩兒帶去吧。」

妻子臥病在床，病重的她臉色蒼白，眼睛下方出現厚重的黑眼圈，但溫柔的眼神中還是充滿著自信的光芒。

「我有預感，吉兒想要保護你，也有保護你的能力，我感受得到。」

曾在各種凶險的地獄打滾過，雷克斯知道愈是充滿不確定性的戰場，這種關乎直覺的建議就愈不能小覷。

他握住妻子的手，點了點頭。

雷克斯吐了口氣，揮除沉澱在心中的回憶，重新抬起頭。

第一道曙光灑在藍灣市的天際線上。

「開始了。」臉色再度轉為嚴肅，雷克斯提起行李箱大步向城市走去，吉兒在他肩上興奮尖叫著。

請再等我一會，我會在這最後一個戰場中，拿到勝利，並拯救妳。

雷克斯握住鑲有妻子照片的特製士兵頸鍊，迎著清晨的陽光向前走去。

◆

「在上第一堂課之前呢，老師想向大家介紹一位新來的轉學生。」

藍灣高中三年級的某間教室裡，傳來一陣騷動，坐在後排座位的姜澪抬起頭，好奇地注視講桌的方向。

除非是特殊情況，否則會在這個時期轉校的學生，可說是少之又少。

她推了推鼻梁上的眼鏡，定睛看著在老師的指示下，從外廊走進教室的身影。

姜澪心頭一震。

「妳怎麼了嗎？」旁邊的女同學注意到她的反應，關心問道。

「沒沒沒沒沒沒事！」

「看起來完全不像沒事啊……難道說，妳認識他？」

「怎怎怎怎怎怎麼可能！」緊張到連說話都結巴的姜澪，緊抓著木頭椅子的側邊，狂冒冷汗。

是他！他為什麼會在這裡！

站在臺上的，是染著純白髮色、挑染半邊劉海的大男孩，他正用滿不在乎的眼神，睥睨著眼前無數好奇的眼神。

攤開課本立在面前，姜澪一邊趴在桌上，一邊拚命祈禱著不要被發現。

幸好男孩的視線，只是隨意地來回掃了幾次，就被再度開口的班級導師給吸引過去。

「那個……你不自我介紹一下嗎？」還很年輕的女班導，面對這種尷尬的氣氛，似乎也很緊張。

男孩聽到之後，默默轉過身，抄起板溝中的粉筆，在黑板上刷刷寫下兩個大字。

「我叫唐雁。」回過頭丟下這麼一句，男孩就扔掉粉筆，不再說話。

臺下傳來一陣竊竊私語。

「這樣啊，唐雁同學，謝謝你簡潔有力的自我介紹……呃，為什麼你的頭髮要染成這種顏色呢？」班導乾笑了幾聲，終於忍不住問道。

「天生的。」唐雁毫無誠意地糊弄過去後，用下巴示意教室後面的空位，「我是坐那邊吧？」

「嗯？噢，沒錯，不過……你不打算多介紹自己一點嗎？」

「不必了，開始上課吧，老師，別讓我耽誤到時間。」唐雁搖搖頭，逕自走到最後面的位子坐下。

在他經過姜澪身邊的時候，她用力把臉埋進課本，拚命削弱自己的存在感。

她還記得唐雁曾經說過，如果她的御靈成形，就會動手把他殺掉。即使影鬼和姜澪並沒有多深厚的感情，一向心軟的她，也不容許有人傷害他。

只好祈禱唐雁不要記得自己的長相了……

一個上午過去，中間只隔著一個座位的兩人，倒也相安無事。

「各位同學，記得下午我們要去海生館校外教學喔！請提前把午飯吃完，我們午睡時間就出發！」負責班上生物課的班導，在下課鈴響時站到教室前方宣布，班上的學生們一陣歡騰。

「姊姊，姊姊！」姜雪手上提著袋子，在靠走廊的窗外對姜澪招手。

「小雪？」

「妳出門時忘了帶便當盒了，我幫妳拿來啦。」姜雪從窗口遞過提袋，裡頭裝的鐵製便當盒，發出鏘啷鏘啷的碰撞聲。

「謝、謝謝妳，對不起……我又添麻煩了，還讓妳特地從一年級的教室跑來……」姜澪沮喪的低下頭。

「妳也真是的，老是這麼魂不守舍。說！是不是有喜歡的男生了啊？」姜雪露出笑容，忍不住調侃自己容易害羞的姊姊。

果不其然，姜澪的臉立刻唰地通紅，連連搖頭。

「好啦，不開妳玩笑了，介紹一下，這是陪我來的同班同學楊麓野，來，跟我姊姊打招呼。」姜雪從旁邊抓來一個身高比她略矮，看起來有些文靜的女生，她有著一張精緻臉蛋，古典氣質與淺色的長直髮相當般配。

「學姊妳好。」麓野似乎也是不大會應付生人的類型，但儘管臉頰泛紅，還是沉穩且有禮的對姜澪行了個禮。

「妳、妳也好，小雪平、平常讓妳照顧了！」反倒是身為學姊的姜澪有點手足無措，因為急著把話講完，還差點咬到舌頭。

姜雪無奈地扶住額頭，嘆了口氣。

什麼妳也好啊！剛剛到底說了什麼蠢話啊啊啊！

陷入尷尬懊悔、糾結不已的複雜情緒中，姜澪恨不得立刻找個洞將自己埋進去。

「學姊，妳還好嗎？」麓野擔心地看著因為尷尬症發作，身體頻頻顫抖的姜澪。

「別擔心，她只是因為沒能講好初次見面的開場白，正在排山倒海的羞恥中掙扎呢。」姜雪拍拍麓野的肩膀，習以為常地搖了搖頭。

「嗚……」被一語道破心事，姜澪眼眶中泛著熱淚。

「那我們先走啦，姊姊，不要又耍蠢惹出什麼事情來喔！在班上被欺負的話，記得跟我說，我會替妳擺平的。」

「好……」身為姊姊還必須依靠妹妹保護，姜澪有點洩氣地點了點頭。

「走吧，麓野，午休時間很短呢！」

「啊，好的。」麓野趕忙又回過頭，對著姜澪一鞠躬後，才急急忙忙地追著姜雪的背影而去。

望著走廊上兩名少女感情融洽的背影，姜澪忍不住輕聲嘆了口氣。

「羨慕嗎？」

姜澪嚇得跳了起來，瞬間轉過一百八十度。

唐雁正懶懶地坐在自己的位子上，用手支著下巴打呵欠。

「你、你、你……」

「別緊張，我要是想攻擊的話，早就把妳拖到靜界裡了。」唐雁不怎麼帶勁地說道：「在質問我之前，先把話好好講清楚如何？還是說，結結巴巴已經成為妳的習慣了嗎，眼鏡女？」

姜澪連續開合了幾次嘴唇，都沒有成功發出聲音，最後選擇把裝著便當盒的提袋緊抱在胸前，大步走回位子上坐下。

他還記得……他還記得我是誰……怎麼辦？

這樣下去會……會被殺掉嗎？

女孩的氣息，因為緊張而急促起來，藏起的表情裡充滿絕望。

唐雁起身走了過去。

「怎麼，妳該不會以為我忘記了吧？這也太瞧不起人了。」將一隻手掌壓在姜澪的桌上，唐雁從背後靠在女孩的耳邊低語著。

姜澪只能無助地咬住嘴唇，淚水在她的眼眶裡打轉著。

「你……是為了殺掉我才……」

「不對，我才沒這麼閒，這完全是巧合。」聳聳肩膀，唐雁離開她的耳際，「我也是轉過來才知道妳在這裡，總之，以後多多指教啦，眼鏡女。」

「各位同學，請加速用完午餐，再過十分鐘，我們就要出發前往藍灣海生館嘍！」班導充滿朝氣的聲音響徹教室。

◆

海生館中央廣場上設置了一個淺淺的戲水池，涼爽的水瀑從鯨魚、海豚和鯊魚的雕像中流淌而出，在池面上激起陣陣水花。

平靜的水流沖刷聲圍繞在姜澪四周，她輕輕推了推鼻梁上的眼鏡，閉上眼睛享受水霧瀰漫帶來的沁涼感。

在海生館參訪行程結束後，班導宣布開始一個小時的自由活動時間，沒什麼朋友、也不喜歡和班上同學群聚行動的姜澪，獨自一人離開展館區，在廣場上的戲水池邊乘涼。

姜澪邊用手撥水，邊思考要不要把鞋襪脫下時，突然有道身影出現在她身邊。

白紫相間的髮色，映照在戲水池波光粼粼的水面上。

「啊！」

「噓，別緊張。」唐雁無奈地比了個噤聲的手勢，在姜澪身邊坐下。

「你、你想做什麼？」姜澪努力擺出鎮定的神色，但劇烈顫抖的聲音，卻還是出賣了她。

「妳也害怕過頭了，好歹我也算救過妳一命欸。」唐雁不大開心地嘀咕了一句。

「但、但是你說過，如果我的御靈成形的話，就會……」

「哦，所以妳的御靈成形了啊？難怪突然沒有氣息了，看來是力量提升之後，把自己隱藏起來了。」

唐雁瞥了眼女孩腳下的影子。

發現把重要情報說溜嘴的姜澪，慌張地摀住嘴脣。

「放心吧，我說過，我參戰的目標不是奪勝，只要妳不來妨礙我，就能在一定的基礎上和平共處。」唐雁淡淡說道：「況且，真要說的話，我也不算是正統的御靈者。」

「不算是……正統的御靈者？」

「嗯，我的御靈是特別的，所以只要我想，隨時都能退出這場大戰。」唐雁隨意用手掬起一捧池水，讓水流沿著手指間的縫隙流下。

「我也可以退出嗎？你有辦法讓我退出嗎？」姜澪急忙追問，她可是一點也不想加入這種莫名其妙的大逃殺遊戲。

「沒辦法。」唐雁無情地斷言，「我勸妳不要再有這種想法。」

姜澪露出疑惑的眼神。

「的確，如果只是御靈單獨被擊毀，御靈者就能安然退出大戰，但若是因此喪失戰意，甚至妄想把搭檔交出去的御靈者，就可能引起他們的反噬。御靈會搶奪主導權，侵占人類的身體，甚至進行反向的『靈化』，妳知道靈化是什麼吧？」

「嗯，我知道，但是反向的靈化是……」

「一般來說，『靈化』是由御靈者掌握主導權，使用御靈在傳說中的各種能力戰鬥。但『反靈化』時，御靈會吞噬御靈者的心智，把人類的身體當作純粹的軀殼使用，成為失控的殺戮機器。」唐雁揮揮手，把上頭的水珠甩下，「不想被自己的御靈幹掉的話，就不要老嚷嚷著要退出了。」

姜澪縮起肩膀，微微低下頭。

生性善良的她，很難想像昨晚態度溫和的影鬼，有可能會在一言不合下，吞噬她的心智。

腳下踩著的影子，似乎隨著姜澪消沉的心情，變得有些沉重。

周圍靜悄悄的，只剩下鯨魚雕像頭頂噴泉灑落的水聲。

有些安靜過頭了。

唐雁沉著臉站起身來。

「怎麼了……嗎？」姜澪偏頭看著神情凝重的男孩。

唐雁猛地回過頭。

「小心！」

姜澪的後頸被一股強大的力量扯住，拉進水池中。

來不及反應過來的姜澪，連續吃下幾口水，痛苦地在水中嗆咳著，溺水時劇烈的缺氧感和疼痛，貫穿她的腦門。

一雙粗糙的手掌扼住她的脖子，漸漸收緊。

儘管姜澪拚命掙扎，胸腹中的氧氣，卻還是被那雙大手從她的喉嚨中擠出來，變成無數氣泡消散在水中。

視線因為意識的遠去而模糊，女孩的四肢漸漸失去力氣。

一道鐮狀的影子劃過水中，刺中伸出那雙手掌的身影，逼得對方不得不鬆手後退。

嘩啦啦！唐雁一把將姜澪從水中提了起來，踩著水池邊緣高躍，落在高大海豚雕像的頭上。

剛才出手攻擊的影鬼，也降落在兩人身邊。

原本只是及膝深度的池水，現在卻透著深不見底的幽暗。

影鬼拍了拍姜澪的背部，讓她在連連嗆咳中，把鼻腔和嘴裡的水都吐出來。

「這是什麼御靈？」

「不知道，水鬼之類的吧，真是有夠倒楣，這樣也能碰上。」

影鬼和唐雁背對著彼此，護住還在努力把嘴巴裡的水咳出來的姜澪，警戒下方的動靜。

圓形的戲水池面積擴大了數倍，深藍的水色深不見底，像是張能活活將人吞噬的巨口般，包圍住被困在雕像上的三人。

「喂，妳吞下去的水，是鹹的還是淡的？」拔出兩柄獵刀，擺出警戒姿態的唐雁，忽然問了這麼一句。

「咦？呃……淡、淡的……咳咳！」急著開口，卻被殘留的水嗆到岔氣，姜澪又是一陣咳嗽。

「那應該就不是海怪類的了。」唐雁如此斷定。

「我不擅長在水中戰鬥。」影鬼皺起眉頭，鐮狀的影子圍繞在他身邊，對準水面蓄勢待發。

「我也不擅長，別想叫我下去。」唐雁頓了頓，回過頭來，「話說回來，你又是什麼御靈？長得挺帥啊兄弟。」

影鬼沒有搭理他，默不作聲地繼續觀察水面。

池水在微風吹拂下，產生一陣陣波紋，看似平靜的表面下，卻仍然能感覺到深邃的殺意。

鯨魚雕像頭頂的噴泉，突然換了個方向，朝他們發射強力水柱。

「抓穩！別被沖下去了！」唐雁把兩柄獵刀往海豚頭上一插，壓低身形。

影鬼也立刻抓住姜澪，翻起黑色的大衣阻擋水勢。

一道黑影從水柱中衝了出來，撲向三人。

「糟！」唐雁來不及把獵刀拔出，只好鬆手跳開。

攻勢被閃過，黑影順勢竄向影鬼和姜澪的方向。

「澪，快後退！」

「呀啊！」

黑影滑溜一扭，躲過了影鬼刺出的鐮狀影子，抓住姜澪制服裙下的腳踝，朝下方扯去。

失去平衡的姜澪被及時趕來的唐雁抓住手腕，千鈞一髮地懸掛在海豚雕像邊緣，沒有被拖入水中。

失去池水掩護的敵對御靈，此刻才顯現出真實的面貌。

扁平的鳥喙、猴子般的身體、帶有蹼的手掌，滿是鱗片的皮膚和硬質化的背部肌肉，眼前的怪物一邊猛扯姜澪的腳踝，一邊凶狠地發出咆哮。

「是……河……童……」唐雁咬緊牙關，艱難地撐著姜澪加上河童的重量。

姜澪的腳踝被長著蹼的大手掐住，痛得叫出聲來。

「撐著點，澪！」影鬼衝到海豚雕像邊緣，一揮手，鐮狀陰影砍向懸在半空的河童御靈。

「不對！要打頭頂！打牠的頭頂！」唐雁著急大喊，但河童早就靈活地擺動四肢，閃過影之鐮的追擊，爬到姜澪的身上，張開鳥喙狀的大嘴，朝她的咽喉一口咬下。

血花四濺。

河童怪物般的頭顱爆開，噴出透明的血液。

同時間，影鬼連續揮出的鐮狀黑影，將頭顱爆開、往下墜落的河童御靈砍成碎片，落入水池中。

河童消失的同時，戲水池也恢復成原先及膝的水深。

「剛剛是你……」影鬼疑惑地回過頭。

上一個瞬間，河童的頭部毫無預兆地被襲擊，被轟得腦漿迸裂，當場消散。

「是狙擊槍！」反應最快的唐雁，在影鬼協助下把姜澪拉起後，拔起獵刀就往下跳。

「靜界還沒消失，還有別的御靈在附近，這邊太空曠了，快躲進展館裡！」

他的話還沒說完，下一發子彈就打中海豚雕像的頭部，石屑飛濺。

影鬼抱著姜澪縱身飛下，狙擊槍的子彈從姜澪耳邊呼嘯而過，捲起幾綹秀髮。

「快跑！」唐雁當機立斷往建築物方向跑去，影鬼掩護著姜澪，跟在他身後衝進靜界裡空無一人的海生館中。

又是一聲槍響，外門的大片玻璃被轟得粉碎，但卻沒有擊中任何人的跡象。

喀啦一下排出彈殼，坐在遠處屋頂上的雷克斯，替手中的狙擊槍重新填入子彈。

突然開啟的靜界，是御靈間彼此衝突的徵兆，唐雁和姜澪與河童間的戰鬥，把這場大戰中，最經驗老到的獵人給吸引了過來。

優先幹掉能力看起來比較棘手，在戰鬥中也占上風的河童御靈，這位傭兵做了理所當然的決定。

但這並不代表他打算援助任何人。

透過槍枝上附的瞄準鏡，雷克斯仔細掃視了一下展館的建築構造。

「放棄吧，你們逃不了的。」輕輕低語一句後，他扔下狙擊槍，跳下屋頂朝海生館直奔而去。

海生館室內陰暗且涼爽，陳列著一個個巨大的圓柱體水缸，靜界中模擬的珊瑚隨水波輕輕漂蕩，魚類的模糊陰影在水缸中上下悠游。

雷克斯緩步穿過反射在走廊和牆壁上的水光，視線四處游移，尋找著他的獵物。

左側，一道人影閃過。

雷克斯直覺地拔出腰間的手槍射擊，子彈卻被堅硬的抗水壓玻璃缸給擋住了。

他皺起眉頭。

在這狹小的空間裡，處處都是障礙物，槍械類的攻擊顯得不大管用。

「注意到了吧，黑皮膚的老兄。」

唐雁的聲音迴盪在無數圓柱體的玻璃缸間，激起陣陣回音。

「在這個地方，不管是什麼槍都不管用，你最強的武器已經被封住了，棄械投降吧。」

雷克斯淡淡地環顧周圍，這緊迫的空間感，的確對長距離殺傷武器相當不利。

「無妨。」將手槍丟在地上，雷克斯抽出靴筒裡的軍刺。

他從水缸的反射，判斷出了唐雁藏身的位置。

一個箭步衝出，雷克斯以近乎非人的速度，繞過數個魚缸的阻擋，瞬間逼到唐雁面前，軍刺朝他的喉嚨捅去。

唐雁在最後一刻偏頭閃開，舉起兩把獵刀，交錯的刀刃卻砍在空氣中，沒有擊中對手。

換位到他背後的雷克斯，單臂勾出，鎖住唐雁的胸口，運用體格的優勢，一舉將他重摔在地上，手腕一翻，反握軍刺刺下。

唐雁身下的影子一抽，將他整個人拉開，避開這致命的一刀，軍刺的刃尖戳在地板上，擦出一蓬火花。

躲在暗處的影鬼眼神凝重，鬆脫對唐雁影子的控制。

雷克斯一擊不中後，沒有躁進地馬上追擊，而是左右環顧著周圍。

剛才唐雁被摔在地上，卻能成功閃過軍刺的刺殺，那不符人體工學的移動方式，讓他起了疑心。

趁著這個空檔，唐雁翻身跳起，重新握緊手中的獵刀，稍早前差點被秒殺的經驗，使他再也不敢大意。

那毫不留情、直逼對方要害的體術動作，只要稍有鬆懈就會喪命。

雷克斯悄悄蹲低，用舉起的左臂護住半邊身體，並側過身，像是拳擊手般將重心移到腳尖上，用最小的受擊面積面對敵人，握著軍刺的右手則藏在大腿外側，隨時準備出擊。

這是軍隊格鬥術。

比起一般武術或格鬥技，著重競技、點到為止的比試，甚至是提倡「養性強身」的概念，軍隊格鬥術的核心精神，就是用最簡單粗暴的方式，摧毀眼前的敵人。

雖然比起普通的武術，少了點美感，但軍隊格鬥術絕對是一種致命的殺人技武器，重視「攻擊部位」、「攻擊速度」以及「身體平衡」的格鬥技巧，能讓使用者在赤手空拳的情況下，殺傷力達到最大，並且快速解決對手。

意識到眼前皮膚黝黑的壯漢，是個前所未見的強敵後，唐雁深吸一口氣，集中精神。

「選擇『雄獅格子』……」唐雁身邊的空氣微微扭曲，不祥的氛圍高漲，「『赤鬼』！」

赤紅色的火焰挾帶著高溫蒸氣從他身上爆出，在唐雁的周圍凝聚成一個巨大的鬼面，空氣在凶猛的威壓下如火焰般蒸騰，將視線微微扭曲。

雷克斯蹙起眉頭，觀察著被赤紅火焰包裹住的男孩。

突然間變強了？

不給雷克斯思考的時間，唐雁怒吼一聲，衝上去雙刀連砍，獵刀的破風聲，和剛才交鋒時明顯不同，只要被砍上一刀，恐怕連傭兵那厚實的肩膀，都會馬上被卸下來。

雷克斯穩穩地將重心向後移，避開了連續幾刀的追砍，接著抓準機會，一個下踢腿橫掃，踢中唐雁的膝蓋外側，破壞了他的平衡。

「哼！」即使踉蹌地幾乎要跌倒，唐雁還是凶狠地揮出一刀，險險擦過雷克斯的胸膛。

兩人近身纏戰在一起，雷克斯占有體格和力量的優勢，並且經驗老到，但理應在武術、體能都輸人一截的唐雁，卻始終不落下風，不管怎麼被打倒、摔出，他都會在第一時間爬起身，怒吼著再度衝上去。

雷克斯一直以來沉穩的心態，終於也開始煩躁起來，照理來說，使用軍隊格鬥術的他，不應該與區區一個只靠著蠻力亂打的高中生纏鬥這麼久，但即使唐雁不斷被他用拳、腿、膝、肘處擊中，還是能一次又一次地站起身，重振旗鼓。

關鍵就在於，唐雁一直很好的保護住要害，自始至終都不讓自己被那根軍刺碰到。

在受到攻擊的時候，他護住頭臉、胸腹處，即便倒下無數次，也沒有受到半點致命傷害。

而且，唐雁在赤色鬼焰的籠罩下，愈戰愈凶猛，兩柄獵刀的輪番斬擊，一次比一次迅捷，一次比一次凶狠，連雷克斯都隱隱被他的氣勢所壓倒，動作漸漸保守起來。

「哦哦哦哦哦哦哦哦哦！」唐雁如失控的野獸般咆哮，步步進逼，赤色火焰中浮現的鬼面，也漸漸猙獰起來。

「原來如此，他的能力，能透過放棄理性，來換取戰鬥力的提升嗎？」守在角落的影鬼瞇起雙眼，壓低聲音說道。

躲在影鬼身後，姜澪忍不住露出擔心的神情。

儘管暫時被壓制住，雷克斯也絲毫沒有失去鎮靜，他憑著敏捷的身手，抓到唐雁攻擊間的空檔，再度將他摔了出去。

撞在水缸上滑落，唐雁第一千次站了起來，身上的鬼焰猛地膨脹，凶狠地瞪視著向後拉開距離的雷克斯。

「雖然我很想陪你繼續玩下去，不過到此為止。」雷克斯舒展了一下脖頸處的筋骨，將軍刺收起，「一口氣分出勝負吧。」

雷克斯臉色一凝，身邊的空氣浮現水光的波紋，一對牛角從他的額邊冒出，男人身上的肌肉也不自然的硬質化，附上一層甲殼。

「是靈化，不妙。」影鬼臉色凝重地站起身。

姜澪小心翼翼地探出頭，觀察著另一側的情況。

雷克斯吐出一口濁氣，抬起頭，正面瞪視蹲下身體伺機而動的唐雁。

「靈化，牛鬼。」

在他們四目對視的瞬間，雷克斯瞳孔一縮，強烈的眩光灌進男孩的雙眼中。

唐雁狂吼一聲，身上的鬼焰爆散，抱頭倒下。

震耳欲聾的雜音貫穿他的耳膜，在唐雁的視線中，所有物體都像液化般開始流動，刺眼白光不斷閃爍，高頻的震動從全身的血液中傳來，讓他痛苦的縮起身體。

「影鬼！」

數道鐮狀黑影從地上刺出，阻擋住正要上前給予最後一擊的雷克斯。

在喝令影鬼上前阻擋的同時，姜澪衝出躲藏的角落，朝倒在地上的唐雁伸出手。

在接觸到唐雁滾燙皮膚的瞬間，大量幻象湧入她的腦中。

鮮血，四處都是鮮血，沾滿狹小的房間內，天花板、牆壁、地毯上，視線被乾涸的深褐色填滿，鼻腔內滿是剛過保鮮期的血腥味。

屍體，一男一女倒在血泊中，早已沒有生命跡象。

還有一個年輕女孩，安靜地躺在床上，下腹卻被殘忍地撕扯開，鮮血像是瀑布般從那巨大的破口流下，乾涸、凝固在垂落的床單邊緣。

女孩的嘴巴張開，眼睛瞪得大大的，就算是死亡，也不能阻擋她用無神的凝視，表達她臨終前的痛苦和驚恐。

更多更多的血從牆壁和天花板間的縫隙流出，漸漸淹沒整個房間，淹沒姜澪的口、鼻，滲透進她的體內。

「嗚嘔……」姜澪跪倒在地，摀住嘴巴乾嘔。

「澪！我們走！」布下無數鐮狀黑影，阻擋雷克斯的追擊，影鬼回身扛起唐雁，握住姜澪的手往反方向狂奔。

刀光一閃，軍刺被雷克斯擲出，擦過姜澪的大腿，撞在玻璃缸上，發出清脆的聲響。

當雷克斯終於擺脫鐮狀黑影的糾纏，追過去時，影鬼早已帶著兩人逃出靜界了。

「那邊！」氣喘連連的姜澪，跟在影鬼身後跑出海生館，立刻在廣場前找到學校開來的巴士。

「抱、抱歉！」好不容易衝上車的姜澪，扶著自己的膝蓋直喘氣。

班導正站在巴士旁邊，對著他們揮手，「喂——你們好慢啊！」

「咦？唐雁同學怎麼啦？」班導緊張的看著被影鬼搬運上來的染髮男孩。

「他、他……呃……」

「他中暑了，快開車。」影鬼隨口掰了個理由，越過眾多同學的注目，把唐雁安置在最後排的座位。

「噢噢，司機大哥，麻煩盡快送我們回去，有同學身體不適！」

「嗨喲！」隨著司機老伯豪邁的應答聲，巴士在猛催的油門下飛衝而出，駛離海生館。

「校長……」狂冒冷汗的唐雁，勉強睜開一邊的眼睛。

「什麼？」姜澪慌張地湊近男孩脣邊，感受到一股滾燙的吐息。

「直接……帶我去找……校長……」

這麼說完後，唐雁再度痛苦地閉上眼睛。

雷克斯追了出來，卻只能望著絕塵而去的車屁股乾瞪眼。

「雷克斯！雷克斯！」一個嬌小的身影從海生館中奔了出來，手中還抱著大大的海豚布偶。

吉兒開心地露出笑容，撲到雷克斯的懷中。

「你看你看，是魚！」

「這不是魚，是一種叫海豚的哺乳類，吉兒。」雷克斯嘆了口氣，揉了揉小女孩蓬鬆的頭髮。

「不乳累？」吉兒迷惑的歪著頭，重複了一次她聽不懂的詞彙。

「嗯，哺乳類。」

「雷克斯！」吉兒抱住傭兵的大腿，馬上把難懂的事情拋到腦後。

「怎麼啦？」

「你剛剛說要去上廁所，上好久喔，吉兒肚子餓了！」

「抱歉抱歉，我們現在就去吃晚餐，好不好？」

「嗯！」吉兒用力點點頭，想了想又接著說：「雷克斯，你上廁所這麼久，是不是有痔瘡啊？」

「並沒有。」雷克斯無奈地拍拍小女孩的腦袋，牽著她的手往館區外走去。

西斜的太陽綻放著最後一絲餘暉，漸漸沉落到海平面下。

第三章

在影鬼的背負下，唐雁被送往藍灣高中校舍二樓的校長室。

雖然不知道為何唐雁會在危急時刻指定要見校長，但姜澪還是依循他的指示，跟著來到校長室門前。

藍灣高中的校長，南．夏洛特，是從外國歸來的學術菁英，有著一半混血血統的她，已經穩坐藍灣高中校長一職多年，除此之外，姜澪幾乎對她一無所知。

輕輕敲了幾下門，姜澪在得到一聲「請進」的回覆後，緩緩推開門。

原本還擔心過了放學時間，校長可能已經下班，但這個疑慮隨著敞開的門板，煙消雲散。

看不出年齡的美麗女人，轉過辦公椅，面對走進校長室的姜澪和影鬼。

「抱、抱歉打擾了！」姜澪生硬的一鞠躬，緊張感一口氣升到最高點。

唐雁要他們送他來見校長，若是弄錯了什麼，場面肯定會很尷尬，抱著這樣的擔心，姜澪提心吊膽地觀察著校長的臉色。

「看來是我們家阿雁，給你們添麻煩了呢。」沉默了一會，穿著正裝的女人在看到掛在影鬼背上的唐雁後，放下手中的鋼筆，起身繞過辦公桌，來到他們面前。

南．夏洛特，充滿知性的美貌和散發著睿智氣息的眼神，讓她給人一種安定的感覺。

即使在學校擔任教職已久，卻沒有人能看出她的實際年齡，青春像是凝結般停留在她身上。身材姣好、肌膚吹彈可破，南看上去的視覺年齡，絕對不超過三十歲，但既然能坐上校長的位置，那麼想必是擁有豐富資歷的教學人士。

由此可見她駐顏有術。

南先走到門邊，將喇叭鎖鎖上，接著輕輕扶住唐雁的背脊，讓他躺在柔軟的地毯上。男孩的口、鼻和眼角，都開始滲出血絲，氣息愈來愈微弱。

「這是中了致死系幻術吧？還好你們來得早，再遲一步，阿雁就要七竅流血去見上帝了。」南把手掌放在唐雁的額頭上，呼了口氣。

發現唐雁開始七竅流血的姜澪，忍不住慌張地摀住嘴脣。

南彈彈手指，校長室的室內景象開始旋轉，像顏料在水中暈開般，漸漸淡出。取而代之的，是只有在奇幻小說或童話故事裡，才會出現的魔幻風格工作室。

巨大的燉鍋擺在角落，整排整排的各色藥水罐塞滿了牆壁上的架子，書櫃裡擺著的，都是些以不存在的語言書寫的書籍。

幾套深紫色的長袍和尖頂帽，用掛鉤掛在書桌後方，各種不同長短、樣式的魔法杖被妥善地收藏在玻璃櫃中，櫃子旁邊甚至還靠著一根光澤亮麗的掃帚。

「來，幫我一下。」南沒有理會傻站在原地的姜澪，指示著影鬼將唐雁搬到一張塗寫著術式的地毯上。

快步走到玻璃櫃前，挑了一根稍短的魔杖，南對著昏迷的唐雁念了幾句咒語，口鼻處的流血就緩緩止住。

「那邊的女同學，去把那兩罐黃色和紅色，泡著蠑螈和青蛙的藥拿來。」揮揮魔杖，南點燃燉鍋下的火焰，開始熬煮藥水，不知名的液體上，冒著不禁讓人有點反胃的濃稠氣泡。

在姜澪一陣手忙腳亂的幫倒忙後，校長特製解幻術藥水就完成了。

南走到唐雁身邊，撬開他的嘴巴，把還冒著熱氣，滿滿一整杯的泥漿狀藥水倒了進去。

在南的按摩下，唐雁的喉頭鼓動了幾次，把藥全都喝了下去。

靜待好一會，唐雁微微地張開眼睛。

「老太婆……妳也先把藥涼一下再給我喝吧……被幻術整死就算了，如果我因為被藥燙死這種蠢理由退場……肯定死不瞑目……」雖然聲音還有點虛弱，但唐雁的吐槽已經恢復了往常的水準。

「還能耍嘴皮就沒事，你就安心休息一下吧。」絲毫沒有半點反省的南，趁著唐雁還動彈不得的時候，用力拍了拍他的臉頰。

姜澪這時才放下心來。

「好，接下來換妳啦，這位女同學，去那邊的椅子坐下吧。」南拍拍手，指著靠在辦公桌旁的一張木椅。

「我、我嗎？我沒有受傷……」

「妳確定？要是不趕快治療的話，妳的狀況會比阿雁還危險喔。」

「咦？」

「來，妳自己看看。」

「呀啊！」

南靠到姜澪身邊，不由分說地伸手把她的制服裙襬掀起。

女孩豐盈的大腿上，有著一整片墨黑的血漬。

「怎麼會……」

「再晚一點處理的話，就必須把整隻腿切掉了。」南用魔杖點了點不大的傷口，把被劇毒染成墨黑的鮮血吸了出來，裝在手中的罐子裡。

姜澪這時才想起，她在逃離海生館前，被那個黝黑壯漢執出的軍刺在大腿上割出了一道小傷口。

沒想到那把刀刃上，居然餵有劇毒。

因為傷口立刻麻痺，絲毫沒有痛感，要不是南眼尖發現，後果恐怕不堪設想。

在喝下校長興致勃勃做出的第二杯藥水特調，傷口也敷上不知名的藥膏後，姜澪總算鬆了口氣。

「這樣就沒問題了，以後的戰鬥中，也要隨時警戒對方御靈的特殊能力喔，否則會吃虧的。」南露出溫柔的笑容，替在場所有人都倒了杯熱可可。

「好。」姜澪捧著熱呼呼的飲料，坐在木頭椅上放鬆，舒服得連眼睛都瞇了起來。

「在魔女的工坊中居然還能如此愜意，妳真是粗神經呢，眼鏡女。」坐起身來的唐雁看了眼手中的熱可可，露出懷疑的表情，把它放到一邊。

仔細一看，影鬼也只是面無表情地端著杯子，沒有沾過半口飲料。

「魔、魔女？」姜澪歪著頭，一下子沒意會過來。

「看不出來嗎？這個裝年輕的老太婆，持有的御靈就是魔……嗚呃！」話說到一半的唐雁，被燦爛微笑著的南揪住耳朵，狠狠拉扯。

「痛痛痛！妳要幹麼啦！」

「阿雁啊。」儘管表情溫柔無比，但手指上的力量卻堪比老虎鉗的南，一個字一個字慢慢說著：「你難道不知道，透露自己御靈的真實身分，是大忌嗎？」

「有什麼關係，妳都把房間布置得這麼明顯了，猜不出來的才是笨蛋吧？」唐雁好不容易才掙脫南的手指，摀著自己紅腫的耳垂泣訴著。

還真的沒猜出來的姜澪，聽到這句話後，內心受到了不小的打擊。

「真拿你這小鬼沒辦法。」南無奈地按了按眉心，嘆了口氣，「這位女同學又是怎麼回事，你把敵對的御靈者帶來找我，是想弒師嗎？」

「生死關頭，我沒得選擇。」唐雁聳聳肩。

「萬一他們一進來直接動手，我豈不就糟了。」南不滿地敲敲坐在地板上的唐雁的腦袋。

「少來了，這裡可是妳的地盤，妳要是認真起來的話，就算我和她一起上也贏不了的。」

「呿，好歹也憐香惜玉一下啊，小鬼。」

「妳都人老珠黃了吧……噗！」

姜澪害怕地看向頭被插到天花板上的唐雁，忍不住瑟瑟發抖。

「好了，這位女同學，看妳的制服也是我們學校的學生吧？叫什麼名字？讀哪班？」南扭了扭手腕，回過頭問道。

「三、三年二班，名字是姜澪……」

「那麼，姜澪同學，就請妳代替那邊那小子，解釋一下究竟發生了什麼事情好嗎？那個棘手的幻術和劇毒，是怎麼回事？」

姜澪花了好一會，才說明清楚今天下午的經歷。

在海生館被拖入靜界，遭到御靈河童襲擊，又碰上黝黑皮膚壯漢把唐雁打傷，這個僅僅半天的校外教學，差點讓兩人把小命都丟了。

一邊點頭，一邊安靜聽著姜澪有些結巴的敘述，南的臉色漸漸凝重起來。

「我有聽到那個男人靈化時，喊出的御靈名稱。」唐雁把頭從天花板中拔出來，雙腳重新回到地面，「叫什麼牛鬼的。」

「牛鬼是一種頭部是牛，身體卻是螃蟹或蜘蛛的妖怪，通常棲息在水邊。」南不負眾望地展現博學的知識，「擁有放毒汙染水源，禍害村民的傳說，我想能將武器附加上劇毒的能力，就和這有關。」

「那奇怪的幻術呢？我看到他雙眼的瞬間，腦海中就被灌入一堆聲音和幻象，差點就掛了。」唐雁指指自己的腦袋，瀕死的經驗，似乎還讓他心有餘悸。

「那應該是一種名為『凶眼』的能力，傳說中牛鬼能讓與之四目相接的人類，產生樹落葉、石流動、牛嘶叫、馬吼嚎的幻覺，接著在不久後七竅流血死亡。」

「嘖嘖，也太犯規了吧……」唐雁咂舌。

「只能在對戰的時候，想辦法不要對上眼睛了吧。」南這麼結論後，回到辦公椅上坐下。

「接下來，阿雁，這個女孩子，要怎麼處理。」

姜澪退後了一步，臉上寫滿驚恐。

影鬼悄悄放下手中的熱可可，護在女孩的前面。

「先別急，老太婆。」唐雁無視因為被叫老太婆而發怒的南，緩緩站起身。

「眼鏡女，我之前從裂嘴女手下救過妳一次，記得吧？」

「記、記得！」

「現在妳和妳的御靈，也救了我一次，這樣我們就算扯平了。」

「呃、嗯……」

「所以按照常理，就算我現在說，要和妳堂堂正正分出勝負，應該也不過分吧？」

「咦？」

沒等姜澪從驚訝的情緒中平復，影鬼臉色一厲，三道鐮狀黑影從他腳下直竄出來，切向漫不經心的唐雁。

「別激動，阿雁可還沒說要開打。」南彈彈法杖，三道黑影立刻停滯在空氣中，動彈不得。

「況且，想先下手為強也得看看地方，在你們主動踏入這『魔女的工坊』那一刻，就等於放棄所有與我為敵的機會，任我宰割了。」

「大概就像是老太婆說的那樣，在這個空間裡，即使我們全部一起上，也不會有勝算的。」唐雁聳聳肩，「先不管這個，我想說的是……」

男孩轉過身，看著正一臉得意的校長。

「妳之前和我提過的那個……」

「你確定嗎？阿雁。」南收起笑容，疑惑地挑了挑眉，「要用在這女孩身上？她有什麼特別的？就算是那個御靈，看起來也不是挺強的啊……」

被說「看起來不強」的影鬼，不悅地皺起眉頭。

「她好歹也是妳的學生之一，就不能包容一下嗎？」唐雁嘆了口氣，從頭開始說明，「總之，老太婆找到了一個，可以和少數幾個御靈者共存，一起存活到御靈京大戰結束的方法。」

「和其他御靈者共存？」姜澪歪著頭，琢磨著這句與大戰宗旨背道而馳的話語。

「沒錯，妳也知道，御靈京的存在意義，是建立在需要削減世間御靈數量的基礎上吧？由最後僅剩的一個御靈，承接所有儲存在地脈中的能量，成為類似神的東西。」

姜澪點點頭，表示理解。

「不過，老太婆從過去大戰的紀錄中發現，這些用來計算『御靈京中出現勝利者，發動地脈返還能量』的標準，並不是用加法，而是用減法來計算。」

「減……法……？」

「舉例來說，假設這次的御靈京大戰，總共有一百名御靈參加好了，那麼地脈啟動的時機，就不會是它感應到『只剩下一名御靈』的時候，而是感應到『有九十九名御靈戰敗』時。」

姜澪努力思考著這兩者間的差異。

「意思是，如果兩個御靈者彼此聯手，活到最後的話，只要憑空再變出一隻御靈殺掉，其中一個人就能保住性命，這樣的概念。」唐雁用著稀鬆平常的語氣說道。

「憑、憑空變出？」

「別開玩笑了，又不是在變魔術，御靈豈能如此輕易地製造出來。」影鬼不大高興地插口。

「的確是變魔術沒錯。」剛才開始，就一直保持安靜的南敲敲桌角，把所有人的目光吸引過去，「忘了我的御靈是什麼了嗎？」

「校長……」

「我來代替阿雁解釋吧，等我解釋完之後，你們再決定要不要接受這個提議。」往辦公桌上一坐，交疊起灰窄裙下的一雙美腿，南合攏雙手的手指，「首先，阿雁說的沒錯，我想出來的方案，是利用『虛假的御靈』來欺騙地脈，營造出所有御靈都被擊敗的假象。」

聽到這個前所未聞的說法，姜澪忍不住用詢問的視線向影鬼看去，後者則搖搖頭表示不清楚。

「如此一來，就能在有獲勝者的情況下，讓其他御靈者存活下來，而這個『存活的權力』，則能成為結盟的籌碼，用來吸引其他御靈者歸順，替我和阿雁的陣營添加戰力，間接提高我們撐到最後獲勝的機率。」南這麼解釋著。

「先不論你們的計畫有多天馬行空……」影鬼完全沒有隱藏懷疑的神色，開口打斷辦公桌旁的女人：「光是『製造御靈』這個步驟，就幾乎不可能完成了吧？」

「事實上，我已經成功了。」南露出好整以暇的笑容。

「我的御靈『奇美拉』，就是出自老太婆之手。」唐雁半舉起一隻手，證實了校長的言論。

「欸？可是……我剛剛聽到你喊的是『赤鬼』……？」

「嗯，我的確是喊赤鬼沒錯。」唐雁這麼回應姜澪的問題後，站起身來，「老太婆，告訴他們沒關係吧？」

「隨便你吧。」

「傳說中的奇美拉，是一種獅身、蛇尾，雄獅的頭顱旁，還額外生長著一顆山羊頭的怪物。這種由三種生物組合成的傳說，造就了『嵌合體』的概念，而老太婆就是以這種概念為基礎，創造出了這個人造御靈。而我則是因為小時候得到的罕見疾病，身體裡大約有七成的器官都是由不同捐贈者所移植的，所以與奇美拉嵌合體的特性可說是完美契合。」

唐雁一邊說明著，一邊撩起左手上臂的袖子，在他鼓起的二頭肌上，有著山羊、雄獅和毒蛇交纏在一起的紋樣。

「雖然沒辦法召喚出真正的奇美拉出來戰鬥，但這個人造御靈能提供我相當於雄獅的力氣和速度、山羊的跳躍力、還有蛇的靈活度，不過這些都不是主要的功能……啊，我實際示範一次好了。」

唐雁清了清喉嚨。

「選擇『雄獅格子』，赤鬼！」

話聲剛落，熟悉的赤色鬼焰再度從唐雁的身上爆出，巨大的鬼面浮現在他頭頂，露出猙獰的神情。

「奇美拉真正的能力是『嵌合體』，在打倒其他御靈後，可以吸收戰敗御靈的殘留能量，並使用他們的能力，不過是弱化版本就是了。像這個『赤鬼』的能力，就只剩下能透過狂化增加戰鬥力的『鬼氣』能用，我本人是不會變成鬼的。」

「既然這樣，用這個御靈不斷擊敗對手，不斷吸收各種能力，到最後豈不是接近無敵了嗎?」影鬼搖搖頭，不大相信。

「使用上當然還是會有其限制，對應奇美拉由三種生物組成的傳說，『嵌合體』一共可以儲存三種別人的能力，多的就得捨棄，所以也不是萬能的。」唐雁收起赤鬼的型態，呼了口氣。

「那、那個，我有問題！萬一招募來的御靈者，不只是想保命，也想成為最後的勝利者……這樣的話，不會很危險嗎？」就連姜澪都能看出這個計畫的明顯漏洞，忍不住提出質疑。

「這就是我接下來要提到的事情了。」南嘆了口氣，「人造御靈方面，成功的也只有一個『奇美拉』而已，其他通通失敗了，也就是說，我們必須慎選這只有一個名額的夥伴，不但要有一定的戰力，還要能保證不會因為突然想『成為神』，就搞窩裡反。」

「所以才找上我們嗎……」影鬼點了點頭，稍微能理解了。

「妳應該不是因為想成為什麼神，才跑來參一腳的吧？」

聽到唐雁的問話，姜澪拚命搖頭。

「可是，我不想戰鬥……這樣你們就算讓我加入，也沒有意義……」

「放心，先別提妳能不能靈化，這傢伙光憑自己就很能打了，我感覺得出來。」唐雁拍了拍影鬼的肩膀，卻被他不悅地用手推開，「妳只要在後面坐鎮，聽從指揮就好。」

「我會負責保護妳的安全，姜澪同學，不過相對的，妳在御靈京大戰期間，都必須待在這座工坊裡接受管束，這是唯一的條件。」南開門見山地說道，「如何？如果計畫順利的話，妳在大戰後也能保住妳的御靈，直到下個百年，這應該是不錯的結果了。」

姜澪按著額頭，內心有些混亂。

這些條件聽起來很吸引人，但真的有那麼好的事情嗎？

只是躲在密室裡接受保護，讓影鬼在外頭作戰，真的就能安然度過這次的御靈京大戰？

兩天前還只是普通的高中生，對於此時湧入腦海中的龐大資訊量，姜澪感到有點處理不及。

「不好意思，關於這件事，我必須和我的御靈者討論一下。」漠然上前一步的影鬼伸手護住不知所措的姜澪。

「哦?居然是會主動主導戰術的御靈嗎?真少見呢……能告訴我是源自哪個傳說的御靈嗎?」南以觀賞奇珍異獸般的眼神，饒富興味地打量了影鬼兩眼。

影鬼冷著臉瞪了回去，薄薄的脣瓣抿成一線。

「好了好了，他都這樣說了，給人家一點空間吧。」已經與影鬼並肩作戰過的唐雁倒是見怪不怪，把興致勃勃想上去捏兩把的南拉到一邊，留下四目對望的姜澪與影鬼。

「影鬼……你覺得怎麼樣呢?」姜澪不安地抬頭看著表情始終平淡的黑髮男人，對於這種純然戰術上考量的決策，她可說是毫無頭緒。

影鬼沒有馬上回答，而是拉著女孩稍稍轉了個角度，用自己的背影擋住唐雁和南的視線。

「澪，接下來妳都別講話，靜靜聽我說就好，否則依照那個魔女的能力，就算不刻意竊聽，光靠讀脣應該也能知道我們在談什麼。」影鬼悄悄低下頭，前額靠近姜澪的額前，拉短兩人間的距離，純金色的雙眼迅速在周圍巡視著。

警戒心提到最高點的影鬼，並沒有發現姜澪此時正因為彼此間過近的距離而臉紅，眼神慌亂地左右飄移著。

「影、影鬼?」

「等一下，先別急。」影鬼又回頭瞥了一眼，確認南和唐雁正專心地為咖啡的濃度拌嘴後，才重新拉回視線，深吸了一口氣。

「我認為，現在我們的處境過於被動，太多資訊都不明朗，這時候馬上下結論並不是個明智的決定。」

「嗯，我也這麼覺得。」個性本來就優柔寡斷的姜澪，聽到這番話，贊同地連連點頭。

「在魔女的工坊裡，我們也不能冒著風險隨意交談，這邊就先推說要再考慮一下，等回去之後我們再好好討論這件事，這樣妳覺得如何呢？澪？」

「好、好的，就照你說的那樣。」

確認姜澪的意願後，影鬼側過身，掃了眼剛好安靜下來、正望著這邊的南和唐雁，退到一旁。

「抱、抱歉……我們得考慮一下……」糾結了半晌後，姜澪才鼓起勇氣，小聲的說道。

「無妨，這種事情本來就不是能當場決定的。」南也不多勉強，直起身，揮了揮手指，讓魔女的工坊消失，場景回到擺設井然有序的校長室。

「姜澪同學，今天妳就先回家休息吧。妳好好考慮考慮，如果有意願加入我們的陣營，歡迎隨時帶著妳的御靈來找我。」南頓了一秒，又補上一句：「不過，請務必不要告訴任何人有關這個工坊的事情，好嗎？」

「我知道了……」姜澪用力地點點頭。

「我讓阿雁送妳回去，這幾天記得隨時保持警覺喔。」伸手替女孩打開門，南示意還坐在地板上納涼的唐雁起身送客。

姜澪讓影鬼回到腳下的影子裡，在唐雁的陪伴下，踏進已經被夜幕籠罩的校園中。

在經過昨晚和下午的一連串驚魂體驗後，此時的姜澪早已疲憊不堪。

「還好吧?需要我背妳嗎?」看著連走路都搖搖晃晃的眼鏡女孩，唐雁有點不放心地問道。

「沒問題……我可以自己走……」

「還是我騎車送妳回去?」

「騎車?機車嗎?」姜澪有些迷惑。

照理來說，大部分的高中生，應該都還沒有到可以考駕照的年齡才對。

「在懷疑年紀的問題嗎?」唐雁一下就猜中了她心中的疑問，「別擔心，我中間輟學一年，所以實際年齡比妳大一歲，早就考到駕照了。」

甩著車鑰匙，唐雁帶她來到地下室的停車場。

「告訴我妳家的地址，我找一下路。」唐雁讓姜澪在停著的紅色重機旁稍等，掏出手機，打開導航系統。

「嘖，這邊的網路沒訊號。」他煩躁地舉起手機徘徊著，最後走到地下室的另一邊。

摸了摸大紅色重機的坐墊，姜澪忍不住懷疑起唐雁的色調品味。

不過連頭髮都染成紫白色了，一輛大紅色的機車，好像也沒什麼奇怪的。

她摘下眼鏡，用力揉了揉眼睛，忍住一個呵欠。不斷緊繃神經後，短暫的放鬆感，讓疲倦一擁而上。

姜澪抬起頭，在因為重度近視而模糊不清的視線中，似乎有道黑影站在不遠處，注視著她。

她眨眨眼睛，決定把眼鏡戴上，好看清楚眼前的景象。

一個體態擁腫，穿著滑稽的黃色吊帶褲，臉上塗滿白粉、化著猙獰小丑妝的紅髮人形，正握著一串五顏六色的氣球，對她露出令人毛骨悚然的微笑。

寒氣布滿姜澪的背脊，她的手臂上冒出無數雞皮疙瘩。

那是誰？

那是什麼？

恐懼的情感，如潮水般吞沒了姜澪，她全身顫抖著，緩緩退後。

「澪！不能害怕！愈是害怕，他的力量就愈強。」影鬼焦急的聲音從腦海中響起。

姜澪才正想回答，地下室的日光燈就閃動了兩下。

小丑的臉瞬間貼到她的面前。

姜澪這時才發現，小丑臉上誇張的紅脣妝，塗著的並不是口紅。

而是乾涸的鮮血。

「呀啊啊啊啊啊啊啊啊啊啊啊啊啊！」

「澪！」影鬼瞬間現身，卻被不自然脹大的小丑身軀，撞到一旁的轎車上。

小丑扼住她的脖頸，嘴角一路咧到耳際，張開滿是尖牙的血盆大口，無數鮮紅的液體，從他橫七豎八亂長的利齒中滴下。

姜澪用力閉起雙眼，逃避那足以挑起人類內心最深處恐懼的景象。

在御靈者的影響下，跟著被迫失去力量的影鬼，也不支倒地，化為一團黑影，縮回姜澪腳下的影子中。

小丑的巨嘴像是斷頭臺般闔起。

應該說，原本正要闔起。

聽到姜澪的慘叫及時趕來的唐雁，跳到已經膨脹到超出人體比例的小丑背上，雙刀合併，一口氣砍下。

身後被開了個大洞的小丑，像是氣球般急速消氣，扼住姜澪脖頸的手也漸漸乾癟、萎縮。

唐雁毫不客氣地扯住小丑的紅髮，把已經徹底扁下去、穿著黃色吊帶褲的身體扔到一邊。

那具不自然扭曲著的身體，在一陣火光後開始自體燃燒，化為一縷輕煙消散在空氣中。

「這裡也有御靈啊，真是不能大意。」唐雁一把抓住還沒散盡的光霧，仔細揉了兩下，「嗯，我看看……這是一種叫做『殺人小丑』的御靈，會吸收人類的恐懼為養分，對方愈是害怕他，殺人小丑的力量就愈強，當對方的恐懼情緒達到最高點時，他就能化為『絕對逃不出去的死亡噩夢』，把人糾纏致死，真有創意的御靈。」

姜澪扶著機車的車身，勉強站了起來。

「我、我好像有在很多電影裡，看過類似的題材……」她的身體還是止不住顫抖，小聲地喘氣道。

唐雁端詳著手中「殺人小丑」的殘餘能量，考慮半晌，最後把左肩的袖子捲了起來，將那團光霧拍在奇美拉的紋身上。

「選擇『毒蛇格子』。」

紋身的蛇狀紋樣發出微弱的光芒，把光霧吸了進去。

「你做了什麼……」

「這能力挺有趣的，剛好我還有一個格子空著，先收著備用。」唐雁回答完姜澪的疑問後，收起獵刀，拿出機車鑰匙。

「走吧，我送妳回家。」

「那個……我可以問個問題嗎？唐、唐雁同學？」雖然還驚魂未定，但因為剛才被逼進恐懼深淵的經歷，而回想起什麼的姜澪，鼓起勇氣開口。

「怎麼了？」正拿出備用的安全帽遞給女孩的唐雁，狐疑的挑起眉毛。

「我、我在海生館，摸到你的手的時候……」因為四目相接而感到畏縮，姜澪主動避開了唐雁投來的視線。

「摸到我的手？」唐雁的眉毛抬得更高了。

「不、不要誤會！我沒有別的意思……不是那個意思……不對……」因為開啟話題的方式不對，而陷入糾結的姜澪，結巴了好一陣子，才勉強恢復鎮靜。

「唐雁同學在海生館倒下的時候……我摸、摸到了你的手，然後我看到……血，很多的血……」

唐雁放下安全帽，平靜地看著她。

「還有……屍體……有個女孩的肚子被、被剖開了……血流得到處都是……」

斷斷續續地述說著回憶中的場景，姜澪抬起頭，「那個女孩，和唐雁同學……長得好像……」

唐雁一直掛在臉上的輕鬆表情消失了，取而代之的是濃濃的陰鬱感。

「抱、抱歉！我只是隨口問問……」發現唐雁臉色驟變，姜澪有些慌了手腳。

「唉……沒想到那個『凶眼』，居然能讓接觸我的人也看見一樣的幻象，真是夠棘手的能力。」唐雁嘆了口氣，搖搖頭，「喂，眼鏡女。」

「是、是！」

「妳難道沒有好奇過，為什麼沒被御靈選中的我，要接受老太婆的人造御靈參戰嗎？」

「咦？」

「看來妳不只看起來蠢，連腦袋也轉得很慢。」唐雁老實不客氣的批評姜澪，抱起雙臂靠在一旁的水泥柱上。

「那個肚子被割開的女生，是我的雙胞胎姊姊。」

「姊姊！」姜澪驚訝地摀住嘴脣。

「嗯，幾個星期前，我跟一些朋友混到深夜才回家，打開門，就聞到一股濃濃的血腥味。」唐雁微微抬起頭，陷入回憶的漩渦中。

輟了學的高中生，與幾個不怎麼正經的友人在外頭閒晃到三更半夜，頂著狂歡後的微醺，他推開了沒有鎖上的家門，踏入玄關中。

「察覺到不對勁的我，馬上就衝了進去，先是看到我的父母倒在地上，血流得到處都是，然後是一路滴著、從臥室門後延伸出來的血跡。」

急急忙忙跨過明顯已經死亡的屍體，他猛然拉開房門。

「躺在房間床上的，是我的雙胞胎姊姊。她被綁住四肢，殘忍地割開下腹部，不斷掙扎、慘叫，直到失血過多而死。」

女孩的手腕、腳踝鮮血淋漓，她的下腹被剖開後，並沒有馬上死亡，木板床附近，滿是女孩掙扎著嘗試擺脫塑膠繩的痕跡，怵目驚心。

「殺了姊姊的凶手，是為了她身上有的一樣東西。」

「什、什麼東西？」親身體會過那個畫面的震撼，姜澪顫抖著聲音問。

「胎兒。」

女孩敞開的下腹裡頭，被刨挖得不成模樣，凶手簡直像在土壤裡，尋找著被埋起的寶物般，一次一次瘋狂挖掘著女孩的血肉。

「胎、胎兒？」

「嗯，我的姊姊也輟學了，原因是被人強暴後，未婚懷孕。」唐雁的聲調相當低沉。

「為什麼……為什麼有人會做這樣的事情？」姜澪忍住一股噁心感，有點後悔提起這個話題。

「正確來說，並不是人，而是一種叫做『姑獲鳥』的御靈幹的。」唐雁這麼解釋道：「那是一種，由難產而死的孕婦，累積怨念化成的妖怪。」

「姑獲鳥……」

「有一種說法是，姑獲鳥會在夜晚時來到孕婦的床邊，把她的肚皮剖開，奪走還未出生的嬰兒，安慰自己的喪子之痛，這是老太婆告訴我的。」

跪倒在血流成河的木床邊，男孩的身後傳來一個女人的聲音。

「嘖，晚了一步嗎……小鬼，站起來，活在愧疚裡不能改變什麼，你想知道是誰殺了你的父母和姊姊嗎？」

男孩的雙眼中，燃燒著熊熊怒火。

他靜靜地點了點頭。

「想要報仇嗎？」

男孩站起身，雙手上滿是跪下時沾上的半乾血漬。

「妳是誰？」

看不出歲數的美麗女人露出微笑。

「我是能賜予你復仇之刃的人，殺了你家人的凶手，並不是人類，你必須和我合作，成為我的劍，才能獲得足以復仇的力量。」

南．夏洛特的身上，散發著魔性的光輝。

「給你一天的時間考慮……」

「不必了，我加入。」

男孩打斷女人的話，握緊拳頭，深褐色的液體從他的指縫中滴下。

「告訴我，要去哪裡找這個不是人類的凶手，就算是妖魔、是怪物，我也會把它殺掉。」

女人勾起嘴角。

「有這種覺悟很好，不過要對抗非人類的怪物，你還需要這個東西。」

南攤開手掌，一團不斷旋動的光漩渦，在她手中轉動著。

「拿去吧，在這場暴風雨過去之前，你都將成為魔女的刀刃活著。」

男孩毫不猶豫地伸手，抓住那團朝他湧來的光霧——

「在那之後，我成為人造御靈『奇美拉』的御靈者，不斷追尋著姑獲鳥的線索至今。」唐雁垂下眼簾，從重重回憶中浮出。

「所以……你有找到那隻妖怪了嗎？」

「沒有。」唐雁別開視線，咬緊牙關，「雖然還是有接二連三的孕婦遭到襲擊，但我從來沒有掌握到牠的行蹤過，不過……」

唐雁的雙眼中，有股名為仇恨的火焰，正幾近瘋狂地燃燒著。

「我一定要找出姑獲鳥，殺掉牠。」

如此一來，那個性格頑劣、時常蹺家的叛逆少年，才能擺脫這深入骨髓的愧疚感。

要是……當天早一點點回到家，說不定就能拯救尚未斷氣的姊姊。

甚至，阻止慘劇發生。

即使是現在，一想到自己在外頭尋歡作樂時，家人正經歷慘絕人寰的屠殺，唐雁還是自責不已。

長長地吁了口氣，他抬起頭來。

「好了，時間也不早了，我送妳回家吧。」

「噢……好、好的。」

「待會記得抓好，別摔下去啦。」隨手把備用的安全帽按在姜澪頭上，唐雁跨上機車。

渾厚的引擎嘶吼聲，響徹安靜的地下室。

這之後，一路到姜澪住的公寓門口為止，兩人都沒有再交談過半句話。

「謝、謝謝你載我回家，唐雁同學！」姜澪用力一鞠躬，及背的黑髮跟著這個動作微微揚起。

「不用謝了，反正我本來就打算順便去附近巡一下。」唐雁拿出手機，遞到女孩面前，「交換一下聯絡方式吧，有什麼事情就打給我。」

「可、可以嗎？」

「可以啊，畢竟我們現在算是暫時站在同一陣線裡，不必這麼客氣啦。」

姜澪點點頭，戰戰兢兢地拿出自己的手機，輸入了唐雁的聯絡資料。

「好、好了！」用雙手把手機交還給他，姜澪低著頭緊咬嘴唇。

唐雁隨手把手機往口袋一塞，連續催了幾下油門。

「那我走了，就算回到家，也記得隨時保持警戒啊。」

「知道了！唐雁同學……您慢走！」因為緊張而說出敬語的姜澪，又是深深一鞠躬。

「被妳這樣叫，搞得我渾身不舒服。」唐雁無奈地嘆了口氣，「不介意的話，就跟其他人一樣，叫我阿雁吧。」

「好、好的，阿……阿雁……」

唐雁笑了笑，將紅色重型機車的油門一催，揚長而去——

第四章

姜澪小心翼翼地推開家門，探頭從門板後張望了一下，看到剛洗完澡，穿著T恤和短褲窩在床上滑手機的姜雪，才總算鬆了口氣。

「小雪……」在經歷一連串超乎現實的事件後，看到熟悉的家人，讓姜澪幾乎要哭了出來。

「哦，妳回來啦？吃晚餐了嗎？」姜雪的嘴上還叼著一根巧克力棒，正悠哉地躺在下舖床上，隨意瀏覽手機網站。

「還沒……」

「還沒！」姜雪把巧克力棒咬碎吞下，忍不住露出驚訝的表情。

以往都早睡早起、三餐規律的姊姊，居然會比平常晚回家，還跳過晚餐沒吃？

這是太陽要從西邊出來了吧？

「我看看哦，床底下應該還有剩下的泡麵……」姜雪趴在床沿，把手伸進床板下方摸索。

姜澪吁了口氣，把門關好，書包則放在門口的木櫃上。

「找到了！僅剩的杯麵，就決定是你了！」姜雪眼睛一亮，從床底的雜物中，抽出一碗附調理包的泡麵，像對待聖物般將它高高舉起。

「應該沒有過期吧……對了，妳要不要先去洗澡？我先幫妳倒熱水泡著。」姜雪嘿咻一聲，解除黏在床上的軟爛狀態，走到熱水壺旁邊，打開壺蓋，檢查裡頭的水位。

姜澪的眼眶中充滿淚水，在她充滿壓力的一天中，就算只是一點貼心的舉動，都足以讓她感激涕零。

「小雪……嗚嗚……」

「欸，妳在幹麼？等等，別抱過來！我手上是熱水啊！」

被生氣的妹妹趕進浴室後，姜澪在鏡子前用力揉了揉自己的臉頰。

長長的劉海直蓋到眉毛附近，土氣的黑框眼鏡，遮住了上半部的面容，雖然小巧的嘴脣和白皙的皮膚，多少加了一點分數，但這樣的造型，是怎麼也不會被視為美人的。

由於對自己的外貌不是很有信心，也沒怎麼費心打理，姜澪用這樣的方式，來逃避別人關注的視線。

「唔……」脫下上衣後，她捏了捏自己後腰的一小團贅肉，忍不住嘆了口氣。

和擅長運動、從小就活蹦亂跳的姜雪不同，姜澪的身材沒有那麼緊緻扎實，在腰、腿處都有一些多餘的脂肪，對此，她一直不大滿意。

雖然姜雪反而很羨慕姊姊豐滿的上圍就是了。

「澪。」

「呀！」徹底忘記還有影鬼的存在，姜澪嚇得跳了起來，踩到地上的積水差點滑倒。

聽到廁所裡傳來的尖叫聲，姜雪從手機螢幕前抬起頭來，走過去敲了敲門。

「姊姊，怎麼了嗎？」

「沒、沒事！只是蟑螂！」裡頭傳來姜澪勉強維持鎮定的聲音。

「要我幫妳處理嗎？」

「沒關係！不用……」抓起浴巾擋在胸前，姜澪在浴室裡左顧右盼，尋找著影鬼高眺修長的身影。

「別緊張，澪，我沒有現身，還在妳的影子裡。」影鬼的語氣有些無奈，沉穩的嗓音在姜澪腦中回響著。

「不要看……」姜澪難為情地抱住身體蹲了下來，因為害羞而滿臉通紅。

「放心，我不會看。我只是想趁這個時間，跟妳討論之後的行動方針。」影鬼並沒有因為姜澪誘人的姿態而失去冷靜，始終抱持沉穩的態度。

「好、好……」想起稍早前在魔女工坊中，和影鬼約好回來後要好好談談的事情，姜澪僵硬地點點頭。

「姊姊，妳怎麼還沒開始洗澡啊？動作快，不然麵會泡糊哦？」遲遲沒有聽到水聲的姜雪，從外頭拍了幾下門，把本來就精神緊繃的姜澪嚇得直起背脊。

「澪，妳邊洗邊聽我說。」

「好嘛……」被一人一御靈瘋狂逼迫，姜澪只好欲哭無淚地站起身，開始寬衣。

把脫下的學校制服和內衣褲整理好，放在角落的洗衣籃中，女孩拿掉招牌的黑框眼鏡，踏入浴簾後方，打開蓮蓬頭。

柔和的水聲拍打在浴室地板上。

「澪，妳認為唐雁和魔女御靈者提出來的意見，有多少參考價值？」

「你是說……和我們聯手的事情嗎？」就著嘩啦嘩啦的水聲掩護，姜澪一邊把手放在蓮蓬頭下試了試水溫，一邊小聲問道。

「嗯，妳認為有這個必要嗎？」

把蓋到眉毛處的劉海撥開，姜澪舉起蓮蓬頭，讓溫潤的水花拍打在臉頰上，把沾上的塵土洗淨。

水珠沿著女孩的脖頸流下，在鎖骨處稍作停留後，劃過一條優雅的曲線，經過肚臍、下腹、大腿內側，落在地板的磁磚上，發出啪嗒的輕響。

姜澪舒服地呼了口氣。

「我不知道……影鬼，你覺得只憑我們兩個，有辦法活到最後嗎？」將蓮蓬頭握在胸前，讓溫暖的熱水流過胸口的深谷，沖刷著身體，姜澪不安地問道。

「現在我的力量還不完全，沒辦法保證足夠的戰鬥力撐到終局。」影鬼老實地承認，「但是弱者，也有弱者的生存方式。」

「弱者的……生存方式？」打溼頭髮後，姜澪按著洗髮精的壓嘴，讓帶著香氣的透明液體，淌落在自己的手心中。

「沒錯，盡全力迴避戰鬥，並積極探尋我的真身，尋找靈化的方法，只要能讓我重新拾回原本的力量，就有一戰的資本。」影鬼的語氣中充滿自信。

姜澪趁著沖掉頭髮上的泡泡時，小聲地嘆了口氣。

其實姜澪一直沒有告訴影鬼的是，無論是否有勝算，她都不想再與其他御靈戰鬥了。

裂嘴女、河童和殺人小丑。

還有那個實力高深莫測的黝黑壯漢。

大戰才開始，就碰上多達四名的敵對御靈，不論哪一次，都是與死亡僅一線之隔的距離，勉強逃出生天。

直到現在，那些逼近眼前的猙獰面貌，都殘留在她的記憶中，久久不散。

光是想到還有許多充滿殺意的怪物，躲在這座城市的陰暗角落中，姜澪就忍不住縮起肩膀。

「影鬼……」我不想戰鬥。

想起唐雁提醒過她，有關御靈反噬失去戰意的主人的事情，姜澪勉強將話語的後半段吞了回去。

「澪，怎麼了？」影鬼關心的聲音從腦海中響起。

如果知道了自己現在的心情，即使是長相斯文，舉止彬彬有禮的黑髮男人，會不會也像裂嘴女或殺人小丑那樣，露出可怕的樣子呢？

說起來，影鬼的原型，到底是什麼樣的「怪物」？

「沒、沒什麼……影鬼呢？影鬼覺得……阿雁的提議怎麼樣？」從陷入泥沼的思緒中清醒過來，姜澪為了掩飾自己油然而生的恐懼，連忙順口問道。

「聽起來很合理。」影鬼承認，「但就因為太合理了，反而讓人起疑。」

「因為太合理？」

「雖然說人造御靈的事情似乎是真的，但我無法信任那個魔女。他們也沒有證據證明所謂『不是剩下一名，而是出局九十九名御靈，御靈京大戰就會結束』的理論是否屬實。」

「不是不信任阿雁……而是不信任校長……嗎？」姜澪塗抹沐浴乳時，忍不住插口問道。

在她的心目中，個性看起來直來直往，大戰中又能隨時退場的唐雁，是整個事件中，感覺最能信任的人。

在知道他的過去與參戰的原因後，姜澪也暗暗希望，之後的戰鬥中，不需要與這個有著悲慘遭遇的大男孩為敵。

「說起來，我也不贊同妳接近唐雁。」

正好在用泡沫搓揉著腳趾頭，姜澪失去平衡滑了一跤，跌坐在溼漉漉的地板上。

「為、為什麼呢？」

「他已經被復仇的怒火蒙蔽住雙眼，是一頭隨時會失控的猛獸，遇到緊要關頭，很可能會失去理性，胡亂攻擊身邊所有人，是顆危險的未爆彈。」影鬼的語氣相當沉重，「那個魔女居然敢把他留在身邊，當作棋子使用，也真是讓人佩服她的大膽。」

「阿雁是……未爆彈？」姜澪抱著膝蓋，任由熱水沖刷著身體，有些茫然地喃喃說道。

「不過，他們的組合的確實力強勁，若不是魔女事先聲明，要把澪拘留在工坊裡做為人質，說不定還有暫時合作的可能性。」

「咦？我以為……校長是想要保護我……」

「在你死我活的御靈京大戰中，談何保護？」影鬼冷哼了一聲。

「所以……影鬼認為不要和他們合作，會比較好嗎？」姜澪有些沮喪地站起身，用熱水把身上剩餘的泡沫都沖掉，拿起毛巾準備擦乾頭髮。

「我認為沒有合作的必要性，澪的安全，有我保護就足夠了。」影鬼說得斬釘截鐵，「就算還不能發揮完整的力量，只要我們盡可能迴避戰鬥，慢慢摸索靈化的方法，總有辦法撐到終局的。」

「嗯……我知道了。」聽著影鬼充滿自信的聲音，姜澪不知為何，有種鬆了口氣的感覺。

也許是因為，儘管對唐雁抱持信任感，但對於充滿神祕色彩的校長，她仍存有一絲疑慮的關係吧。

不必為了得到她的保護，而被關在那間詭異的工坊裡，想到這邊，姜澪的心情也總算平靜了點。

「不過，這段期間內，澪，妳必須盡快找回我真身的傳說。否則若是再遇到像牛鬼御靈者那種級別的對手，可能會有危險。」

即使是對戰其他御靈都能輕鬆獲勝的唐雁，也會陷入苦戰的對手，男人那軍人般堅毅的臉龐，清晰地浮現在姜澪的腦海中。

即使不用御靈，也能和啟用赤鬼能力的唐雁打得平分秋色，靈化後，更是一招秒殺唐雁。

拿著軍刺和槍械的高大男人，與他的御靈牛鬼，在女孩的心中留下了深刻的印象。

如果那就是靈化後的實力，那麼找回真名這件事，似乎真的刻不容緩。

「我、我會努力的！」把身上最後一絲水氣擦乾後，姜澪握住雙手，對著腳下的影子說道。

「澪，不用勉強，若是情況危急，我們就接受魔女的邀請吧，這樣至少能保證妳的安全一段時間。」影鬼不慌不忙地說：「眼下就先盡量迴避所有戰鬥，然後以找回我的真身為第一優先。」

「嗯。」姜澪用力點了點頭，有了能努力的方向後，她的心裡總算踏實了些。

「還有，有件事情讓我有些在意。」影鬼補上的這句話，令姜澪忍不住疑惑地眨眨眼。

「我在能力所及的範圍內，盡可能觀察過魔女工坊內部的狀況後，發現了一份奇怪的文件。」

「奇怪的文件?」不知道為什麼，姜澪一下子緊張了起來。

「雖然沒看到詳細內容，不過魔女的桌子上有份被草草掩蓋住的文件，似乎是唐雁的醫療報告。」

「這很奇怪嗎?」姜澪歪著頭，不大了解影鬼的意思。

「按照他的說法，魔女是在他的家人被姑獲鳥襲擊後剛好趕到，之後才授予他『奇美拉』的御靈，但是……」影鬼的語氣微微一頓，「渴望復仇的男孩，剛好是魔女唯一成功的人造御靈的完美宿主，妳不覺得有點太巧了嗎?」

姜澪的背脊涼了半片。

「你的意思是說……」

「這一切都只是我的推測。不過，那份醫療報告，怎麼想都沒有存在魔女工坊裡的理由。澪，雖然很可能是我多心了，但之後在面對那個魔女時，最好還是提高警覺比較好。」

「好，我了解了。」姜澪緊握胸前的毛巾，努力把這句話印在腦海中。

「姊!姊!」外頭傳來姜雪不耐煩的敲門聲。

「妳要洗多久啊?快出來吃麵!」

「抱、抱歉!」完全沒注意到時間的姜澪，趕緊拉開浴簾，抓起乾淨的衣物穿上。

她將溼潤的長髮用毛巾盤了起來，戴上眼鏡。

無論如何，都一定要小心行動，避免危險波及到姜雪。

這麼下定決心後，姜澪打開浴室的門，回到乾爽的房間中。

「麵幫妳放在那裡了，趕快吃吧。」姜雪又換了個姿勢，把伸直了的雙腿靠在牆邊，懶洋洋地躺在床上滑手機。

「小雪，妳這樣會近視的。」端起放在書桌上，還冒著熱騰騰蒸氣的麵碗，姜澪微微嘟起嘴。

「沒事沒事。」舉起單手揮了揮，姜雪像是突然發現什麼般，「哦」了一聲，翻過身坐了起來。

「姊姊，妳看！」

「嗯嗯？」嘴裡還含著沒咬斷的麵條，姜澪透過滿是白霧的黑框眼鏡，看著被遞到面前的手機螢幕。

那是一則網路新聞的附錄圖片，「近一星期來，藍灣市發生的刑事案件統計表」，可以看到上頭的紅色線條，一路飆升到表格的右上角，創下了歷年來短時間內的犯罪頻率紀錄。

下方的文章，則是節錄了一些藍灣市警局總負責人的聲明稿，主要是關於一些要市民減少晚間出門次數，或是隨時保持警覺、鎖緊門窗之類的提醒。

姜澪突然想起暗巷中的裂嘴女，又想到張開血盆大口的恐怖小丑，心頭一驚，忍不住產生了「這週異常飆升的刑事案件數量，該不會與四處出沒的危險御靈有關？」的猜想。

如果在御靈京大戰前，就有一批像裂嘴女、殺人小丑那樣的御靈提前來到藍灣市，展開廝殺，那麼即使是有一般市民被捲入其中，也完全不奇怪。

不過話說回來，不待在靜界中，御靈也可以戰鬥嗎……

愈想愈害怕的姜澪，忍不住縮了縮肩膀，把麵碗從面前放下，用說教的語氣叮嚀自己的妹妹：「小雪，以後上完課，就要直接回家，不要亂跑，知道嗎？」

「哈啊？我這週末才約麓野出去玩欸？」原本只是想提醒姊姊外出要小心的姜雪，不高興地鼓起臉頰，「而且，說起來妳才是吧？今天不但比平常晚回來，連晚飯都還沒吃。」

自知理虧的姜澪一時間想不出反駁的話語，只好低下頭，盯著麵湯中自己的倒影。

「說起來，我記得姊姊也沒參加什麼社團啊？為什麼今天突然這麼晚回家？」

「呃，那是因為……」

看著姜雪好奇中帶點關心的表情，姜澪欲言又止。

她還沒準備好，怎麼將整件事情告訴妹妹。

「妳……不會是被學校的人欺負了吧？」姜雪收起笑容，眼神銳利起來。

相較起個性較為軟弱的姜澪，從小就是同儕團體中心人物的姜雪，也常常為被欺負的姊姊打抱不平。

正因為如此，她看到吞吞吐吐的姜澪，才會馬上猜測是不是又有人在太歲頭上動土了。

「不不不，我們班上的同學人都很好，沒有人欺負我啦。」姜澪連連搖手，深怕妹妹又像國中那次一樣，帶了一票人直接堵住她班上的門口，一個一個揪住同學們的衣領，逼問是誰欺負了姜澪。

那次之後，雖然再也沒有發生霸凌事件，但也沒有人願意和她說話了。

「那是怎麼啦？」百思不得其解的姜雪歪著頭。

「嗯……這個嘛……」

「該不會，是和男生有關吧？」姜雪猛地睜大雙眼，恍然大悟叫道。

「不、不是……雖然也不能說無關……」想到稍早前才載她回來的唐雁，姜澪否認到一半，又不得不改口。

「鮣鮣——」

姜雪露出笑容靠了過來，一臉八卦。

「是怎麼樣的男生啊？姊——姊。」

「身材挺高，看、看起來壞壞的……不對！不是妳想得那樣！」滿臉通紅的姜澪拚命搖頭，但姜雪可沒這麼簡單就放過她。

姜雪像個摔角手般，用手臂用力夾住姜澪的脖子，固定住她的上半身。

「快招，哪個男生？叫什麼名字？」

「等等小雪，痛痛痛痛！我投降、投降！」

月光從沒拉緊的窗簾縫隙照了進來，藍灣市絢爛的夜景，從小小的四坪房間內，依稀可見。

在萬千燈火中，某一個光點，在一棟公寓頂樓的陽臺處閃爍著。

身材纖瘦，穿著白色連衣裙的長髮女孩，將手臂靠在陽臺的圍欄邊，凝視著遠處。

比起同年齡的好友姜雪，麓野多了幾分文靜的氣質，一頭淺色的長髮在晚風吹拂下，微微飄揚。

樓下住戶的電視機，播放著吵鬧的喜劇節目，通明的室內照明，讓夜晚的頂樓陽臺顯得沒那麼陰暗。

麓野俯視著藍灣市的景色，眼神中帶著一絲擔憂。

潔白的光之粒子在她身後緩緩聚集，一陣光暈浮現下，高貴名駒般的身影，出現在麓野的身邊。

美麗的白色駿馬，溫柔地用頭部蹭了蹭女孩的臂彎，閃耀著光澤的毛皮、修長優雅的四肢，還有額前那標誌性的獨角，讓牠散發著一股神祕而具美感的氛圍。

在故事中被傳誦為「獨角獸」、「天馬」一類形象的動物，是純潔、智慧和魔法力量的象徵。

麓野有些心不在焉的，撫摸著白馬那帶有螺旋狀紋路的角，那根傳說中，能引發一次「奇蹟」的獨角。

藍灣市的夜景依舊繁華如昔，但在這片光暈籠罩下的，卻是暗藏在處處陰影中的強烈殺機。

輕輕跨上獨角獸的背部，麓野抬起頭。

「走吧，獨角獸。」

白色駿馬長嘶一聲，背部的兩側伸出一對羽翼，振翅間直衝天際。

◆

假日下午，藍灣市鬧區的街道上，滿是趁著空閒時間放鬆身心的男女。

餐廳、服飾店和百貨精品等商店，被絡繹不絕的人潮塞滿。在這當中，一間叫做「Blues 藍調」的音樂酒吧，靜靜坐落在商業區外緣。

低調的外部裝潢，以及老舊生鏽的書寫體招牌，讓它在其他新潮的商店前，顯得不怎麼起眼，但平價又美味的料理、一應俱全的酒單，以及充滿品味的駐店輪班樂手，還是讓「Blues 藍調」屹立在這競爭激烈的小區中，並保留了固定的客群。

除了吧檯區外，店內還搭建了配備完整的木製舞臺，供樂手演奏、表演時使用。

像現在的時段，就輪到一位年輕的女性歌手獻唱。

女人的聲音充滿磁性，節奏絲絲入扣，可說是唱功和天賦都相當高竿的歌姬。

無論是坐在座位區，或是吧檯區的客人們，都跟著她演唱的節奏或緩緩點頭，或用腳輕踩著拍子。

整間酒吧，都沉浸在優美的旋律中，無法自拔。

女歌手不斷高唱著、高唱著，唱得蕩氣迴腸。

許多吃剩的血肉殘骸，堆積在她的腳邊。

人類的肢體、內臟，橫七豎八交纏在一塊，裸露在空氣中散發陣陣腥臭。

吐出來的毛髮和骨骼，則棄置在舞臺後方。

酒吧內的聽眾們似乎沒有察覺到絲毫異常，繼續沉浸在這動人的樂曲中。

女人的嘴邊滿是人肉的碎屑和血跡，像是口紅般妝點著她雖稱不上絕美，但仍然清麗脫俗的容顏。

她原本只是個沒沒無聞的駐唱歌手，替這間狹小的酒吧，提供不失體面的背景音樂。

從不斷嘗試並失敗的音樂夢中清醒過來後，女人才發現，她已經在這間店裡浪費了所有青春。

當經濟困窘、情感失意的她，沮喪地脫下高跟鞋，爬到陽臺邊緣時，有個聲音攔住了她。

擁有希臘神話中，最美麗歌聲的女妖——賽壬。

傳說中會以動人的歌聲，將航行的水手吸引到她們棲息的小島上，然後一個一個吃掉的女妖。

女人沒有聽清楚賽壬後半段說的、有關「御靈」或「神」之類的話，只是驚豔於被賽壬附身後，自己那絕美的歌聲。

於是她興沖沖地來到平時工作的酒吧，擠下原本正排到班的薩克斯風手，抓起麥克風開口高歌。

隨著酒吧內失神的聽眾愈來愈多，女人的食慾也在賽壬的影響下漸漸高漲。

一回過神來，木製的舞臺邊，已經躺滿了眾多殘缺的屍體。

女歌手開口唱出一個高亢的顫音，一對漆黑的鳥類翅膀從她的背部展開，黑色的羽毛四處紛飛，把催眠樂曲的強度又帶上另一個層次。

臺下的聽眾紛紛不由自主地搖動著頭部、肢體，影響更深者，甚至站起身來撲向對方，開始啃食彼此的肉體。

舞動吧，舞動吧！在我高唱出的優美旋律中，盡情狂歡吧！

女人的情緒也跟著酒吧裡的慘狀，逐漸高漲，漆黑的羽翼扇動著，簡直像要帶著她飛向無垠的天際般。

這噩夢般的景象，已經足足持續了兩天。

一名膚色黝黑的壯漢，走下酒吧旁邊，通往地下儲藏室入口的鐵製樓梯，身上還背著一個大背包。

即使隔著一層厚厚的隔音棉和牆壁，他也能隱隱察覺到那動人心弦的樂音。

雷克斯從口袋中拿出耳塞戴上，舉起扳手敲開地下室的鎖頭。

昏暗的儲藏室中，空無一人，收納酒類和食材的冷藏櫃，隨著低沉的震動運轉著。

快步走到另一扇門前，雷克斯把背包往地上一放，從裡面掏出幾顆煙霧彈，塞在腰帶上。

做好準備後，他推開門，門板的另一邊，是直通往木製舞臺的金屬梯，樂手們平常是從這邊上場的，現在則空無一人。

舞臺的照明燈，從金屬梯的方向灑落，即使暫時阻絕聽力，雷克斯還是能聞到濃濃的血腥味。

男人縮起高大的身子，沿著金屬梯一階一階往上爬。

周圍的光線大亮，地獄般的情景呈現在眼前。

舞臺附近堆滿了殘屍和肉塊，用餐區更是一片混亂，喪失理性的客人們，紛紛撲向對方，啃噬著同伴的肉體。

握住麥克風的歌姬，仍賣力高唱著，陶醉地俯視這腥紅的宴會，沒有馬上注意到出現在通道口的男人。

雷克斯不慌不忙地舉起手中的衝鋒槍，對準愉快的張開鳥妖般翅膀的女人扣下扳機。

一整輪子彈瞬間清空，射在女歌手的身體上、翅膀上，濺起陣陣血花和飛散的黑色羽毛。

突然襲來的劇痛讓女人忍不住大叫，驚慌地拍動羽翼，撞開身邊的碎肉山，一個翻身，狼狽地躲到舞臺側邊。

歌聲戛然而止。

臺下眾人像是大夢初醒，茫然地看著自己與同伴們血肉模糊的肢體。

他們還來不及發出尖叫，更為懾人的旋律，就再度填滿了耳際。

滿臉憤怒的女人站起身，重新開始歌唱，上一秒剛吞下大口血肉的她，身上的彈孔逐漸癒合。

與御靈「賽壬女妖」完全同化的她，此時就算沒有麥克風，也能輕鬆將聲音傳到百里之外。

被她的歌聲所控制，酒吧內的客人們一個個露出野獸般的猙獰表情，瘋狂衝向雷克斯。

男人沒有多浪費子彈，而是拉開早已準備好的煙霧彈，全數扔下，紫色的氣體從他的腳邊湧出，遮蔽住所有人的視線。

混亂中，女人歌唱的音調愈來愈高亢激昂，紫霧很快就被四處橫衝直撞的人們給沖散。

雷克斯毫無遮蔽地暴露在舞臺上，被團團包圍住。

女人露出一抹冷笑。

就算此時那個男人再拿衝鋒槍打過來，擁有眾多人類做為肉盾的她，也無所畏懼。

只要不斷吃下這些血肉，賽壬的食人傳說，就能提供她無限的恢復力，充滿魔力的歌聲，也能操縱那些食物們作戰，甚至控制對手的心智。

簡直是無敵的靈化能力。

即使知道雷克斯戴上了耳塞，女人也認為自己立於不敗之地。

但一反預期的，那些神智不清的人類，並沒有在她歌聲的驅使下，撲向雷克斯，反而一個接著一個倒下。

墨色的血漬浸滿了他們的身軀。

雷克斯面不改色，舉起衝鋒槍。

最後一個站立的人類，也不敵附加了牛鬼劇毒的煙霧，昏死過去。

男人扣下扳機。

失去所有肉盾的賽壬，被雨點般的子彈打得彎下腰來，跪倒在地。

「咕嗚……」女人暫時停止歌唱，往身邊的半具人類屍體咬下，拚命吞食著血肉。

槍傷迅速癒合，她顫巍巍地再度爬起，用力展開背後的羽翼。

「哼！雖然不知道你是何方神聖，但只憑這樣是不可能擊敗我的！你的子彈總歸會耗盡，而我卻會不斷重生！」賽壬女妖瘋狂大笑，瞪視著慢條斯理替衝鋒槍插上新彈夾的雷克斯。

「到時候，我將會讓你沉醉在我絕美的歌聲中，做為我的旗子任意使用！哈哈哈哈哈哈！」

「抱歉，我戴著耳塞，聽不見妳在說什麼。」雷克斯毫不客氣地又扣下扳機，把張著翅膀的女人轟得直不起腰。

「我說過……這種程度沒辦法殺死我……」女人冷笑著，趴在地上，把臉朝最近的一個肉塊湊近，準備張嘴吞食。

但她卻立刻發現，自己的四肢完全失去了力氣。

「你、你做了什麼！」驚恐得看著已經變成墨黑色的手指，賽壬奮力掙扎著，卻無法移動分毫。

漆黑的雙翼無意義地扇動兩下，也慢慢僵硬起來。

女人自豪的歌喉，像是被鎖住般，聲帶無法正常的震動，只能讓她勉強發出沙啞的喉音。

「啊啊……啊啊……」女人絕望的流下淚水，失去了聲音，她就什麼也不是，失去了歌唱能力，她就……

砰砰砰砰砰砰砰砰砰砰砰！

槍聲響徹終於寂靜下來的酒吧。

雷克斯謹慎地又補上了一輪子彈，才緩緩靠近女人的軀體。

奇蹟般的，靠著賽壬吃食人肉傳說帶來的頑強生命力，即使是在劇毒與槍傷的侵襲下，女人依然撐著最後一口氣。

「為什麼……為什麼……我動不了……」

「因為我的子彈上頭，也有劇毒。」靠著讀脣弄懂女人嘟囔的話語，雷克斯淡淡地回答。

「你要殺我……是因為……我做了這種事嗎……」幾乎與自己的御靈剝離，女人在失去意識的邊緣問道。

「因為我……為了自己的滿足……創造了……這樣的地獄……」

「在靜界外殺傷普通人，的確是御靈京的大忌。不過相信我，我見識過更慘的場面。」雷克斯平靜地說。

「那麼……你是為了……拯救他們？真是……天真……」

「我參加這場大戰，的確是為了拯救人，但不是眼前這些。」雷克斯的士兵頸鍊在他胸前閃閃發光，那個他鍾愛一生的女人，把凝結的微笑留在吊牌上，讓他隨身攜帶著。

「我只想拯救一個人，就一個而已。」

「哈……哈哈……別開……玩笑了……這個世界……不會有誰得到救贖……」

砰砰砰砰砰砰砰砰砰砰砰砰砰砰砰砰砰！

衝鋒槍的槍口噴出火舌，女人的身體彈跳著，濺開鮮紅的血花。

確認賽壬的御靈消滅，雷克斯把耳塞拔掉，隨手一扔。

「我殺過的人比妳還多，所以就算身處像這樣的地獄也無所謂，不過……」

高大的傭兵把衝鋒槍甩到肩上，背對女人的屍首。

「她絕對值得全世界的救贖。」

踩過幾乎要淹沒戰鬥靴的血水，雷克斯推開「Blues 藍調」酒吧的大門離去。

◆

「昨日晚間，藍灣市東際商業區一間名叫『Blues 藍調』的音樂酒吧，發生一起疑似集體吸食迷幻氣體相互攻擊的案件，並在現場發現持槍射擊的痕跡，造成多人死傷，此事件疑點重重，警方表示……」

「姊姊，妳看。」姜雪趴在早餐店桌邊，邊吸著奶茶，邊指了指掛在牆上的電視機。

「又是刑事案件……」姜澪的心直往下沉。

即使御靈京大戰是一場御靈間的廝殺混戰，但果然還是會牽連到一般民眾，這幾天接二連三的離奇慘案，就是血淋淋的例子。

「最近是怎麼了啊？」就連姜雪也隱隱察覺到不對勁，皺起眉頭仔細看著新聞。

這兩天以來，姜澪都選擇盡量待在家中，以策安全，順便用電腦查閱各式各樣的資料，試圖找出影鬼的身分。

不過還是一點頭緒也沒有，不禁為自己的無力嘆了口氣。

姜澪站起身來，催促著妹妹趕快把早餐吃完。

「光是這幾天，就發生了一堆殺人事件欸，真恐怖。」姜雪三兩口把蛋餅塞進嘴裡，邊嚼邊背起書包，跟著姜澪踏上往學校的路途。

「嗯，小雪妳也要多小心。」

「好好好，我也有聽妳的話待在家裡了啊，連跟麓野約逛街，最後也沒去。」姜雪嘟起嘴脣，有點受不了最近瘋狂嘮叨的姊姊。

「那是麓野她突然有事，妳們才沒去成的吧？」

「一樣的意思啦……」

正當兩姊妹走在人行道上，小聲爭吵時，有道人影從轉角走了出來。

「澪。」影鬼的警告聲響起。

姜澪連忙抬起頭，卻來不及剎車，朝那道人影直直撞了上去。砰的一聲失去重心，女孩一屁股跌坐在堅硬的人行道上。

「姊姊！」

「好痛……」

「哦，原來是妳啊，眼鏡女。」

一隻有力的手掌，把姜澪從地上拉了起來。

唐雁那極具標誌性的髮色，映入她的眼簾，剛剛被迎頭撞上的他，對比狼狽跌坐在地的姜澪，可說是不動如山。

「下次在街上走路，可別這麼心不在焉的啊。」

膀。

「抱、抱歉……」

唐雁上下打量了姜澪幾眼，確認她沒事後，轉身準備離開。

「等等！你也是，從拐角處走出來的時候，注意一下左右啊！」姜雪滿是不悅，一把抓住唐雁的肩膀。

姜澪膽怯地摀住嘴巴。

唐雁緩緩回過頭，挑起一邊的眉毛。

居然膽敢半路把他攔住，曾經身為街頭混混的他，惡狠狠地瞪向姜雪。

而姜雪也毫不客氣地瞪了回去。

兩人就這樣對峙了幾秒，僵持不下。

姜澪站在一旁，緊張得屏住呼吸。

「抱歉，我也有不對的地方，差點把妳弄傷了。」出乎意料的，看起來逞凶鬥狠的唐雁，率先退讓了一步，對著姜澪低頭道歉。

姜雪也有些意外，困惑地收回抓著男孩肩膀的手掌。

「沒關係的！我……我知道阿雁不是故意的！」姜澪困窘地連連搖手，滿臉通紅。

「阿雁？」聽到關鍵字的姜雪睜大眼睛，猛然回頭盯著唐雁，露出恍然大悟的表情，「你們認識啊？」

「喂，這傢伙的表情很不妙啊。」唐雁無奈地指指雙眼幾乎要放出光芒的姜雪。

「這、這是我妹妹小雪！呃、不對……是、是姜雪才對……小雪快打招呼！」

「你好，我是一年級的姜雪，我家的笨蛋姊姊平常給您添麻煩了。」瞬間換上禮貌客氣的笑容，姜雪熱情地握住唐雁的手。

面對態度一百八十度轉變的姜雪，唐雁有些摸不著頭腦，對姜澪拋出疑問的眼神。

姜澪還來不及做出回應，姜雪就一把將她推開，勾著唐雁的肩膀蹲到人行道邊。

「阿雁先生，您覺得我家姊姊怎麼樣？」

「她嗎？馬馬虎虎吧，個性雖然不錯，但就是腦袋太迷糊了點。」

「先不提腦袋的部分，您看看，我家老姊其實好好打扮起來，外表也是不錯的，再加上那雄偉的……」姜雪超沒形象的伸出雙手，在空氣中虛抓了兩把。

「嗯，經妳那麼一說，似乎還真的挺有料的，平常穿著制服看不出來，有點太低估她了。」

「是吧是吧，而且別看她這樣，這輩子還沒交過男朋友，還是清純少女喔！收了吧這位大哥？」

「可是……」

「你也說她個性不錯了吧，順帶看在雄偉的那個份上……」姜雪滿臉正經地伸出雙手，又是在胸前虛抓了兩把。

「確實有道理……」唐雁似乎有點被說服了。

「小雪？」姜澪露出微笑，從後方抱住姜雪的脖頸。

「姊姊，妳是不是……壓得有點緊？咳咳……我快……不能呼吸……」

「妳有個有趣的妹妹啊。」唐雁憋著笑，眼睛忍不住往姜澪壓在姜雪頭上的豐滿胸部，多打量了兩眼。

「抱、抱歉！讓您見笑了！我現在、馬上、立刻就讓她消失！」

「說什麼恐怖的話呢，姊姊……」姜雪無奈地吐槽，兩三下掙脫姜澪的懷抱，「好啦不鬧了，再不走就要遲到嘍！」

「欸欸欸？都這個時間了……」看了眼手機上的時間，姜澪立刻慌亂了起來。

正當三人往學校奔去時，迎面卻走來三三兩兩穿著藍灣高中制服的學生。

「嗯？」唐雁疑惑地皺起眉頭。

此刻已經相當接近遲到邊緣了，卻出現這麼多學生往學校的反方向走？

——情況不大對勁。

第五章

「喂，你。」唐雁隨手攔住個子瘦小的男學生，把對方嚇得後退一步。

「為什麼大家都從學校出來了？不用上課嗎？」

「你、你不知道嗎？今天臨時停課了。」原本以為一臉混混樣子的唐雁是來找碴的，在聽到他問的問題後，瘦小的男學生明顯鬆了口氣。

「停課？為什麼？」

唐雁和姜家姊妹面面相覷。

「最近不是發生很多凶殺案嗎？學校隔一條街的小公園裡面，又有一個孕婦被殺了，聽說殺人手法相當凶殘，考量到安全問題，所以校長要大家先回家。」

「凶殘的殺人手法？具體來說是怎樣的？」聽到關鍵字的唐雁忍不住追問。

「詳情我也不清楚，那邊被封鎖線圍起來了，不過有別的同學說，好像是肚子被切開還是什麼的吧？」瘦小的男學生搔著頭。

「如果你們沒什麼事的話，就趕快回家去吧。」

丟下這句話後，男學生快步繞過三人，朝另一個方向走去。

唐雁低下頭思索了兩秒。

接著迅速甩開書包，拔腿往學校跑去。

「等等！阿雁！」

「姊姊？」

姜澪趕忙追了上去，一頭霧水的姜雪，也邁開步伐跟在姊姊身後。

三人就這樣一個追著一個，跑到藍灣高中的校門口附近，接著一個拐彎，學校附近無名小公園的圍籬就出現在眼前。

另一頭的入口處，可以發現幾輛警車停在路邊，正拉起黃色的封鎖線。

「阿雁……等、等等……至少先和校長……商量……呼、呼……」平時缺乏運動的姜澪跑了這麼一小段，就上氣不接下氣地扶著膝蓋直喘。

「眼鏡女，妳跟過來幹麼？」唐雁不大開心的皺眉問道。

「怎麼了啊？我們跑到這裡做什麼？」姜雪完全沒搞清楚狀況，不斷左顧右盼。

「我、我擔心……可能會有危險……咳咳！」姜澪因為喘不過氣而嗆咳連連。

「慢慢說慢慢說。」姜雪拍了拍姜澪的背，讓她稍微舒緩過來。

「小雪……妳才是，為什麼跟過來……」

「誰知道你們在跑什麼，當然先跟過來再說，免得妳又捅出什麼婁子。」姜雪白了自己的姊姊一眼，

「所以現在誰能解釋一下了嗎？為什麼要突然衝到這裡？」

「妳、妳趕快回家！」猛然想起這個公園，可能是御靈「姑獲鳥」不久前的犯案場所，姜澪焦急地推著妹妹的背脊，要她馬上離開。

「什麼啦，妳到底在做什麼啊？」

「來不及了。」唐雁舉起手，阻止正拉拉扯扯的姜家姊妹，臉色凝重了起來。

周圍寂靜無聲。

忙著拉封鎖線的警察也消失了。

「是靜界，澪，退到我身邊。」察覺到危險的影鬼立刻現身，護住一臉擔憂的姜澪。

唐雁的眼神中充滿殺氣，一左一右拔出獵刀。

姜雪沒形象的張大嘴巴，來回指著變魔術般、從影子中出現的黑髮男人，以及憑空拔出兩把刀的唐雁。

唐雁一馬當先，翻過圍籬跳了進去。

「影鬼，可以先把小雪送出去嗎？」

「辦不到，既然我們主動踏入對方的地盤，那麼除非消滅靜界的主人，否則誰也出不去。」影鬼冷靜地說道，「我建議最好趕緊跟上唐雁，免得戰力分散而被各個擊破。」

「這樣啊……」雖然心裡千百個不願意，但姜澪還是用力咬緊嘴脣，握住姜雪的手，在影鬼的護持下，朝公園的方向走去。

「什麼跟什麼啦……」連續聽到好幾個陌生單詞的姜雪，已經徹底摸不著頭腦，只能被自己的姊姊拉著，翻過公園的圍籬，進入內部。

唐雁蹲在地上，仔細觀察著泥土上的痕跡。

「阿雁，有發現什麼嗎？」姜澪帶著妹妹，和影鬼趕到他的身邊。

「好奇怪。」

「奇怪?」

「照理來說，姑獲鳥應該不是那種時常展開靜界的御靈，但現在卻……這種規模的靜界是怎麼回事?」唐雁站起身來，環顧著四周，公園裡靜悄悄的，空無一物。

「隨時保持警戒，澪。」

「好、好的。」姜澪屏住氣息，握住妹妹的手，把她拉到身邊。

姜雪也注意到情況不對勁，不再吵鬧，安靜地待在影鬼身後。

窒息的寧靜持續了一段時間，唐雁握著獵刀，在公園內的廣場上四處踱步，試圖找出任何蛛絲馬跡。

一片烏雲捲來，遮蔽住了太陽光。

周遭立刻暗了下來。

眾人才剛意識到有什麼將要發生，公園地面的石磚就瞬間爆碎開來。

「右邊!」影鬼雙手拎起姜家姊妹，往後一躍，避開散落的碎石。

「選擇，雄獅格子!」

巨大的長條狀黑影，從地底下鑽了出來，抖落無數灰塵。

唐雁身上爆出赤色的鬼焰，主動迎了上去。

「赤鬼!」

刀光交錯，唐雁一口氣把兩個成年人粗的肉柱斬成兩半，落在地上。

這時他們才看清了破地而出的怪物真身。

那是一條巨大的毒蛇。

被斬斷的蛇頭在地上翻滾、掙動著，蛇身還卡在地洞裡，鮮紅的血液灑得到處都是。

「那是……什麼？」首次接觸到御靈的姜雪，有點被眼前的景象嚇傻，緊緊抓住姜澪的手指。

「小心，還有！」影鬼眼神一厲。

連續幾個爆破，把公園完整的石磚炸得所剩無幾。

八顆巨大的蛇頭，一個接著一個破地而出，對著他們嘶嘶吐信，豎直的瞳孔中倒映著眾人的身影。

一開始被唐雁斬斷的蛇頭，此時也冒著煙漸漸乾癟，變成一具皺巴巴的蛇蛻。

新的血肉聚集在蛇身的斷面上，轉瞬間，一顆全新的蛇頭又再度昂起，凶猛地露出毒牙。

一共九顆從地底冒出的蛇頭，將姜家姊妹和影鬼、唐雁等人團團圍住。

「這下不大妙。」影鬼面無表情後退了一步。

「一、二、三、四、五、六、七……」姜雪睜大眼睛，豎起手指計算著。

「不用算了，總共九個，看來是希臘神話的九頭蛇『許德拉』，這傢伙可不好對付。」唐雁嘖了一聲，握緊手中的雙刀。

「牠牠、牠有什麼特殊的能力嗎？」儘管已經不是第一次經歷御靈間的戰鬥，姜澪卻還是非常害怕，光是把這句話吐出來，就差點咬了兩次舌頭。

「巨大的身軀、毒液，還有幾乎殺不死的生命力，只要被砍掉一個頭，就會馬上重新長出來。」唐雁交錯雙刀，緩緩蹲下身軀，「不一口氣把九個頭都解決掉的話，牠就會不斷重生，直到我們力盡而死為止。」

「意思是說，半吊子的攻擊沒有用吧。」影鬼攤開手掌，鐮狀的黑影從他腳下伸出。

「接下來，我會出全力攻上去。喂，眼鏡女，讓妳的御靈配合我作掩護。」

「好、好的，影鬼？」

「沒問題。」影鬼凝目望向正扭動著身體、蓄勢待發的九顆蛇頭。

「從最右邊的那顆頭開始，三、二……」

還沒等他倒數結束，許德拉的九個頭就同時嘶聲大吼，朝他們咬來。

「一！」

唐雁飛速竄出，身上的赤紅鬼焰爆發。

「嗚噢噢噢噢噢噢噢噢噢噢噢！」透過奇美拉的嵌合體能力中，儲存的赤鬼御靈，唐雁交出全數理性，以換取最強的戰鬥力，化身為狂戰士衝上前去。

閃身躲過其中兩顆蛇頭的咬擊，唐雁以近乎非人的速度，連續砍出數刀，將身邊的兩顆頭斬落。

同時影鬼也驅使著鐮狀的黑影，刺穿了其餘七顆頭的下顎。

九頭大蛇的蛇身痛苦地翻滾著，激起陣陣煙塵。

唐雁怒吼著衝進滾滾塵埃中，卻被一條橫掃的蛇身打退。

除了被唐雁砍下的兩顆頭外，剩下的大蛇很快就直起身，下顎被影鬼刺穿的傷口，迅速癒合。

血肉和鱗甲也聚集在蛇身的斷面上，開始凝聚出新的頭部。

唐雁狂吼，身上纏繞的赤色鬼面火焰不斷吞吐、搖曳著。

男孩在九顆蛇頭間殺進殺出，斬下無數頭顱，卻始終無法在有限的時間內，趕上許德拉再生的速度。

地上滿是乾枯的蛇蛻。

「我的天啊……」姜雪不敢置信地按住嘴脣，眼前像是好萊塢怪獸電影般的場景，讓她徹底震懾。

姜澪用力咬住嘴脣，卻只能在旁邊乾著急。

「這樣下去，會沒完沒了。」影鬼皺起眉頭。

從剛剛開始，他就發現自己的影之鐮，無法給予大蛇致命的傷害，頂多只是留下一些小傷口。

在整個戰局，都靠著唐雁一個人支撐的情況下，恐怕不容樂觀。

畢竟沒有人知道，赤鬼的靈化型態可以維持多久。

「噢噢噢噢噢噢！」唐雁使足全力，在長刀般的十八根毒牙下，靠著狂化後的身體本能左挪右閃，砍下一個又一個粗大的蛇頭。

追不上九頭蛇重生的速度，唐雁漸漸被壓制住，無法像剛開始那樣憑著蠻力橫衝直撞。

僅存的一絲理智告訴他，再過不久，雄獅格子儲存的赤鬼能量就要完全耗盡，自己的靈化狀態也會隨之解除。

而要重新把能量填滿，至少需要一天的時間。

意思是說，他無法在同一場戰鬥中，全力使用同一個靈化的能力兩次。

如果在赤鬼的能量用盡前，還沒辦法打倒許德拉的話，那麼他們將會失去唯一能對大蛇造成有效傷害的手段。

接下來就只能任人宰割了。

同樣也隱隱察覺到這件事情的影鬼，焦躁地向前踏出一步。

「影鬼。」

影鬼回過頭，對上姜澪堅定的眼神。

「如果不用保護我們，和對手拉近距離的話，你也能使用威力更大的攻擊吧？」

「是的。」影鬼點點頭，「距離太遠的話，影之鐮會失去力量。」

「這樣的話，你就去幫阿雁吧，不用管我們。」

「可是……」

「如果阿雁戰敗了，到時候我們也無處可逃。」儘管語氣中還有點膽怯，但姜澪努力讓自己看起來很勇敢。

影鬼注視著女孩的雙眼，點了點頭。

「我知道了。」

影鬼向前走去，無數鐮狀黑影，隨著他的腳步從地面上增生，環繞在他身邊。

「唐雁，配合我的攻擊，一口氣把所有頭砍下來。」

「知道了！」暫時收斂起奔騰的鬼焰，唐雁不再胡亂拚殺，連續幾個蹤躍向後退去，蹲伏在影鬼旁。

「我負責左邊，你負責右邊，兩秒內解決。」影鬼的聲音急促，九頭大蛇朝靠在一起的兩人撲了過來。

「上吧！」唐雁一口氣把剩餘的赤鬼能量爆發出來，赤紅色烈焰炸開，讓唐雁的身影飛射出去。

「哼！」影鬼雙掌交錯，無數鐮狀黑影飛速連砍，像是切肉機般，瞬間粉碎了左方的所有蛇頭。

唐雁也在一晃眼間，斬斷了右方的數條蛇身。

九頭蛇的鮮血飛濺在空氣中。

伴隨沉重的落地聲，一條條失去頭顱的身體，頹然倒在地上。

「幹掉了嗎？」

「我解決四個，你呢？」影鬼隱隱發覺不妙。

「我也是四個。」唐雁的心直往下沉。

八顆大蛇的頭顱迅速乾癟下去，化成一個個蛇蛻，冒出腥臭的焦煙。

廣場上只剩下八條無頭的蛇身，橫七豎八的癱在地上。

還有一個頭，在哪裡？

四人同時想到這個問題。

影鬼猛然回過身。

「澪！小心後面！」

混著草皮的土壤爆開，許德拉的最後一顆頭顱破地而出，嘶吼著朝姜家姊妹咬去。

「眼鏡女，快躲開！」

「姊姊！」

姜雪一把推開反應不及的姜澪。

姜澪摔倒在地，巨蛇的下顎以毫釐之差，掠過她的身邊，連帶著把姜澪的眼鏡給颳飛。

在她模糊的視線中，看見大蛇一口咬住姜雪，利刀般的毒牙刺穿女孩的軀體，把她直頂到半空。

肋骨碎裂的聲音，在姜雪的胸腹處悶響，鮮紅的血泡從她的嘴角邊流出。

短髮女孩用不可置信的眼神，看著自己被毒牙貫穿的身體。

「啊咯……啊啊……」她像是要說什麼話般，微微張開嘴巴，卻只能發出漏氣般的喘息。

唐雁和影鬼同時撲了上去，斬落許德拉最後一顆頭顱。

但為時已晚。

隨著冒出焦煙的蛇蛻重重墜落在地上，在致命重傷和毒液的作用下，姜雪的眼神早已失光彩。

被毒牙貫穿的胸腹處，血肉模糊，各種顏色的液體和固體，從她的傷口處流出，斷裂的骨頭碎片混在其中，淌落在公園的草皮上。

姜澪的雙腿失去力氣，跪倒在地。

時間的流速似乎減緩下來，聲音也同時消失了。

唐雁不知道在大吼著什麼，轉身衝向又重生完畢，重新抬起身來的許德拉。

影鬼趕到姜澪的身邊，喚出鐮狀黑影護著她。

兩個男人，都同時忽略了姜雪倒在地上的殘破身軀。

因為在任何人的認知中，她都不可能被救活了。

已經死了。

死了。

姜澪的眼角滾下一道淚水。

她認得這種場景。

三歲那年，什麼也不懂的姜澪，握著媽媽的手，看著穿黑西裝的男人們，把放在木箱子裡的爺爺，埋入土坑中。

「爺爺怎麼了？為什麼他們要把爺爺埋起來？」當時還沒戴上眼鏡的黑髮小女孩，好奇地拉了拉媽媽的袖子。

她不懂，為什麼大家都要一臉凝重的，把最疼她的爺爺埋在土裡。

「小澪啊。」長相與姜澪酷似的女人蹲下身來，溫柔地撫摸著她的頭說：「那些大哥哥，要帶爺爺到更好的地方去喔。」

「更好的地方？」

「嗯，一個沒有病痛，還有吃不完糖果的地方喔。」

「聽起來好棒！」聽到有吃不完的糖果，小女孩的眼神亮了起來。

「可是……媽媽。」

「怎麼了呢？」

「既然那個地方這麼棒，為什麼大家還要這麼難過？」

「因為那個地方很遠很遠，爺爺去了就不會回來了，所以大家才有點捨不得。」

「是哦……」姜澪似懂非懂地點點頭，把目光轉回正拿起鏟子，把泥土蓋上木箱子的黑西裝男人。

其中有個穿著黑色大衣，身材瘦高的黑髮男人，靜靜地坐在隔壁土堆前的石碑上，凝視著工程的進行。

母親暫時被其他長輩叫去，留下小姜澪一個，孤零零地站在整排土堆前。

女孩歪著頭，上下打量黑大衣男人。

「你要帶爺爺去那個有吃不完糖果的地方嗎？」

黑髮男人回過頭來，一對金色的雙眼，迎上女孩的視線。

小姜澪眨眨眼，土堆前的石碑上卻早已空無一人。

「爸爸、爸爸，剛剛那邊有個男生，是來帶爺爺去有很多很多糖果的地方嗎？」小姜澪跑到父親旁邊，舉高雙手，比劃出「很多很多糖果」的樣子。

「小孩子不要亂講話。」父親的眼角有些泛紅，他隨手摸了摸女孩的腦袋，逕自和其他長輩繼續交談。

姜澪又跑到石碑旁，確認黑大衣男人已經不在了。

不過她還是相信，那個一瞬間與她四目相交的大哥哥，肯定會帶著爺爺，平安去到有很多很多糖果的地方。

後來姜澪才在書上看到，有種人物，專門帶領裝在木箱子中的人們，前往另一個世界。

他們通常穿著黑斗篷，躲在暗處。

姜澪七歲時，一根鋼筋從工地的鷹架上掉落，刺穿帶著她出門買東西的父親。

在與穿著黑色大衣的身影擦身而過後，長長的鐵棒急速墜落，插入父親的左肩，從右側腹穿出。

溼溼黏黏的液體，沾在姜澪的小手上。

女孩有點不解地抬起頭。

父親的喉頭咕嚕咕嚕顫動了幾下，就緩緩回歸死寂。

警車和救護車的鳴笛聲此起彼落。

幾個穿著制服的人員來把姜澪帶走，摀住她的眼睛，不讓她看被從鐵棒上卸下來的爸爸。

回到家後，媽媽抱著她們兩姊妹什麼也沒說，姜澪也知道父親不會再回來了。

爸爸一定是被那個黑髮黑大衣的男生帶走，去可以吃一大堆糖果的地方了。

她這麼深信著。

十一歲那年，下著大雨。

安置好感冒在家裡休息的姜雪後，兩姊妹的母親來接剛放學的姜澪回家。

在撐著傘的黑髮男人注視下，尖銳的煞車聲響徹街角。

母親的頸部以不自然的角度折斷。

上一秒，被媽媽推倒在人行道上的姜澪，呆呆地注視著超速的駕駛打開車門，衝到母親失去溫度的身體旁。

「姜澪、姜雪，接下來妳們就住在伯父和伯母家吧。」

兩個女孩手牽著手，站在對她們露出和藹微笑的中年男子前。

一晃眼，那棟只寄住了不到一年的小平房，就在大火中倒塌了。

然後是姑姑、姑丈。

獨居的小阿姨。

不知名的寄養家庭。

很快的，沒有人願意收養這對災星般的姊妹了。

「她們肯定被詛咒了。」

「天啊，死了多少人啊?這已經不是巧合了吧!」

「惡魔!」

「一定是詛咒!」

即使遭受所有人的冷言冷語，姜澪也沒有抱怨半句。

儘管漸漸懂事，在她心底，總還有一部分相信著，死去的人們只是被帶往遙遠的地方而已。

因為每次，姜澪的視線中，都會映照出那位黑大衣男人的身影。

「姊姊，沒關係，我們長大了，不需要別人幫忙，也可以自己生活!」上了國中的姜雪，用力握住姜澪的手，這麼告訴她。

兩姊妹靠著父母親留下的遺產，還有打工存下的錢，租了一間小小的四坪房間。

課業和經濟上的壓力，也讓姜澪漸漸淡忘了黑衣男人的事情。

雖然空間窄小，生活拘謹，但她們互相扶持，還是走過來了。

直到現在，即使身邊的人都不斷離去，這個比她堅強、成熟許多的妹妹，始終留在她的身邊。

直到現在……

姜雪冰冷的身體躺在草地上，睜大的雙眼失去神采，鮮紅的血跡在她身下蔓延開來，滲入土壤。

「小雪……」

姜澪的淚水大顆大顆流下。

「為什麼……」

「澪曾經強烈地相信著我的存在，我才能提前具現化。」

影鬼剛現身時，曾這麼說過。

姜澪擦了擦眼角的淚水，緩緩站起身來。

她意識到了某件事。

燃燒的戰意，首次出現在姜澪的臉龐上。

她深吸一口氣，朝正和九頭蛇混戰的影鬼與唐雁走去。

姜澪舉起一隻手，緩緩張開雙脣。

「影鬼，你的真名是……」

時間的流速瞬間恢復正常。

「死神！」

黑髮男人的身影爆散，化為無數黑色的布片，聚集在姜澪身上。

跨過掉落在草地上的眼鏡，姜澪張開手掌，漆黑的大鐮刀出現在她手中。

與許德拉纏鬥到一半的唐雁，察覺到後方氣氛有異，交錯雙刀回過頭來。

穿著黑色長襬大衣，手持一人高巨大鐮刀的女孩，站到他的身邊。

「這是靈化？妳是怎麼……」

「阿雁，我來收拾這個御靈，請幫我製造出手的機會。」姜澪打斷唐雁的問題，舉起鐮刀，瞪視著九條蛇身四處游動的許德拉。

「……我知道了。」唐雁在接觸到姜澪的雙眼後，就不再繼續追問，緩緩蹲低身體，「赤鬼的能力暫時不能用了，我來替妳做佯攻，注意別錯過進攻時機。」

「好。」

唐雁猛地一蹬地，憑藉奇美拉本身賦予的肉體速度，掠過幾條大蛇的圍攻，拖著兩柄獵刀直衝蛇群正中心。

「選擇『毒蛇格子』！」

身體幾乎平行地面的閃過追擊，唐雁大吼。

「殺人小丑！」

黑桃紋路浮現在他的眼角下方。

驚人的氣勢從唐雁身上湧現，震懾住九頭蛇的動作，連原先藏在土裡的第九顆頭，也驚嚇到竄出地面，嘶嘶吐信。

「姜澪！」

姜澪應聲躍上半空，大衣的下襬飛揚。

她閉上雙眼。

從小到大，姜雪總是跟在她的身邊，扶持她、鼓勵她、幫助她，即使生活總是不盡人意，姜雪也從來沒有抱怨過，而是一直帶著那陽光般溫暖的笑容，拉著她的手不斷往前進，跨過各種難關。

扛著家計的壓力和沒用的姊姊，姜雪瘦小的肩膀卻始終不曾垮下。

「沒問題的，姊姊！」

姜雪總是這麼說。

但就因為她沒有保護好姜雪，那個樂觀、善良的女孩，現在倒在地上，了無生機。

姜澪咬緊牙關，使勁全力。

「吾乃深淵與黑暗的主宰！冥河的擺渡者、亡靈的引導者、地獄的審判者，引領死亡之人、收割靈魂之神！」

漆黑的巨大鐮刀不斷變大，刀鋒閃耀著冷冽的寒光。

看好了，小雪！姊姊這次一定會……一定會打倒傷害妳的怪物！

一定會為妳報仇！

姜澪用盡全身的力氣大叫。

「死神鐮刀．桑納托斯！」

黑影一閃，九個巨蛇的頭顱瞬間被鐮刀吞噬。

漆黑的風暴，隨著破空劃過的鐮刀刀刃捲起。

咆嘯的黑色漩渦中，許德拉的身軀痛苦掙扎著，像是生命力被吸乾般，迅速枯萎。

姜澪咬牙，握緊鐮刀的長柄，再次使勁一揮。

許德拉那號稱可以無限重生的九顆頭顱，同時被刀刃斬下，連同身軀一起化成飛灰。

唐雁舉起雙臂，抵擋強大的風壓。

死神鐮刀颳起的漆黑風暴，又持續吹襲了幾秒，才漸漸停止。

「哈……哈啊……」姜澪渾身失去力氣，落地後半跪在地上拚命喘氣。

「小雪……小雪……」

即使把對手漂亮的消滅，姜澪的內心，卻還是空虛一片。

透明的液體，滴落在公園的草地上。

黑色大衣和鐮刀消去，影鬼重新出現在她身邊，扶住姜澪的肩膀。

「澪，幹得漂亮。」

「走開！」

影鬼有些意外地看著自己被推開的手掌。

淚水不住從姜澪的臉頰上流下，她抬起頭，眼中滿是憤怒的火焰。

「是你害的！」

剛收起雙刀走回來的唐雁，疑惑地看著瞪視彼此的影鬼和姜澪。

「就是你！就是因為你出現在我的身邊，才害爸爸、媽媽……」

姜澪一口氣哽在喉頭，一下子發不出聲音，只能用力咬住嘴唇。

影鬼面無表情地別開臉。

他並不打算辯解。

「現在連小雪……連小雪都……」姜澪崩潰地掩住臉，不敢再看向姜雪淒慘的死狀。

臟器全碎、毒液蔓延。

光是這兩種情況，就足以殺死任何一個凡人之軀了。

影鬼垂下眼簾。

「澪，很抱歉，我的能力就是『死亡』本身，是會吸乾生命力、遭致死亡因果的御靈。除非是我的御靈者，或是擁有『不死』特性的御靈，否則只要是待在澪身邊的生命體，時間一久，就會遭到死亡侵蝕，這是無可改變的。」

唐雁的眉角抖了一下，稍微後退半步。

「但是，唯獨澪的妹妹沒有被『死亡』侵蝕。」影鬼緩緩地說著，「姜雪她……像是能拒絕『死亡』一樣。」

「你的意思是說，這次的事情跟你沒有關係嗎?影鬼!」姜澪一把扯住影鬼的衣領，咬牙低吼著，一發怒起來，凌厲的氣勢完全不像同一個人。

「是。不過妳應該不信吧，澪。」影鬼凝視著憤怒失控的姜澪，任由她抓著自己的衣領，平靜地陳述事實。

唐雁瞇起眼睛，他注意到姜雪攤在地上的手指，似乎顫動了兩下。

對血腥場面習以為常的唐雁，主動走了過去，查看短髮女孩的狀況。

才接近到大約兩公尺左右的距離，唐雁就知道不可能有救了。

蹲下身來，他仔細觀察著短髮女孩的軀體。

姜雪被刺穿的胸腹處完全敞開，斷裂的骨頭、外露的的臟器七零八落攪在一起，血液因為蛇毒的關係，變成濃稠的黑泥狀。

她的雙眼茫然地張開著，空洞地凝視著前方。

即使是唐雁，此時也感到隱隱作噁。

「妳先別難過了。」唐雁臉色凝重，俐落地站起身來，「在靜界消失前，替妳妹妹收拾一下吧。」

毫無預警的，姜雪突然間坐了起來。

唐雁瞬間拔出獵刀。

「小雪？」注意到姜雪的動作，姜澪又驚又喜，飛快地撿起眼鏡，朝兩人的方向奔去。

影鬼遲疑了一秒，也跟了上去。

「小雪，妳還好嗎？很痛嗎？姊姊送妳去醫院，好不好？」姜澪焦急地跪在短髮女孩身邊。

黑色的濃稠血液，從姜雪張開的口脣邊流出，滴在制服的領口。

她的瞳孔縮成一點，無神的盯著上方，喉嚨中發出不成聲的氣音。

「等一下，她的情況不大對勁。」唐雁舉起手，擋住正想上前擁抱妹妹的姜澪。

姜雪緩緩轉過頭，縮小的瞳孔掠過圍在身邊的三人。

「喀啊……喀……喀啊啊……」

「小雪？妳想說什麼嗎？」姜澪擔心地看著不斷開闔嘴脣、滴落點點黑血的短髮女孩。

伴隨著一次不自然的吸氣，姜雪身邊的草地瞬間乾枯，原本還帶點溼潤感的泥土，水分也被完全抽乾，只留下粗糙的沙地。

影鬼拉起姜澪，與唐雁一起向後疾躍。

「什麼鬼？」唐雁警戒地將獵刀交錯在身前，蹲低身體。

即使是深愛著妹妹的姜澪，也被此時眼前的景象給嚇呆了。

姜雪僵直著四肢，以完全不符合人體工學的姿勢，站了起來。

女孩胸腹間巨大的傷口，水分也被完全蒸乾，周圍的血肉縮了起來，把敞開的兩個大洞堵住。

姜雪原本細緻且健康的肌膚，現在乾枯地貼在僵硬的肌肉上，呈現讓人不忍直視的深褐色。

轉動著縮小到極致的瞳孔，短髮女孩的屍體，定定地望著眼前的三道身影。

「這是……御靈的氣味。」影鬼皺起眉頭。

「御靈？小雪嗎？」姜澪睜大眼睛，難以置信，「什麼御靈？」

「不清楚，但肯定擁有『不死』的特性。」

「我想我大概知道那是什麼御靈。」唐雁吞了口口水，「而且是最棘手的那一種。」

在許德拉退場後，即將解除的靜界搖晃著，周圍的空間，不時閃出現實世界那頭的聲響和人影。

姜雪靜靜地佇立在原地，身體微微晃動著。

她退後了一步。

「喂，我們一起上，在這邊解決掉！不能讓她跑到外面去！」唐雁機警地反握獵刀，呼喊影鬼一同動手後，率先矮身衝了上去。

「阿雁，不要！」

在姜澪的意志下，影鬼不由自主地喚出無數鐮狀黑影，一整排擋在姜雪面前。

「嘖！」唐雁趕忙剎車，在乾枯的沙地上，激起一陣塵土。

姜雪抓住這個空檔轉過身，雙腳一彈，扯碎殘留的靜界障壁，朝外頭飛射而去。

失去兩個嵌合體格子能量的唐雁，判定光憑奇美拉給予的體能增幅，追不上這非人的速度後，忍不住罵了句髒話，停下腳步。

小公園的景象又浮動了幾下，靜界才漸漸褪去，車聲、人聲縈繞在他們四周。

「抱歉，阿雁，就算變成那個樣子，她裡面還是小雪……」姜澪有些歉疚，走到放下雙刀的男孩身邊。

「妳錯了。」唐雁帶著滿臉的怒氣，回過頭來，「那個御靈並不是和妳妹妹共存，它是因為御靈者瀕死的狀態而甦醒，占據主人的身體，來確保自己生存的寄生物！」

「寄、寄生物？」被唐雁的氣勢給壓倒，姜澪顫抖著喃喃重複這個聽起來很不妙的單詞。

「就算身體因為不死的特性，而勉強沒有毀滅，但妳妹妹的意識，恐怕已經被那個御靈給吞噬了。現在操縱那副軀體的，只是一個失控的怪物而已。」影鬼嘆了口氣。

「怎麼會……」姜澪的眼神中，滿是絕望。

「這、這樣的話……躲在小雪身體裡的，到底是什麼御靈？」

唐雁蹲下身，撫摸著地上乾枯的草地。

在剛剛靜界崩落時，姜雪身上的詭異能力，連帶著把現實世界的公園草皮一起抽乾了水分。

「在古中國的傳說裡，有個據說擁有不死之身，出現時必定伴隨大旱的妖怪，它能把身邊的水氣全部吸收，千里內的土地，都會變成沙漠。」

「那是……怎樣的妖怪？」姜澪膽怯地問道。

「旱魃。」唐雁站起身，拍掉手上的塵土。

「又稱為殭屍。」

◆

被九頭蛇御靈一拖，追著遇害孕婦消息而來的唐雁，也不得不放棄原本的計畫，帶著姜澪和回到影子中的影鬼，踏入藍灣高中的校園內。

失控靈化的姜雪，此時早已不知去向。

「阿雁，我們現在要去哪裡？」勉強跟上唐雁略顯急促的腳步，氣喘吁吁的姜澪忍不住問道。

原想去追姜雪卻被阻止的她，現在可說是心急如焚，從剛才就沒停過的淚水，就能知道姜澪此刻糾結的心情。

「去找老太婆。」頭也不回的丟下這麼一句，唐雁兩個跨步跳上了通往二樓校長室的階梯。

「如果真的是旱魃，恐怕就大事不妙了。」

「為、為什麼？」看到唐雁凝重的側臉，姜澪不禁害怕了起來。

即便是面對駭人的裂嘴女、殺人小丑，甚至是殺不死的九頭蛇，也始終面不改色的唐雁，居然會因為這個御靈，放棄搜查姑獲鳥的情報，回來尋求魔女的協助。

若是身分屬實，這個名為「旱魃」的御靈，將會是連唐雁也倍感壓力的恐怖怪物。

「眼鏡女，妳不會沒看過殭屍電影吧？」唐雁停下腳步，把挑染成紫色的劉海撥到側邊，正色看著姜澪。

「看過一點……」

「那妳應該明白我的意思。」

姜澪的心直往下沉。

「已經失去理性的御靈，不但不會在戰鬥時張開靜界，保護現實世界的人們，還可能近一步去傷害普通人類，像姑獲鳥那樣。」提到這個神祕的御靈，唐雁的眼神又黯淡下來，「應該說，像那樣的御靈，比如旱魃，是絕對不會特地躲在靜界裡的。」

姜澪這次沒有問為什麼。

「因為，人類就是食物與武器，若是傳說中有『食人』、『殺人』特徵的御靈，很多都不會張開靜界，這也讓這類御靈的危險性和殺傷力提高很多。」為了追查姑獲鳥，而向南請教了許多知識的唐雁，向姜澪解釋道。

「阿雁的意思是……放著小雪不管的話……」

「嗯，如果不趕快找到她，那個御靈說不定會把藍灣市的所有人類，都變成殭屍。」

姜澪倏地停下腳步，呆立在原地，望著獨自遠去的唐雁。

這個震撼的事實讓她腦中一片空白，遲遲無法挪動腳步追上他的背影。

像好萊塢喪屍電影那樣的煉獄，將會降臨在藍灣市嗎？而且是藉由姜雪之手？

想到這邊，姜澪不禁無助地抱緊雙肩，緩緩蹲下。

「澪，妳還好嗎？」熟悉的嗓音從映在地面的黑影中傳出。

「影鬼……」姜澪的雙眼盈滿淚水，她摘下眼鏡，胡亂用手背擦了擦，小聲哽咽道：「對不起，我現在還不想見你。」

影子沉默了像是有一個世紀這麼久，隔著班駁的磨石子地面與女孩的眼淚相望。

「……抱歉。」

姜澪有些意外地抬起雙眼，注視著陰暗下來的黑影。

「也許在澪的眼中，我永遠都是可恨的怪物吧。」

「影鬼……」聽著死神御靈幾乎沒有感情起伏的聲音，姜澪的心中五味雜陳。

她當然知道影鬼並不是有意把死亡帶到家人身邊的，他之所以會成為自己的御靈，大部分原因甚至得歸咎於滿心相信「死神」傳說的小姜澪身上。

但情感上卻又不同了。

「對不起……現在我真的不知道該拿什麼表情面對你。」姜澪將半邊臉頰藏在雙膝後，小小聲說道。

如果影鬼此時是實體化狀態，也許會露出落寞的表情吧……姜澪忍不住這麼想。

但光是想到父母親、還有善待自己的親戚們與和善的寄養家庭，都是因為那「招致死亡」的能力而離開人世，她的心情就怎樣也無法平復，眼角掛著的淚珠不斷滑下，在地面滴落出晶瑩的水花。

「不，該道歉的是我。」影鬼的聲線依舊平淡，卻隱隱透出一股沉痛，「就連現在看著哭泣的澪，我也不知道該怎麼安慰才好，我們御靈……畢竟還是和人類不同，並不能算真正活著，甚至連人格都是從傳說中虛擬出來的，這樣的我們，或許根本沒有資格與御靈者站在相同的位置吧。」

尤其是像我這樣只會招來不幸的御靈。

雖然影鬼沒有直接說出來，但姜澪卻能清楚感受到他未盡的語意。

「明明是這樣的御靈，卻還擅自待在澪的身邊，讓澪感到痛苦，真的非常抱歉。」影鬼的語氣低沉下來。

聽著他自責的聲音，姜澪的心揪成一團。

她擦乾臉上的淚水，小心翼翼地伸出手，觸摸地面上的影子。

「我啊……剛開始的時候，其實很害怕影鬼。」姜澪低下頭，讓長長的髮絲垂落，遮住自己的臉龐。

「阿雁對我說過，只要露出怯戰的樣子，御靈就有可能會反噬宿主，但我根本不想戰鬥啊，而且也完全不了解影鬼的傳說，不知道該怎麼做才能在這場戰爭中活下來，所以常常忍不住想著，說不定哪時候就會被影鬼發現這樣的想法，然後被殺掉了吧……」

「澪……」

無意間，姜澪似乎能感覺到影鬼的手掌正輕撫過自己的頭頂，讓她緊繃的肩膀放鬆了下來。

「不過，現在沒問題了。」姜澪抬起頭，努力擺出笑容，「如果是能夠這樣安慰我的影鬼的話，一定沒問題的，我願意相信你。」

「即使是帶給妳不幸的御靈……也願意相信嗎？」影鬼的語氣中帶著一絲少見的驚訝。

「嗯，過世的人已經過世了，現在要努力讓更多人活下來，就從把小雪平安無事帶回來開始吧！」姜澪雙手握拳，為兩人打氣。

雖然沒有實體化，但她卻能感受到影鬼此時正深深地望著自己。

「……澪，我是『死神』的御靈，是傳說中會帶來死亡與枯竭的神靈，妳應該再清楚不過吧？」

「嗯，我了解！」姜澪用力點頭。

也許是被無奈和好笑參半的心情填滿了思緒，只見影鬼忍不住輕嘆一聲。

「既然如此，被額外賜予『影鬼』這個名字的我，就不得不再次宣誓忠誠了……」

聽著影鬼喃喃自語，姜澪不解地歪過頭。

「澪，我在此向妳發誓，做為妳的御靈，我會為了御靈者的勝利和生還拚上性命，並永不背叛御靈者的意志。」

比起死神，更像是中世紀騎士般的誓言，迴盪在女孩的耳邊。

「只要澪願意相信我，我就會獻上所有的忠誠。」

影鬼那總是平靜卻凜然的面容，浮現在姜澪的腦海中。

「謝謝你，影鬼。」輕輕收回撫著黑影的手掌，姜澪站起身，神情比以往堅定了許多，「我也會努力加油的，之後還請多多指教！」

「很好的氣勢。」影鬼的聲音中，終於浮現一絲笑意。

「走吧，我們去找校長，問問看有沒有辦法把小雪找回來。」姜澪邁開腳步，朝唐雁離開的方向趕去。

「絕對……不能讓小雪毀了整個藍灣市。」

第六章

追上駐足在走廊中途等待的唐雁，他們一同來到校長室前，敲了敲門。

「請進。」女人的聲音在門後響起。

踏入魔女的工坊後，兩人才總算鬆了口氣。

經過驚心動魄的早晨，這個瀰漫著草藥和木頭香味的房間，讓人感到無比安心。

看不出年齡的美女校長，一如往常地坐在那張高級辦公椅上，對他們露出笑容。

「真難得，明明我本人都宣布今天放假了，你們居然還特地跑來學校啊？」

沒有理會南的調侃，唐雁直接打斷魔女的話頭，劈頭說道：「先別管那個了，老太婆，有麻煩事發生了。」

「旱魃嗎……」

原本因為唐雁無理的稱呼而露出不悅表情的南，在聽完唐雁的說明後，不禁變了臉色。

魔女又針對殭屍御靈提出幾個問題後，才面色沉重地往後靠在皮椅上的靠墊。

「這還真是……才解決掉九頭蛇，又冒出了個更麻煩又更死不了的東西了嗎？」

「校長，您能不能幫忙想想辦法？」姜澪不安地緊抓裙襬，在她眼中，如果連睿智的魔女校長都無計可施的話，那姜雪獲救的希望可說是極為渺茫。

「讓我思考一下。」南環起手臂，閉上眼睛，眉頭緊皺，過了一會才睜開雙眼。

「剛剛你們說，旱魃的御靈者叫什麼名字？」

距離兩人踏進校長室已經過了大約兩小時，姜澪和唐雁在收下南「無論如何，首先還是得把旱魃的御靈者找出來」的指令後，決定直接騎車外出，尋找姜雪的蹤跡。

「不好意思啊眼鏡女，妳在這邊等一下，我把車牽過來。」唐雁揮揮手，步入地下停車場的入口。

目送他離去的背影，姜澪輕輕嘆了口氣。

除非姜雪主動鬧事，否則要在偌大的藍瀞市裡把區區一個女高中生找出來，簡直就像大海撈針一樣。

但反過來說，若是事情進展到姜雪大開殺戒的地步，可就更加麻煩了。

「嗚嗚，頭好痛……」想到這邊，姜澪忍不住發出痛苦的呻吟。

「澪，抱歉在這時候打岔。」

「影鬼？」

姜澪腳下的黑影浮動了兩下，影鬼熟悉的語調傳入她耳中。

「我在早上的戰鬥中消耗了過多能量，硬撐到現在也差不多到極限了，得稍微休眠一下。如果遇到危險請馬上呼喚我，我會立刻現身的。」儘管聲音中聽不出倦意，但與九頭蛇許德拉激戰後，進行了初次靈化的影鬼似乎真的累壞了，就連藏在陰影中的那抹黑色，都比平常黯淡了不少。

「嗯，沒關係，你好好休息吧。我會乖乖待在阿雁旁邊，不會有問題的。」

「澪，」進入休眠狀態前，影鬼突然向姜澪說道，「務必多加小心那個魔女，她剛才的說詞不大對勁。」

「哪裡不對勁？」姜澪還來不及問清楚，屬於影鬼的那抹暗色就從影子中消失了。

◆

藍灣市中心的大型飯店，因為其渾圓的建築造型，即使在林立的大廈之間，也相當顯眼。

飯店二樓的某個房間，被一名高大的傭兵給包下，做為暫時的駐紮地。

剛吃完午飯的吉兒，抱著海豚布偶，一邊在床上打滾，一邊開心的大叫。

雷克斯手中擺弄著槍械的零件，在小女孩興奮的情緒感染下，也忍不住稍微鬆開緊皺的眉頭。

用熟練的動作保養好槍枝，男人把拆開的部件一個一個裝了回去。

「雷克斯！」

「怎麼了嗎？」雷克斯看著抱緊布偶、蹦蹦跳跳奔到他面前的吉兒。

「你弄好了嗎？陪吉兒玩！」用力把跟她差不多高的海豚布偶，塞到雷克斯臉上，小女孩上下跳著。

「好好好，別急。」雷克斯把彈匣裝好，依著順序把各類槍枝收進皮箱內。

「快一點！雷——克——斯——」沒什麼耐性的吉兒，把海豚布偶的嘴巴壓在雷克斯的手臂上。

「用魚咬你，啊哇哇哇！」

「那是海豚。」對於幼兒教育相當重視的雷克斯，第一百次糾正吉兒對於手中布偶的認知。

男人面不改色，無視小女孩的騷擾，把武器整齊的收好。

「好了！來玩！」吉兒發現雷克斯手上的工作暫告一段落，開心地跳了起來。

「好，來玩。」雷克斯嘆了口氣。

過了這麼久，卻還是無法好好應付吉兒的死纏爛打，比起哄小孩，他似乎更擅長戰鬥。

正當吉兒把海豚玩偶當作武器，凶猛地一豚打在雷克斯臉上的時候，飯店一樓的大型落地窗，傳來碎裂的聲音。

女人的驚呼，和物品傾倒的騷動聲響，不斷從樓下傳來。

雷克斯臉色一凝，接住再度往他臉上砸來的海豚，隨手往床上一扔，讓吉兒暫時回頭去撿布偶。

悄悄走到門邊，打開一條縫隙往外窺探，雷克斯看到一位女服務生驚慌地經過樓梯間，往上面的樓層逃去。

「雷克斯，怎麼了？不玩了嗎？」吉兒察覺到男人的表情不對，拖著撿回來的海豚布偶，走到雷克斯身邊，扯了扯他的衣角。

「吉兒，把東西收一收，我們該走了。」把門關好上鎖，雷克斯摸了摸小女孩的頭。

吉兒睜著圓滾滾的眼睛，點點頭。

她似乎也了解到，現在不是玩耍的時候了。

拎著皮箱，把兩人的行李背在身上，雷克斯牽起吉兒的手，快步走下飯店的樓梯。

當初選擇住在離地面最近的房間，就是為了以防萬一，必須緊急脫出時，能走最短的路徑離開此處。

飯店後面的小巷中，藏了雷克斯預先安排好的交通工具，還有足夠支撐一星期的兩人份飲食用水。

只要到達那裡就沒事了。

小女孩安靜地跟在高大的男人身後，穿過一片混亂的飯店大廳。

柔軟的地毯讓兩人的腳步寂靜無聲。

高級的皮沙發、木茶几四處翻倒，玻璃碎片在落地窗的破口附近灑了一地。

櫃檯後，應該要值班的飯店服務生卻不見蹤影，取而代之的，是座位後被扯毀的掛畫。

雷克斯停下腳步。

飯店牆角掛著的大鏡子，映照出走廊轉角處，一個蹣跚行走的服務生身影。

牽著吉兒緩緩繞過那個地方，雷克斯盡可能放慢動作，朝大門口移動，避免驚動到那個行徑詭異的人影。

但還沒走兩步，翻倒的沙發後方出現一名身穿深紅色小禮服的女人，她僵硬地爬起身來，擋在雷克斯與吉兒面前。

女人披頭散髮，被扯開的前領處，露出一片鮮血淋漓的肌膚，疑似人類咬痕的傷勢，烙印在她的脖頸處。

女人緩緩抬起頭來，縮小的瞳孔茫然轉動著。

雷克斯放開吉兒的手，握住掛在腰間的手槍。

那對縮小的瞳孔停止轉動，停留在男人與小女孩身上。

空虛的喘息，從女人的喉嚨深處傳來。

「咕嚕……咕嗚……」

「吉兒，慢慢退到我後面。」雷克斯冷靜地說道。

看到女人恐怖的模樣，吉兒膽怯地縮到雷克斯身後。

但小女孩這個動作，卻驚動了身穿深紅色小禮服的女人，她張開雙手，狂吼著撲了上來。

雷克斯瞬間舉起手槍，砰砰兩發子彈，直接貫穿了女人的腦袋。

黑泥般的腦漿迸裂，灑落在地毯上。

失去中樞神經的女人屍體，重重摔落，終於得到安息。

但這聲槍響和女人的吼叫，卻也將原本在走廊角落徘徊的男服務生吸引了過來。

他的半邊臉頰被扯開，邁開僵硬的步伐，嘶吼著朝兩人衝來。

雷克斯閉起一隻眼睛。

砰砰！

硝煙從手槍的槍口散出，男人精準的射擊，再次爆開了服務生的腦袋。

更多的殭屍聽到巨響後，從落地窗的破口、飯店走廊的員工休息室、一樓的廁所等地方，蜂湧而出。

「吉兒，快跑！」雷克斯一口氣把手槍內的子彈打光，擊倒從門口處衝來的兩具殭屍。

吉兒轉過身，朝兩人之前約定過的逃生路線奔去。

繞過消防栓，朝飯店另一側的逃生出口跑，進到防火巷之後右轉，在巷子裡的大回收箱後躲著等待。

這是雷克斯在來到藍灣市後，與吉兒一起練習過無數次的脫出路線，以防若是遇到危險，雷克斯被纏住、無法脫身的情況發生。

身後槍聲大作，雷克斯似乎已經從皮箱中抽出衝鋒槍使用，子彈呼嘯而過的聲音不絕於耳。

吉兒沒有回頭，拚命跑著。

繞過嵌在牆壁中的消防栓，小女孩用力推開厚重的緊急逃生門。

迎接她的，卻是下半邊臉部完全潰爛，穿著西裝的飯店經理。

「啊啊！」吉兒嚇得跌坐在地。

飯店經理油亮的禿頭上，有著五條血淋淋的抓痕，嘴邊滿是新鮮的血肉，顯然才剛大快朵頤過。

他瞪著茫然的眼神，朝小女孩撲去。

吉兒拚命往後跳，禿頭男子撲了個空，撞在地板上。

趕來的雷克斯一把拎起小女孩，端起衝鋒槍狂掃，把飯店經理的背部轟爛。

即便如此，倒地的男人卻還是顫抖著四肢，嘗試撐起自己僵直的身軀。

雷克斯把吉兒甩到肩上，大步跨過地上的殭屍，來到防火巷內。

丟了一枚拉開保險的手榴彈在門內，男人把逃生口的鐵門重重關起，跑向藏有撤退用交通工具的地點。

「雷克斯，剛剛那是什麼？那些人為什麼變得這麼奇怪？」吉兒怯生生地在雷克斯耳邊問道。

「因為……」猶豫了一下該怎麼回答，雷克斯緩緩開口：「他們已經死了，只是因為某種原因，才不得不繼續在這世界上活動。」

「好可憐……」小女孩把臉塞到男人肩上。

「嗯，之後可能會有愈來愈多人變成這樣，吉兒，注意別離開我身邊。」

「那我們現在該怎麼辦？」

「去郊區的山上。」雷克斯扛著吉兒和槍械，往撤離點跑去。

◆

夕陽餘暉，照耀在藍灣市的地平線上。

西裝革履的中年男子，站在辦公大樓的落地窗邊，欣賞著日落的美景。

有道略顯急促的腳步聲，從他的身後傳來。

「老闆，藍灣市內到處都有疑似喪屍災害的警報，似乎是有御靈失去控制了，請問該如何處置？」伊凡斯手拿平板電腦，向歐陽旭匯報著御靈京的最新戰況。

這對主僕搭檔，在大戰開始後，並沒有出外戰鬥，而是固守在歐陽財團總部的辦公大樓中，透過財團的情報網，不斷四處蒐集情報。

「喪屍？」歐陽旭淡淡反問，並沒有透露出訝異之情，彷彿一切都還在他的預料之中。

「是的，老闆，我們需要採取什麼對策嗎？」

「不需要。伊凡斯，這座大樓的防守固若金湯。」歐陽旭勾起嘴角，露出一抹冷笑，「就讓下面的御靈者去想辦法吧。」

「但是，我擔心若是喪屍愈來愈多，最後可能會不好應付。」伊凡斯抓了抓頭。

「蟲子就算聚集得再多，終究還是蟲子。」

歐陽旭輕輕撫摸光滑的落地窗表面，睥睨著腳下的藍灣市。

「即使把全藍灣市的人類，都變成喪屍好了，它們也不可能頂住迦樓羅的一擊，這就是……級別的差距。」

悠哉地轉過身，歐陽旭拍了拍伊凡斯的肩膀。

「別心急，伊凡斯，這些喪屍製造的混亂，反而會把一些躲藏起來、迴避戰鬥的御靈者給逼出來，等下面一切塵埃落定後，才會輪到我們表現。」

「是，老闆，我知道了！」

「在那之前，你就繼續監看藍灣市的城市電眼，然後把這棟大樓防守好就行了。」

「好的，老闆。」伊凡斯一鞠躬後，緩緩退下。

歐陽旭吐了口氣，坐在皮椅上，環顧寬敞的辦公室。

「真要有什麼萬一，還有『那傢伙』看守著下面呢。」

中年男子閉上眼睛，勾起嘴角。

辦公室的樓板下方，傳來咆哮聲引起的隱隱震動。

夜幕低垂後，藍灣市陷入無止盡的煉獄。

殭屍在街上四處橫行，殘殺人類，倒下的屍體卻又一一爬起來，成為行屍大軍的新成員。

就像滾雪球一樣，愈來愈多的人類被變成殭屍。

失控的車輛互相撞在一起，堵住道路。

火災在商業區蔓延，點燃了斷裂管線漏出的瓦斯，造成氣爆。

警車、救護車的鳴笛聲此起彼落，藍灣市的警局正盡力控制災情，但效果卻非常有限。

反應夠快的人們湧向港口、機場等處，推擠著嘗試逃離這座封閉的小島。

新聞開始報導殭屍事件後，麓野馬上打給了好友姜雪，電話那頭卻沒有人接聽，這讓她的心一口氣沉到谷底。

第二通電話，打給了人在國外的父母報平安，麓野放下手機，逕自走上平時沉思時喜歡待的頂樓陽臺。

淺色長髮飛揚於半空中，她緊緊抿住雙脣，俯瞰著這一切。

「為什麼會變成這樣……」麓野的低語被風聲蓋過，消逝在空氣中。

「到底是誰不惜犧牲這麼多無辜的人，也想要成為神？」

但她的自言自語，卻無人能回答。

麓野的眼神中，滿是悲傷。

一具行動不似活人的軀體，在樓下的小巷中緩緩走動。

遠處傳來女人的哭喊聲，也漸漸轉弱。

麓野難過地蹲下身，抱住自己的肩膀。

自從成為獨角獸的御靈者以來，麓野還沒有與任何一名敵對御靈戰鬥過，只是普通的生活著。獨角獸總能提前指引她避開危險，才讓麓野一路逃避戰鬥，直到現在。

但她現在已經沒有逃跑的權力了。

如此慘無人道的人間煉獄，肯定是由某個御靈製造出來的，想阻止這個煉獄繼續擴大下去，也必須得靠御靈出馬。

麓野咬住下脣，下定了決心。

她站起身來，舒展雙臂，潔白的光芒浮現在她身體周圍。

「靈化．獨角獸。」

以喜愛親近純潔處女聞名，擁有神祕魔法力量的西方神獸，將力量附著在牠的御靈者身上。如天使般純白的羽翼，從麓野的背後伸展開來，閃耀著彩光的標誌性獨角，出現在她的額前。

麓野猛一振翅，拖著一道白光直奔藍灣市上空。

盯著城市電眼的伊凡斯，注意到了這個顯眼的異狀，忍不住操作滑鼠，將畫面放大了數倍。

「雷克斯你看！是流星！」吉兒指著藍灣市上空盤旋的光點，開心地大叫。

正在樹林中撐開帳篷，做著紮營準備的雷克斯抬起頭，臉色一沉。

半躺在辦公椅上閉目養神的歐陽旭，也警覺地睜開眼睛，走到窗邊，負手望著外頭。

揮動潔白羽翼的麓野，緩緩停凝在半空中，讓自己身上散發的光芒，照亮了藍灣市的天空。

麓野深吸了一口氣，做好心理準備。

正忙於逃跑求生的普通人類，也許無暇顧及上方的異狀，但她知道，全御靈京內還存活著的御靈和御靈者，此時肯定都一個個警戒地抬起頭，窺探著這個方向。

在被心懷不軌的御靈搶先攻擊之前，她必須動作快。

麓野輕啟雙唇——

「所有參與御靈京大戰的御靈者們啊。」

她的話語，透過獨角獸靈化型態的力量，傳到每個身上負有御靈的人類耳中。

在麓野施展前所未聞的能力後，混亂的藍灣市內，立刻又引起一陣幾不可見的騷動。

「你們肯定也發現了，此刻恐怖的情景，是由御靈所引起的。」

麓野的一字一句都充滿力量，在所有人耳中迴盪。

「我並不清楚事情的起因究竟為何，現在才開始追究也毫無意義。」

獨自坐在校長室中的南，支著下巴，凝神傾聽著。

「也許是某個御靈者為了勝利不擇手段的作法，又或許是失控御靈引起的混亂，但那都不重要。」

坐在唐雁疾馳的摩托車後座，姜澪擔心地抬起頭，仰望天空中被光暈包覆的纖細身影。

晚風呼呼地從她耳際吹過，帶起姜澪烏黑的髮絲。

「在御靈京的潛規則內，有一條是『不得在靜界外，殺傷無辜的普通人類』，而現在這個御靈卻明目張膽的傷害了藍灣市眾多市民，不論目的為何，這都不是御靈京應該有的景象！」

麓野努力地吐出話語，做著她平時不擅長的事情。

「我在此懇求各位，一同協力擊倒這個邪惡的御靈，這件事，唯有我們御靈者才辦得到！」

雷克斯嘆了口氣，搖搖頭。

「雖然美麗，不過……太天真了。」低語了一句，雷克斯繼續著手上的工作。

「拜託了，展開你們的靜界，將身邊所有的殭屍拖進去，然後搜索御靈京的每個角落，把始作俑者找出來。請保護這個城市的人民，保護這場戰爭存在的意義！」

麓野的傾訴迴盪在藍灣市中。

月光透過某個頂樓溫室破碎的玻璃罩，灑在姜雪僵硬的身體上。

短髮女孩的視線茫然地瞪視前方，身上的衣服殘破不堪，九頭蛇造成的恐怖傷痕，還殘留在她的身體上。

姜雪身邊，圍繞著無數被吸乾水分、乾枯而死的花草植物，她像是女王般站在如同末日的景象中央，似乎正等待著，有哪個英勇的騎士能找到這片祕密花園，半跪在她面前，溫柔地親吻她的手指。

——帶她逃離這個噩夢。

歐陽旭來到正監看著城市電眼的伊凡斯背後。

「伊凡斯，找到位置了嗎？」

「找到了，老闆。」伊凡斯的眼角瞇起，看起來就像露出笑容般。

螢幕上顯示著麓野的身影。

「準備出發吧。」

「是。」伊凡斯將監聽的耳機自頭上摘下，站起身來。

「還留存在御靈京中的強者們，請回應我的召喚，一同阻止這場由御靈引起的浩劫吧！」

麓野緊緊閉上雙眼，伸出雙手，握住自己額前的獨角。

「御靈京內的所有御靈與御靈者們，請展開靜界，全力撲滅殭屍！」

獨角綻放的光芒大盛，幾乎要吞沒麓野瘦小的身軀。

「找出製造殭屍的御靈，在消滅他之前，嚴禁所有人停止搜索，嚴禁所有御靈彼此爭鬥！我以能實現『僅限一次的奇蹟』的獨角，在此下令！」

雙手猛地一用力，麓野折斷頭上的獨角。

從獨角的斷面處，爆出上百道光束，朝藍灣市的各個角落飛射而去。

光芒沒入雷克斯和吉兒紮營的郊區樹林中。

沒入伊凡斯的胸膛、沒入歐陽旭的前額。

沒入緊閉房門的藍灣高中校長室。

光芒追逐著在街道上疾馳的重型機車，沒入姜澪和唐雁的後背和胸口。

也沒入了寂靜無聲的屋頂溫室中，降落在姜雪乾枯的肌膚上。

御靈京內，所有御靈和御靈者，不約而同感受到一股強大的「約束力」。

「這下可沒辦法悠閒地等候了。」歐陽旭不悅地哼了一聲。

御靈們一個一個展開靜界，連接在一起，籠罩住藍灣市，將所有殭屍拖了進去。

隱藏在城市暗處的御靈者們，接連現身在街上。

全身覆蓋野獸毛皮的狼人、巨大的蜘蛛精、散發金光的白象，從街頭巷尾衝出，朝殭屍大軍展開攻擊。

「看來要開派對嘍，眼鏡女。」唐雁朝緊緊抱住他後背的姜澪叫道，把重機的油門一口氣拉到底。

「阿雁，小雪她這樣，會死的……」

淚珠從姜霈的眼角滾出，被呼嘯而過的氣流帶走。

用力折斷獨角後，麓野失去力量，墜落在暗處的小巷中。

把僅有一次的殺手鐧用在這個地方，麓野的行為引起獨角獸御靈強烈的不滿，一口氣解除靈化的同時，還劇烈地反噬著女孩的身體。

劇痛蔓延在麓野全身上下，燒紅鐵棒、寒冷冰刺同時在體內攪動的痛楚，讓女孩反胃得連連乾嘔，口吐白沫。

與獨角獸進行著意識上的拔河，麓野的視線漸漸模糊。

雖然面臨著被御靈反噬的結果，但她並不後悔。

因為她知道，原本垂死的藍灣市，現在有了重生的希望。

所以就算自己因此遭受痛苦，也無所謂。

只要那些無辜的人們能夠……

「哦，找到了，就是妳吧？剛剛飛很高的孩子。」

麓野睜大眼睛。

她想爬起來，但御靈的反噬，卻讓她的四肢動彈不得。

「看來是正在被自己的御靈抗議呢，真可憐，不過說真的，把那麼珍貴的能力用在這種地方，也難怪妳的御靈這麼火大。」伊凡斯輕浮地笑了笑，稍微抬了抬頭上戴著的圓帽，「妳好，初次見面，我叫伊凡斯。」

麓野的身體猛然抽搐了一下，她強忍著不要叫出聲來，咬緊的齒縫間，卻還是漏出一絲悲鳴。

「看起來挺痛的啊，不過……」伊凡斯聳聳肩，用鞋尖把麓野蜷縮起來的身體，翻成正面，「我不是來談這些的。」

接著一腳踩在女孩瘦弱的胸膛上。

「咳啊！」麓野痛苦地張大嘴巴，唾沫、鮮血，以及從食道口湧上的穢物，從她的嘴角流出。

女孩被嗆得連連咳嗽，胸口的重壓，讓她幾乎無法呼吸。

伊凡斯從外套內袋中，掏出一把亮晃晃的銀色左輪手槍，對準無力掙扎的麓野。

「抱歉啦，那個能力實在強大的讓人害怕，『僅限一次的奇蹟』什麼的，簡直太犯規了。為了避免後患，還是讓妳在這裡退場比較好，別怨我啊，小妹妹。」

「你……不可能……傷得了我……」儘管已經氣若游絲，麓野仍然頑強地瞪著上方的男人。

「哦？為什麼？」

「既然……你……有辦法……進入……這個靜界……就……說明了……你也是……御靈者……」斷斷續續吐出話語，麓野痛苦地喘氣，「在……我的……規則……裡……」

「妳的規則？」伊凡斯忍不住輕笑出聲。

「『嚴禁所有御靈彼此爭鬥』這段嗎？妳看我有使用御靈嗎？」

麓野的視線瞬間僵住。

「明白了吧？以後簽字前，記得看清楚合約書的內容啊，小妹妹。」細長眼睛的男人將手指扣上扳機。

「不對，妳已經沒有以後了。」

銀色左輪的槍口噴出火舌。

看著長髮女孩不再喘息的軀體，伊凡斯滿意地壓下帽沿，離開暗巷。

一輪宛如太陽般炫目的萬丈金光，從歐陽財團大樓頂層出現。

巨大的火焰雙翼左右展開，傳說中擁有接近神靈級別能力的神獸——鳳凰，在歐陽旭的召喚下，君臨大地。

「燒盡吧，用你的火焰，把腳下這群弱小的蟲子，全部燒掉！」在獨角獸的制約下，不得不出戰的歐陽旭怒不可遏，高舉雙手。

迦樓羅大張雙翼，無數滾燙的火焰，如箭雨般無差別地朝市區中射下。

大量流竄的殭屍，和較為弱小的御靈，紛紛在這敵我不分的金色火焰中，化為焦炭。

即便麓野的約束中嚴禁御靈彼此爭鬥，但卻無法阻止這種範圍型的轟擊。

這也是規則上的漏洞。

歐陽旭一邊消滅城區裡的殭屍，同時也快速削減敵對御靈的數量。

「消滅吧，消滅吧！」站在高樓的樓頂，歐陽旭睥睨著一切，而他身邊足足有數層樓高的巨大鳳凰，持續發射著漫天火雨。

靜界中的藍灣市陷入一片火海。

一輛軍用吉普車挾帶著怒吼的引擎聲，直衝進城市外緣。

雷克斯單手握著方向盤，另一手抓起衝鋒槍朝車窗外瘋狂掃射，用靈化後大幅增加的腕力，抵銷槍枝的後座力，將一排一排湧來的殭屍掃倒。

吉兒坐在副駕駛座，幫忙把幾枚燃燒彈扔出車外，在原本就火光沖天的藍灣市市區內，又點燃幾處熊熊火堆。

軍用吉普車一個加速過彎，把攔在公路中央的幾個殭屍，像是打保齡球般撞飛。

空中降下幾道光束，將東倒西歪摔在地上的殭屍群，一口氣轟成碎渣。

橫坐在飛天掃帚上的南，揮動法杖又噴出幾道魔法。

「居然連我都被逼著下場了，真是亂來的制約。」

南忍不住嘆了口氣，按照她的個性，是相當不願意主動出場作戰的。「魔女」御靈的特徵實在太明顯，要是被什麼人抓住弱點，戰敗的機率就會大大增加。

但在無可奈何的情況下，也只得硬著頭皮上了。

幸好目前靜界一片混亂，專心打殭屍的，趁亂鑽規則漏洞大開殺戒的，所有存活的御靈和御靈者們攪和在一起，與殭屍大軍們戰成一團。

南抬起頭，遙望歐陽財團大樓頂端，正以超越轟炸機的威力，震動雙翅揮下無數火焰的巨大鳳凰，眉頭緊鎖。

「看來，必須趕快找到姜澪的妹妹了。」南張開手掌，念了句咒語。

無數蝙蝠的翅膀，從她的掌心竄出。

在現實世界中，因為過於顯眼而盡量不使用的大範圍搜查使魔，被魔女大量釋放，飛入夜空中。

「找到的時候，馬上去通知阿雁和姜澪，好嗎？」在最後一個略大的蝙蝠使魔上親了一口，南鬆開手掌，看著牠飛竄消失。

另一方面，唐雁還載著姜澪在路上拚命狂飆。受到制約，無法離開巨大靜界的他們，在各種地圖炮式的攻擊中，左閃右躲，以免一不留神，就被劇毒的蜘蛛網，或是鳳凰的火雨傷到。

「阿雁！我們現在該怎麼辦？」姜澪在怒吼的風聲中，貼在唐雁耳後叫道。

「老太婆應該會告訴我們要幹麼，在那之前……」唐雁一個驚險地壓車過彎，躲過呼嘯而過的軍用吉普車，「先逃就對了！那些御靈沒在跟妳客氣的！」

連催油門，紅色的重型機車加速，一枚巨大的火球砸在上一秒他們所在的位置。

姜澪嚇得緊緊抓住唐雁的後背，淚水從她的眼角滲出。

「來了，是老太婆的使魔！」

一對黑色的翅膀迎面趕上，停在重機的龍頭上。

南的聲音從蝙蝠頭部傳出。

「找到姜澪的妹妹了，我把位置告訴你們，阿雁，馬上趕過去把她抓回來。」

「知道了，現在就過去！」唐雁猛催油門，紅色重機絕塵而去。

頂樓溫室破碎的玻璃罩下，一隻黑色的蝙蝠，停在雕像般一動也不動的姜雪頭上，像是某種新潮的髮飾。

風暴的雨雲在高級住宅區上頭聚集，灰色的雲層中，幾道雷鳴閃電，點亮了天空。

姜雪抬起頭，無神的雙眼凝視著天際。

半空中，出現了一道似人非人的身影。

赤裸著充滿肌肉的上半身，背後長著一對老鷹般的翅膀，猿猴般的臉上，長著堅硬的鳥喙，一頭剛硬的短髮向後豎起。

右手手持大支的鐵鑿，左手手持八角鎚，渾身散發戰國猛將氣勢的御靈，從天而降。

「看來妳就是那些殭屍的頭頭了吧？遠遠就聞到一股腐臭的妖魔氣息。」御靈「雷公」從上方緩緩接近，臉上滿是擁有神格的御靈特有的傲氣。

「雖然並非我的本意，不過我身上這傢伙，可是不斷嚷嚷著要斬妖除魔呢。」

姜雪縮小的瞳孔，緊盯著舉起鐵鎚的雷公，細小的青藍色電弧，在八角鎚和鐵鑿間彈跳著。

「在正義的天罰下伏誅吧，妖魔！」

八角鎚揮下，重重敲擊鐵鑿的尾端。

撕扯天地的巨響，貫穿溫室的玻璃罩。

一道巨大的雷電當頭劈下，把整個溫室連同下頭的建築，一起炸成廢墟。

焦黑的磚瓦四處飛散，及時以非人速度閃開震天一擊的姜雪，在崩落的水泥塊間，以僵硬的姿態幾個飛躍，跳上半空，墨黑的十指齊張，抓向雷公的胸膛。

沒有料到無法一擊解決，雷公勉強側過身體，避過在空中無法轉向的姜雪。

鮮血和羽毛在夜空下濺開。

雷公筋肉滿布的胸膛上，多了五道血痕，右邊的翅膀也被扯下幾片羽毛。

「放肆的妖孽，竟敢對我出手！」青筋浮現在他的額頭上，雷公身上蓄積著憤怒的電力。

一擊不中的姜雪，匡噹一聲，直直落在隔壁建築頂樓的水塔上。

無法彎曲身體減緩衝擊力的她，就這樣把金屬製的蓄水槽徹底踩壞，乾淨的水源源不絕，從姜雪的腳下湧出。

姜雪不發一語，她再次抬起頭，無神的雙眼中，映照出高高舉起八角鎚的雷公身影。

「回到地獄去吧！妖孽！」

八角鎚與鐵鑿再度重擊，青藍色的電光劃過天際，將另一棟建築摧毀。

但動作快如閃電般的姜雪，卻還是在千鈞一髮之際，竄上了另一棟大樓，讓焦脆的建築在自己身後碎裂。

「下一個路口左轉，直走四個街區之後，右手邊看到一棟頂樓有玻璃溫室的建築就是了。」南的聲音透過使魔傳出，指示著唐雁轉向。

幾乎沒有減速的壓車過彎，一條筆直的道路，在唐雁和姜澪面前展開。

四個街區開外的右手邊區域，被風暴雲層層籠罩，數道閃電連續劃過，雷聲大作。

「該不會就是那邊吧……」被超級英雄電影般的特效震懾住，唐雁稍微放緩車速，「現在的殭屍傳說，有進步到會放電嗎？」

「不、不知道……」姜澪的視線越過唐雁的肩膀，擔心地看向右前方的小區。

兩道身影迅速在不斷崩毀的大樓間糾纏著。

雷公的虎目中，因為體內蓄積的大量能量而綻放電光。

而姜雪似乎也拿出了真本事，全身纏繞在墨色粒子狀的黑霧中，以儘管僵硬卻意外矯捷的身手，在不斷劈下的雷電大招式中，穿梭來去，時不時鑽著空隙，對在天空中盤桓的雷公，發起地對空的突襲。

而雷公似乎頗為忌憚姜雪那雙堅硬勝鐵的雙爪，所以也不敢在擊出雷電後，趁勝追擊過頭，以免再度受傷。

不過這樣一來，每次攻擊之間都要蓄力的雷公，儘管占盡了上風，一時間卻也奈何不了速度飛快的姜雪。

紅色的重型機車在小區前停下。

扔下安全帽後，姜澪和唐雁徒步朝風暴雲的中心跑去。

雷聲大作。

「沒想到居然有其他御靈能鎖定旱魃的本體，這下麻煩了。」唐雁嘖了一聲，從背後抽出雙刀。

「阿雁，這樣下去，校長的計畫……」

「我知道。」唐雁臉色凝重地望著天際，一道雷光劃破雲層，空氣裡滿是雷電的焦味，「先趕過去看看情況，走一步算一步吧。」

◆

時間倒回姜雪化為旱魃遁逃到藍灣市市區，在藍灣市大肆肆虐前。

「你說旱魃的御靈者是姜澪同學的妹妹？」南皺起眉頭。

魔女的工坊內，角落的大燉鍋發出了蒸氣滾動的聲響。

聽到急忙跑來校長室的唐雁與姜澪的說詞，南陷入了沉思。

「既然你們放跑了她，那麼我可以理解為，第一選擇不是單純狙殺旱魃吧？」

「我還想救小雪……她是我唯一的家人……唯一的妹妹……」才說到一半，淚珠又盈滿了姜澪的眼眶。

「阿雁，你怎麼看？在親臨現場之後，你的判斷呢？」南交疊起手指，謹慎地詢問唐雁的意見。

「依照客觀的立場，當然是趕快找出她妹，直接消滅掉最省事了。」唐雁抱著雙臂，冷酷地說。

姜澪身體一震，兩行淚水滑落她的臉龐。

「不過依照旱魃的『不死』特性，我認為還是存在著只消滅御靈，然後保下御靈者的機會。」唐雁握住雙拳，「老太婆，是妳的話，就算是瀕死的重傷，只要不繼續惡化，也有機會救得回來吧？」

「你想說的是……」

「我想，『旱魃』的不死特性，似乎並不是神奇的治癒傷口，或是讓肉體的時間回溯之類的能力，而是以『假死』的概念，讓已經失去機能的肉身能夠繼續活動。」唐雁條理分明的推測，「所以理論上來說，若是她妹當時已經完全死亡了，那麼身上的御靈也會戰敗退場的吧。」

姜澪似乎理解了什麼，猛然抬起頭來，望著唐雁的側臉。

「既然旱魃的御靈，還能以靈化的模樣出現，那麼就可以推斷，當時她還沒完全死去，只是身負著『瀕臨死亡的重傷』而已。」

「我懂你的意思了。」南站起身來。

「阿雁，你的意思是，只要想辦法把旱魃從御靈者的身上拖出來消滅掉，再馬上救治姜澪同學的妹妹，一切就還有挽回的餘地，是嗎？」

「沒錯。」

「阿雁……」姜澪好不容易看到一絲希望，感動地拉住唐雁的衣角。

不過接下來南的一句話，卻又瞬間把她打入十呎冰窖中。

「不過就這件事來說，很抱歉，姜澪同學，我幫不上什麼忙。」

「校長，請您務必……」

「等等，先聽我說完。」打斷焦急想靠過來的姜澪，南舉起手掌，橫擋在兩人之間，「首先，我要先聲明的是，站在御靈者的立場上，這女孩的死活完全與我無關。」

姜澪一時間說不出半句話，失神的後退了一步。

對啊，說到底，南．夏洛特這個人，在身為藍灣高中的校長前，是一名不折不扣的御靈者，唐雁也是在她的校長職權掩護下，才順利轉學到他們班上，參戰御靈京大戰的。

南一開始就說過，她最多就只能與一名御靈者結盟，不能再更多了，也就是說，其餘的御靈者對她來說，只不過是敵人或是不相干的雜魚罷了。

更何況，就算是要結盟，南這邊可還沒答應這個人選就是她，理性上來講，南的確沒有出手相助的必要。

「明白了吧?」看著姜澪絕望的低下頭，南嘆了口氣。

「也別急著難過，我說的幫不上忙，是指戰鬥方面，只要妳能擊潰御靈旱魃，並把那個女孩帶回來，治療之類的我還是能幫忙。」

「真、真的嗎?」姜澪抬起頭來，熱淚盈眶。

「當然是真的，再怎麼說，那也是我的學生啊。」南微笑著挺起傲人的胸膛。

「那，要怎麼只擊敗御靈，把那女孩帶回來，你們有想法了嗎?」

「嗯，只要眼鏡女能適時把旱魃削弱，我就能用『奇美拉』的能力，把那個御靈拽出來。」唐雁握住自己的左手腕，眼神堅定，「不過還有一個麻煩要解決。」

「還、還有麻煩?」從剛才聽到現在，已經有點暈頭轉向的姜澪，忍不住問道。

「是啊，怎麼說……妳妹妹身上的傷，可不是普通的重，那時我們都以為她當場死亡了，在那種傷勢下強行解除旱魃的靈化，我不認為她能撐到老太婆的工坊。」

「啊，這方面的話，我可能有辦法。」不等姜澪回話，南主動插口。

「拿著這個去吧，這是我特製的冰封水晶。」

南將一顆水藍色多角狀硬物放進姜澪的手裡，閃爍著蘊含魔力的光芒。

「請問這是……」

「把這個捏碎放在需要的人胸口，就能製造一個類似『冬眠艙』的冰晶塊，可以暫時在低溫環境下，一定程度減緩人體細胞活性，達到避免傷勢立刻惡化的目的。」南這麼解釋道，「到時候再讓阿雁把冰晶塊扛回來就行了。」

「原、原來如此！謝謝您，校長！」

於是此時，姜澪握住了口袋裡的冰晶石，屏息望著上方雷電交加的天空，雙腿不停邁步奔跑著。

兩人已經相當接近烏雲籠罩的區塊，只要衝過前面那個拐角……

姜澪咬緊牙關，忍不住在內心吶喊。

一定要成功，一定要……

拯救小雪！

「中！」雷公的髮絲在電流的影響下，全數往後飆去。

一道巨大的天雷劈落，終於擊中閃避不及的姜雪。

短髮女孩焦黑的身體，直線飛過趕來的唐雁和姜澪身邊，撞進一棟半毀的建築內，無數碎石瓦礫飛濺。

「欸？」看清楚狀況的姜澪瞬間傻住了。

難道……為時已晚了嗎？

第七章

雷公大展雙翼，露出得意的神色。
崩毀的瓦礫堆中毫無聲息。
急忙趕到的姜澪和唐雁，也傻在原地。
就這樣？就這樣結束了？拚了命地趕過來……這就是整件事情的結局？
「你、你居然……」姜澪握緊拳頭，無法接受，影子在憤怒和不甘的情緒下，如火焰般蒸騰起來。
「喂，冷靜點。」唐雁伸出一隻手，阻擋住姜澪。
他冷靜估算著雙方的實力差距。
唐雁並沒有忘記，獨角獸的制約僅限於殭屍被擊敗前。
也就是說，如果剛才姜雪身上的御靈被擊殺了，那麼接下來，就會是兩人與雷公間的殊死戰了。
「哼，才幹掉一個，又跑來兩個身上滿是低階御靈臭味的傢伙。」雷公嫌惡地看著地面上的唐雁與姜澪，舉起八角鎚遙遙指向兩人，「雖然與你們素不相識，但我聞到妖魔系御靈的味道，所以很遺憾的，我必須在這裡處理掉你們，這也是我的御靈的職責，斬妖除魔！」
「這傢伙有夠臭屁的。」唐雁半睜著眼，不大高興地反握雙刀。
「知趣的話，就乖乖引頸就戮吧！」

「一直咬文嚼字，煩不煩啊……眼鏡女。」

雙眼死命瞪著雷公的姜澪沒有應聲，唐雁繼續說道：「等等如果打起來，注意別被雷劈中了，那招中個一次就會出局，小心點。」

「好……」聽完唐雁的提醒後，姜澪緋緊神經，進入備戰狀態。

雙方一天一地，劍拔弩張地對峙了好幾秒，誰也沒先動手。

這時所有人才發現——獨角獸的停戰制約，根本還沒有解除。

無數道僵直的人影，從隔壁棟半毀高樓中一躍而下，雨點般襲向空中的雷公。

還來不及轉身做出反應，雷公的兩邊翅膀，就被眾多殭屍給抱住，失去停留在空中的能力，搖搖晃晃地下墜。

掩埋住姜雪的瓦礫堆瞬間爆開，大大小小的碎石四處飛濺，煙塵漫布，逼得唐雁和姜澪只能連連後退，舉起手臂護住頭臉。

一道身影挾帶著滾滾黑霧，箭矢般直衝天際。

啪嚓。

姜雪茫然無神的瞳孔，與雷公驚異的眼神交疊在一起。

墨黑的雙爪，插入筋肉滿布的胸膛兩側。

猛力旋轉。

「噗呃！」鮮血從雷公大張的扁平鳥喙中噴出，濺滿姜雪的半邊臉頰。

還掛在他身上沒被甩下去的幾隻殭屍，張開大嘴猛啃，頓時間，空中血肉紛飛。

姜雪插在雷公胸膛內的雙手一縮，壯碩的身軀立刻被吸乾了所有水分，化成一具乾屍。

青藍色的粒子包覆在雷公的身體上，褪去御靈的靈化。

在孤身和雷公纏鬥時，身為屍群之首的旱魃，早已召集了一整批殭屍，躲在附近的高樓上待命，等待雷公鬆懈下來，停在半空中時，再一口氣出擊，封住那對翅膀，讓本體的姜雪完成擊殺。

雖然只是個簡單的戰術，但這也證明了看似無法思考的旱魃，還是擁有一定程度以上的智慧。

唐雁和姜澪還沒看清楚雷公御靈者的模樣，屍體就墜落在地，被一擁而上的殭屍群分屍，轉眼間只剩下一副殘破不堪的枯骨。

「選擇『毒蛇格子』！」唐雁的反應極快，撩起上臂的袖子，捨棄殺人小丑的御靈能量，將雷公納入掌中。

青藍色的粒子還來不及完全消逝，就被一股腦地吸進唐雁的奇美拉刺青裡。

「小雪……」親眼看到姜雪狠辣的殺敵手法，就連姜澪也有點不寒而慄。不過這短暫的恐懼很快就從她的眼中褪去，姜澪吸了口氣，緊緊握住雙拳。

「影鬼。」

「是。」

黑髮男子從虛空中現身，將手掌放在胸前，輕輕一鞠躬。

自從姜澪找回他的真名，成功靈化後，這是她第一次主動召喚影鬼。

看著翻動的黑色大衣下襬，又想到一同奮戰的唐雁，姜澪突然感到有些不安，但她很快地就把這股不安感強壓下去，站到了影鬼身邊。

「影鬼，你的狀態回復了嗎？」姜澪小小聲問道。稍早前，影鬼才特地告知她「因為消耗過度，需要暫時休眠」，但現在還是遵從命令實體化現身了。

「不必擔心，澪是我的御靈者，一切悉聽尊便。」影鬼的神色淡然，始終直視前方的金色雙瞳中閃爍著銳利的光芒。

「那麼，準備戰鬥吧。」姜澪換上嚴肅的表情。

「好的，澪。」

「嗯？妳不靈化嗎？」唐雁挑起眉毛，「這群殭屍可沒這麼好應付喔。」

「靈化的消耗太大了，我還沒掌握好訣竅。」姜澪咬住下唇，微微搖頭。

姜雪居高臨下，站在倒塌的建築殘骸上，用那對縮小的無神瞳孔，俯視著正被殭屍大軍團團圍住，緩緩退後的三人。

「看來在把妳妹打趴抽出旱魃之前，還得先把這些雜魚清掉呢。」唐雁的背後流下一滴冷汗，微微勾起嘴角。

「影鬼，拜託你了。」對噁心的事物還沒完全免疫的姜澪，在面對各個面目猙獰、肉爛骨現的殭屍群，還是縮到了影鬼身後。

「別擔心，澪，很快就會結束了。」影鬼眼神一凝，數十道鐮狀黑影騰起，交錯在他的身體周圍。

自從尋回真身後，影鬼的能力也得到了進一步的提升。

「要來嘍，小心別被纏住或抓住，上頭的旱魃本體隨時會衝過來！」唐雁握緊雙刀，赤色的鬼焰燃起。

「選擇雄獅格子——赤鬼！」

伴隨信號般的一聲呼嚎，數十隻殭屍同時邁開略顯僵硬的步伐，圍攻而來。

「澪，不要離開我身邊。」

「嗯！」

影鬼一個箭步迎上前，雙掌連揮，數十道影之鐮劃過無數刀刃般冰寒的軌跡，將領頭的整排殭屍一一斬首。

唐雁在這陣掩護下欺上前去，左右手的獵刀亂斬，硬是劈開一條血路。

僅僅三分鐘，數十名藍灣市市民化為的殭屍，就盡數倒下，地面上滿是被砍碎的屍塊。散發著腥臭味的湯湯水水，流淌在兩人的腳邊。

被消耗掉一部分體力的唐雁喘著氣，用手背抹掉嘴角的汗水。

姜澪則是摀著嘴巴，強迫自己不要因為眼前的景象，而忍不住吐出來。

姜雪仍舊站在原地，自始至終沒有移動半步。

「振作點，眼鏡女，要打王了。」唐雁握緊雙刀，站到前面。

雖然對視覺上的震撼感比較免疫，但那股瀰漫的屍臭味，仍然讓他很反胃。

「小雪，姊姊馬上……就來救妳。」姜澪一咬牙，穩住心神，招手將影鬼化成的黑色大鐮刀握在掌心。

「影鬼，拜託你了！」

「澪，注意安全。」

漆黑的長大衣披在女孩肩上，在看到佇立於月光下的姜雪面容後，姜澪很快便定下心，不再被眼前的獵奇場景給懾服。

「阿雁！」

「嗯？」唐雁回過頭，剛好看見姜澪走到他的身邊，與他並肩而立。

「抱歉，給你添麻煩了。」女孩摘下眼鏡，放在口袋裡。

靈化後視力也得到增幅的她，已經不需要帶著容易妨礙行動的眼鏡了。

「怎麼突然這麼客氣啊？眼鏡女。」唐雁哼了一聲，露出笑容。

「雖然給你添麻煩了，不過還是請阿雁幫忙我，務必打倒這個御靈，把小雪救回來。」

「記得結束之後，要請我吃飯啊。」

「嗯，阿雁要吃什麼我都請客。」

「那還真是令人期待。」唐雁半開玩笑地眨眨眼，唰地從原地消失。

赤紅色的焰光一閃。

「硄鏘」的悠長金屬音，響徹夜空。

姜雪表情木然，用質地硬化到堪比鋼鐵的手掌，一左一右，擋住了唐雁當頭砍下的雙刀。

姜澪閃身而過，黑色長大衣的下襬，劃過一道優美的弧線。

漆黑的死神鐮刀揮起。

「小雪！」

姜雪猛踩地面，推開頂住刀鋒的唐雁，一躍而起。

死神鐮刀唰地劈空，還差點砍中剎車不及的唐雁，落下一綹白紫相間的髮絲。

「看來沒這麼容易得手呢。」唐雁擠出一抹苦笑，鼻尖的涼意一時間還沒褪去。

「喂，接下來的攻勢得配合著上，對方比想像中棘手，小心別被抓上了。」

「好，我知道了。」姜澪握緊鐮刀的長柄，雙眼緊盯僵直著身體、重重落地的姜雪。

一打眼色，兩人並肩衝了上去。

姜澪的死神鐮刀攻擊距離較長，首先對準頭頂劈下，卻被姜雪詭異的一個歪頭閃過。

唐雁穿出鐮刀的長柄下方，滑壘式的拉近距離，雙刀直攻下盤。

姜雪挺直著身體後躍，遙遙避開兩柄殺氣騰騰的獵刀。

姜澪踩上唐雁壓低的肩膀，死神鐮刀劃破空氣，追擊著向後飛退的旱魃，卻在極限距離撲了個空。

「阿雁！」

「上吧！」

姜澪在唐雁猛力頂起的肩膀借力下，躍上半空，高高舉起鐮刀。

漆黑的刀刃在月光的照耀下，綻放光芒。

而唐雁則順勢著地一滾，使開即興的地堂刀法，朝姜雪的下盤砍去。

兩人一上一下、一空一地的攻擊，配合得絲絲入扣，把附在短髮女孩身上的旱魃御靈，逼得毫無還擊之力，只能靠著速度的優勢不斷後退。

「噢噢噢噢噢噢噢噢噢！」唐雁把身上的赤鬼能量催動到極限，紅色火焰狂燒，照亮半邊天際。

他連續空揮了兩刀，赤焰暴漲，沿著獵刀揮出的軌跡，炸開兩道火焰般的刀氣。

似乎沒有料到這預期外的攻擊，姜雪來不及避開，硬是吃下了這兩記灼熱的斬擊，原本就怵目驚心的殘破身軀上，又多了兩條不淺的凹痕。

「阿雁，下手不要過頭了！」姜澪焦急大喊。

「如果不全力以赴的話，可是會被殺的！」唐雁的雙目赤紅，轉頭吼道：「看清楚了，現在站在妳面前的，不是妳妹妹，而是侵占了她身體的御靈啊！」

姜澪咬緊牙關，用力揮起鐮刀，漆黑的風暴憑空捲起，圍繞在她的身邊。

「下一擊就決勝負！」姜澪的眼眶泛紅，儘管理性上知道現在對戰的是「御靈旱魃」，而非姜雪，但情感上，她還是不忍心讓妹妹的身體受到更多傷害。

「好，我會想辦法替妳爭取到兩秒的空檔。」唐雁話才說完，無數的殭屍就從毀壞的建築殘骸後、柏油馬路的方向，以及姜雪的身後蜂擁而來。

姜雪本人身上，也爆出大量的墨色霧氣，濃烈到幾乎看不見原本的五官。

——現在，就是決一死戰的時刻。

在滿是建築殘骸的荒涼土地上，兩名人類和兩個御靈，心中同時閃過這個念頭。

「眼鏡女，衝來的殭屍太多了，我們不能被圍上！」

「我知道了，阿雁，麻煩你掩護我！」

「數到三就衝上去，一、二……」

姜雪的喉嚨深處，發出一聲非人的低沉咆吼，主動張開墨黑的雙爪，衝上前來。

「三！」

兩道身影迅速分開。

「赤鬼！」唐雁身上浮現的鬼面火焰，猙獰地露出牙齒，唐雁交錯雙刀，與力量增幅了數倍的姜雪正面交鋒。

雙爪對上雙刀，鬼焰對上黑霧，無神的瞳孔對上炙熱的雙眼。

唐雁鼓起兩條手臂的肌肉，咬牙對抗旱魃的重壓。

「選擇……毒蛇格子……」

始終面無表情的姜雪，眉角微微一動。

「雷公！」唐雁怒吼。

赤色的鬼焰瞬間消失，男孩一轉手腕卸開力道，讓慣性力道帶著姜雪往前撲，自己則迅速繞到她身後，手中的獵刀爆出青藍色的電光。

「天雷！」

左手刀背重擊右手刀柄，唐雁零距離擊發出幾乎與原版不相上下的巨大電光。

雷電脫離獵刀的刀尖，奔馳的電流劈上短髮女孩的後背。

姜雪在吃了這記轟擊後，撞在一面還未倒塌的牆面上，細碎的蜘蛛網紋裂開，發出劈里啪啦的碎響，掉下幾枚石塊。

而姜澪與死神鐮刀，早已在此恭候多時。

「吾乃深淵與黑暗的主宰……」

空氣中殘留的溫度一掃而空，長柄鐮刀的刀鋒散發著嚴寒。

「冥河的擺渡者、亡靈的引導者、地獄的審判者。」

姜澪輕啟口脣，緩步走來。

漆黑的風暴裏住掙脫牆壁表面正打算反擊的姜雪，讓她跪倒在地。

「引領死亡之人、收割靈魂之神。」

姜澪睜開眼睛，虹膜轉為與影鬼相同的金色。

姜雪慢慢抬起頭，縮小的瞳孔對上自己的姊姊。

一瞬間，姜澪在那無神的雙眼中，看到了正縮起身體，躲在陰暗角落裡發抖的妹妹。

沒錯，眼前的這個生物，並不是姜雪，而是別的東西。

姜澪雙手緊握。

「死神鐮刀．桑納托斯！」

黑光一閃，暗色的氣流如激瀑般碎開，捲起了強大的風壓，將姜澪的滿頭長髮向後吹去。

唐雁舉起手臂，瞇起雙眼，試圖用肉眼看清十數公尺外的情形。

無形的刀刃穿過姜雪的身體，擊碎了某樣東西。

原先纏繞在姜雪身上的滾滾黑霧，此時正緩緩變淡、消失。

包圍過來的殭屍大軍，也瞬間失去力量，一個個摔倒在地。

「阿雁！現在！快點！」

「好！」唐雁飛奔過去，捲起左手上臂的袖子。

將一隻手壓在姜雪的額頭上，唐雁深深吸了口氣，繃起全副精神。

「選擇雄獅格子！」

與唐雁一起身經百戰的赤鬼御靈能量，化為赤紅色的粒子，被氣流帶走，消散在夜空中。

取而代之的，是一股接近深黑的乾涸力量，漸漸爬上唐雁的手臂。

「唔！唔唔……」唐雁的額頭上，爬滿豆大的汗珠。

即使身中死神鐮刀的一擊，旱魃特有的不死特性，仍然讓它頑強地攀附在姜雪的身體上，沒有消滅。

因此只能依靠奇美拉的嵌合體能力，強行把已經身負重傷的旱魃拖出來，壓縮成純粹的御靈能量，存在格子內。

姜澪在一旁心急如焚，看著一人一靈艱辛的拔河大戰，這場沒有裁判、沒有獎盃的比賽，卻關係到了姜雪那渺茫的生還希望，是否能延續下去。

每當唐雁咬住牙，露出辛苦的表情，攀在手臂上的深色霧氣也隨之下退時，姜澪的心臟就會急遽加速，幾乎要跳出胸腔，絕望的情感不斷湧出。

而當黑霧被奇美拉硬是往上拖，接近刺青邊緣時，她又會因此而緊張不已，拚命用意志力，想隔空把那股頑強的霧氣往上推。

就差一點，就差一點了……

姜澪屏住氣息緊盯著唐雁的上臂，幾乎忘記呼吸。

往上推一點，又向下滑去，再往上推一點，又向下滑去，推一點、推一點，滑下去……

這個循環不斷重複著。

唐雁流下的汗水，在御靈能量和體溫的蒸騰下，化成白色的蒸氣，凝繞在他的周圍。

唐雁的腦海中，閃過了無數混亂的畫面。

年幼的姜雪牽著姊姊的手，走在馬路上。

「姊姊，我們要去哪裡?」

「要去大伯的家喔。」比妹妹大上兩歲的姜澪輕聲說著。

「為什麼要去大伯的家，媽媽呢?」

「媽媽她……」姜澪想起在自己面前車禍慘死的母親，不禁哽咽起來：「媽媽她、她不會……回來了……」

感受到姊姊顫抖的手，姜雪似懂非懂地點了點頭。

早熟的她知道，無論母親發生了什麼事，現在最重要的就是讓姊姊安心。

於是她墊起腳尖，摸了摸姜澪的頭。

「姊姊，別難過，妳還有我啊，小雪會陪在妳身邊的，一直一直，陪在妳身邊。」

「嗚嗚……哇啊啊啊……」

摸著撲到身上，緊緊抱住自己的姜澪，姜雪替姊姊擦去眼角的淚水。

她暗自下定決心，絕對不要讓這樣的表情，再出現在姊姊的臉上了。

「給我道歉。」剛上國中一年級的姜雪，冷冷地扯住被她揍趴在地上、在班上公然欺負姜澪的矮個子少年。

長。

「給我道歉！」沒有理會哭著扯住她的衣角，嘗試緩頰的姊姊，姜雪狠狠瞪著鼻青臉腫的三年級學

「小、小雪……」

教室內的其他同學，全都退避三舍，清出了好大一個空間。

「妳、妳囂張什麼……」

「給你三秒，馬上道歉，不然我就把你左邊的牙齒全部打下來。」打斷還想靠學長架子逞強的少年，姜雪晃了晃另一隻手上的鐵棒。

「小雪，不要這樣……」

「三！」逕自開始倒數的姜雪，加重了手上的力道，少年的制服領口發出咯滋的綻線聲。

班上的其他同學開始驚恐喧譁，有人奪門而出，去尋求師長的協助。

「二！」

「一！」

「咿咿！我道歉！我道歉！我道歉就是了！」被瞬間舉起的鐵棒嚇得魂不附體，少年掙扎著大喊。

「不是對我道歉，是對我姊姊，喏。」

把同樣滿臉淚痕的姜澪推到前面，姜雪手插著腰，哼了口氣。

「對不起！姜澪同學，我不該拿妳的父母嘲笑妳！」少年用力的九十度鞠躬認錯，只求能逃離姜雪手中的鐵棒。

「沒、沒關係，我不在意了，真的！」不知道為什麼也慌起來的姜澪，拚命搖頭。

「很好，你可以滾了。」

姜雪踢了一腳，讓那名少年連滾帶爬擠入人群中，才放下鐵棒，緩緩環視教室裡的學長姊們。

「以後，要是再讓我聽見，有任何人，敢欺負我的姊姊，我絕對會讓那個人後悔做了這件事，聽清楚了嗎？」一字一句清楚地說著，姜雪啪的一聲，用鐵棒敲在自己的手掌上。

班上三十多個學生，噤若寒蟬。

「如果誰有意見，隨時可以來一年級的教室找姜雪。」說完這句話後，短髮女孩就把鐵棒一扔，走出教室。

姜雪嘆了口氣，心情還是很糟。

因為這次，姊姊還是哭了。

九條蛇頭在她的面前張牙舞爪。

雖然沒有完全搞清楚狀況，但姜雪還是下意識護在姜澪身前。

不能讓任何東西傷害到姊姊！

這個念頭占滿了她的腦海。

直到從地下衝出的第九顆蛇首，對她們亮出尖牙的瞬間。

姜雪使勁全身力氣，成功把姜澪推出了地獄。

但自己卻因此落入深淵。

剃刀般的毒牙貫穿姜雪的身體，毒液在血管中流竄著，有什麼重要的東西，從肚子上的破洞，流了出來。

好痛，好痛！

四周好黑，什麼都看不到。

我還不想死……

好痛……

姊姊……姊姊……

姊姊！

姜澪輕輕伸出手，將手掌放在姜雪突然緊緊握起的拳頭上，失去水分的皮膚緊貼著肌肉和骨骼，顯得無比粗糙。

一顆晶瑩的淚珠，凝結在姜雪無神凝視的眼角邊。

「小雪乖，姊姊在這邊喔，乖喔……」姜澪輕聲說道，將全身僵硬的妹妹抱在懷中，兩人的臉頰緊靠在一起。

人體的溫暖，透入了姜雪冰冷的身軀。

姜雪原本僵直的四肢，緩緩放鬆下來，瞳孔也不再緊縮成一點，漸漸恢復色彩。

深黑色霧氣咻的一聲，被唐雁吸入上臂的刺青中。

「姊……姊……」

「小雪！」

姜澪緊抱住恢復意識的妹妹，努力不讓自己哭出聲來。

「在她的身體結束假死狀態，恢復成普通人類前，妳大概還有三十秒。」唐雁疲憊地坐倒在地，提醒道：「那之後就要馬上冰封起來了。」

「嗯，我知道了，謝謝你，阿雁。」姜澪振作起精神，凝望著姜雪的面龐。

儘管稍微恢復了一點血色，但姜雪的臉色還是有些陰森和木然。

不過那都不重要。

「小雪，姊姊現在沒辦法和妳解釋太多……」

「沒關係的，姊姊……」連抬起一根手指的力氣都沒剩下，姜雪虛弱的淺淺微笑。

看到這熟悉的笑容，淚水從姜澪的眼中奪眶而出。

「對、對不起……小雪……讓妳、讓妳碰到這種事……我、我……」

「別哭了，姊姊……妳老是在哭……這樣我怎麼放心……讓妳一個人……」姜雪有些無奈地說道。

「我、我不哭！我以後都不哭了，小雪妳不要丟下我！求求妳！」姜澪慌張地想擦乾眼角的淚水，但透明的液體卻不聽話的流個不停。

「我不哭了，我不哭了」手足無措的姜澪拚命擦著眼淚。

姜雪稍稍轉過頭，視線落在唐雁身上。

「是叫……阿雁吧……」

「嗯，沒錯。」似乎沒有料到會被點名，唐雁微微一征。

「我不在的時候……我家的笨姊姊……就麻煩你……了……」

「……我知道了。」

「不是知道……答應……」姜雪雖然口脣還不靈便，但眼神卻相當嚴肅，「別讓她……受傷……」

「我答應妳，姜雪。」正面迎上女孩的視線，唐雁堅定地回答。

姜雪滿意地微微點頭。

「姊姊……」

「小雪妳在說什麼……為什麼要說這種話?為什麼……要把我交託給別人?妳不要擔心，我們會把妳治好的，我們一定會把妳、把妳……」哽咽地說到一半，姜澪被一口口水嗆住，連連咳嗽。

「姊姊……讓我說完……最後一句……」

「妳說、妳說……」完全忘記剛才自己說的話，姜澪哭成了淚人兒。

深深吸了一口氣，姜雪希望能夠清楚的說出這句話。

「姊姊……我……」但短髮女孩的聲音，卻慢慢低了下去。

假死狀態結束的時間快到了。

姜澪低下頭，將耳朵靠在姜雪的脣邊。

短髮女孩的嘴角勾起一抹微笑。

「我愛妳。」

頭頂上的風暴雲散去，露出燦爛的星空。

唐雁說了些什麼，姜澪不清楚，只知道他一把將自己推開，伸手抓出帶在自己身上的冰封水晶，在閉上雙眼的姜雪胸前，用力捏碎。

水藍色的冰晶，立刻像棺材般，包覆住姜雪全身。

凍結了時間，凍結了可怕的傷勢。

也凍結了，姜雪嘴邊那抹寧靜的笑容。

姜澪用力摀住自己的嘴巴，不讓自己哭出聲音。

不要緊的，現在只要把小雪帶回校長那邊，校長就會把她治好，很快，她們又能見面的。

現在還不是悲傷的時候啊！

振作起來，姜澪！

唐雁站起身來，捧住一隻飛來的蝙蝠使魔。

「老太婆要趕過來了。」

過了幾分鐘，乘著飛天掃帚的魔女從天而降，翻身跳下掃帚，落在地面。

已經解除靈化、戴上眼鏡的姜澪，連忙抬起頭。

「校長……」

「這是姜澪同學的妹妹吧？退開點，我來檢查一下她的傷勢。」南大步流星走到冰晶前，蹲下身，舉起一隻手，按在冰晶堅固的表面上。

姜澪屏息靠到女人身邊。

姜雪的身體在解除假死狀態後，顯得皮開肉綻、殘破不堪。

除了一開始許德拉毒牙造成的傷口外，硬吃了一記雷公閃電的焦黑皮膚，還有與唐雁硬碰硬留下的傷勢，都如實地呈現在水晶中。

不忍心繼續看下去，姜澪別過頭。

但她馬上發現，南的臉色異常凝重。

「姜澪同學。」

「是、是？」

「很抱歉，這種程度的創傷，我無能為力。」

「欸？」一桶冷水直直澆在姜澪的頭上。

「等等，老太婆，這是什麼意思？」唐雁皺眉問道。

「簡單來說，這個女孩的傷勢已經嚴重到一解除冰封，就會當場死亡的狀態。」南陰沉著臉，收回壓在冰晶上的手掌，「要治療的話，無論如何我都得把冰晶解開再施救，但這女孩的身體機能已經完全損壞，不可能撐過治療所花費的時間的。」

「怎、怎麼會這樣……」姜澪的臉色慘白，雙腿瞬間失去力氣，撲通坐倒在地。

「很遺憾，除非有能瞬間治好致死重傷的藥，否則我也無計可施。」南嘆了口氣。

唐雁垂下眼，姜澪在他的腳邊縮起身體，雙手摀住臉，頻頻顫抖著。

遠處傳來爆裂聲和劇烈的震盪。

其他的御靈似乎在旱魃被消滅、獨角獸的制約消失後，紛紛在這巨大的靜界中，彼此對打了起來。

但姜澪卻沒有心思理會遠方的動靜，沉浸在混亂的絕望中。

高聳而立的歐陽商業大樓方向，迦樓羅的身形進一步變大，高亢的鳴聲響徹天際，陽炎燒紅了半邊夜空。

數以萬計的火焰箭鋪天蓋地，焚燒著靜界內的藍灣市城區，許多弱小的御靈葬送在烈焰中。

一時間，火光沖天。

戰敗御靈的能量碎片飛散在空氣中，一一被吸入地脈。

南抬起頭，望著遠處正大開殺戒的鳳凰御靈，若有所思地蹙起眉心。

「眼鏡女。」唐雁擔心的拍了拍久久沒有聲息的姜澪，「別難過了，我們先回去吧。」

「不要，我要和小雪一起……」姜澪將臉埋在手心，哭著說道。

「姜澪同學，先別急著哭，還有別的辦法。」南收回視線，形狀優美的嘴脣勾起一抹微笑。

「別的……辦法？」

「剛才我提到『能瞬間治好致死重傷的藥』，雖然我手上沒有，但我知道要去哪裡找。」

「哪裡？要去哪裡找那個藥？請告訴我！」立刻回過神來的姜澪，直起身體，拚命抓住魔女的長袍下襬。

「別急，就在那邊。」南舉起一根手指，指著遠方的天空。

盤旋在商業大樓頂端，巨大的火鳥展開雙翼，朝四面八方甩出一波又一波的火雨。

「那個是……」

「如果我的猜測沒錯，那應該就是傳說中的神獸級御靈——鳳凰。」南緊盯著遠方，繼續說道：「傳聞中，鳳凰的眼淚可以治癒任何重傷，把垂死的人從鬼門關前拉回來，雖然實際上的效力還有待驗證，但總之還是一個希望。」

擦了擦眼角的淚水，姜澪站起身。

「校長，只要我拿回鳳凰的眼淚，小雪就有獲救的機會嗎？」

「我沒辦法保證一定能行，但總比現在的束手無策要強多了，而且……」南瞇起眼睛，注視著綻放火光的迦樓羅，「根據那個御靈重現的完成度，可以客觀地認為，這眼淚應該具有傳聞中的效力才對。」

姜澪深深吸了口氣，下定決心。

「既然如此，我現在就去把鳳凰的眼淚拿回來，小雪就暫時拜託你們照顧了。」

「等一下。」

姜澪還沒踏出兩步，肩膀就一把被唐雁抓住。

「妳打算就這樣一個人走過去？」

「不然呢？」

「還不然呢……唉，妳該不會要自己單挑那隻鳥吧？」唐雁頭痛地按住額角，「妳是嫌命太長，想去找死嗎？」

「無論如何，只要那是小雪獲救的唯一希望，我就得試試看。」姜澪咬緊牙關。

「我來翻譯，阿雁的意思是說，『笨女人，要和這麼危險的御靈戰鬥，讓我陪妳去啦』這樣。」南覆在姜澪的耳邊，悄悄說著。

「喂，老太婆，我都聽見了，不要灌輸人家奇怪的觀念。」唐雁不悅地扯住魔女長袍的後領，把兩人分開。

「阿雁，那就麻煩你載我過去了。」姜澪伸出雙手握住唐雁的掌心，用誠摯的眼神望著他。

唐雁受到猛烈的會心一擊，僵硬地轉開視線。

「阿雁？」

「走吧，在靜界消失前，趕快衝過去，應該還來得及。」掏出機車鑰匙轉了兩圈，唐雁逕自走向停車的方向。

「哦哦，阿雁這是害羞了嗎？嗯？」南調侃地擋在他面前，用手肘戳了戳唐雁的肋骨。

「閉嘴，老太婆。」

「校長不一起來嗎？」姜澪追著唐雁的背影，連忙問了一句。

「不了，還是得有人留下來看著妳妹妹啊，而且……」南搖搖頭，把封著姜雪的冰晶用繩子綁在掃帚末端，橫著身體坐了上去，「怎麼說呢，那個鳳凰的御靈，和我不大合。」

「不合？」姜澪呆了呆。

重型機車的引擎怒吼聲，在巷口的附近響起。

「眼鏡女，動作快！我們得在靜界崩壞前，趕到那裡！」

「啊，好，馬上來。」姜澪在唐雁的催促下，急急忙忙對南鞠了個躬，朝巷口跑去。

魔女一路目送女孩離開視線，重機的聲音漸漸遠去後，才拍了拍掃帚的頂端，乘著夜風直奔天際。

冰晶的棺材拖在掃帚後方，隨著上升氣流擺盪著。

俯瞰著下方愈縮愈小的藍灣市，南淺淺微笑。

唐雁連續催動油門，繞過幾組正面交鋒、無暇顧及旁人的御靈，朝歐陽財團的辦公大樓疾馳而去。

「阿雁，你看那邊。」姜澪伸出手指，指著正貼著地面俯衝而過，留下一整條焚燒軌跡的鳳凰。

「看來牠是厭倦待在上頭了，這對我們來說，是好消息啊。」唐雁嘿地一聲，將油門拉到底，追著鳳凰而去。

唐雁只說對了一半，厭倦待在上頭的不是迦樓羅，而是迦樓羅的御靈者。

騎乘在鳳凰的背上，歐陽旭意氣風發的用不滅之火，燃盡靜界內部。

雖然比計畫中早了一點，但在獨角獸制約下形成的巨大靜界中，所有存活的御靈全集中到一處，簡直是清掃戰場的絕佳時機。

歐陽旭也老實不客氣的，命令迦樓羅全力撲殺這些在殭屍敗亡後，還來不及逃命的御靈。

滾滾烈焰吞噬了較為低矮的建築，連帶著葬送了無數御靈和御靈者的性命。

歐陽旭大張雙臂，享受著這王者巡行般的威風。

「嗯？妳看鳳凰的背上，是不是還站著一個大叔？」唐雁瞇起眼睛，在重型機車迂迴著接近巨大火鳥時，捕捉到迦樓羅身上的剪影。

「……好像有？」姜澪不大確定的回答。

「如果那個御靈者是個能溝通的傢伙，事情就會好辦多了，就說是為了救人，要一滴眼淚不過分吧？」唐雁抱著一絲希望，加速趕向前方。

但姜澪卻沒辦法像唐雁那樣樂觀。

她直覺認為，會在這個時候讓御靈大開殺戒的人，絕對不是個會重視生命、出手相救的好人。

但即使希望渺茫，也得嘗試去抓住。

因為天秤的另一端，是姜雪的性命。

紅色重型機車載著兩人，沿著迦樓羅焚燒範圍外的道路，並排跟著前進。

又隨意繞行一陣子，消耗了不少力量的鳳凰，才漸漸縮小尺寸，放慢速度，往歐陽財團的辦公大樓飛去。

「好，看來那隻鳥也有點累了，現在是個好機會，我們去堵人吧。」唐雁勾起嘴角，調轉龍頭，加速跟了上去。

一滴冷汗從他的臉頰邊滑落。

即使是收斂起力量的狀態，迦樓羅強大的威壓感，在逐漸拉近距離後，還是壓迫著兩人的心臟，讓他們連呼吸都有點困難。

歐陽旭發現到追上來的兩人，心念一動。

「哼，居然還有御靈者敢追上來啊，有意思。」歐陽旭回過頭，紅色的重型機車映入眼簾。

一揮手，歐陽旭乾脆也不回辦公大樓了，他騎著迦樓羅盤旋一圈，停在市中心道路圓環旁的大型看板上頭。

「對方停下來了。」唐雁皺起眉頭放慢車速，迎著市中心圓環的方向騎去。

「我們被發現了……嗎？」姜澪忍不住開始緊張起來。

「有可能。」

「澪，小心點。」影鬼的提醒從姜澪的耳邊傳來，「那個御靈恐怕不是什麼簡單角色，光憑能力的話可能在我之上，剛結束戰鬥的我們不宜正面硬碰。」

「我、我知道了，我會盡量小心的。」姜澪低聲回答，緊抓唐雁腰際的指尖，在他的衣服上留下一道摺痕。

第八章

小心翼翼地駕著重機，兩人在空蕩蕩的圓環狀道路停下車。

蹲坐在大型看板上方的迦樓羅，靜靜燃燒著。

歐陽旭抱起手臂，觀察著謹慎下車並悄悄接近這裡的男孩和女孩。

兩道細小的火箭劃過半空，射在唐雁和姜澪的腳邊，路面上的柏油被滾燙的高溫融化燒蝕，留下焦黑的坑洞。

「在那邊停下。」歐陽旭淡淡命令道。

唐雁與姜澪互看了一眼，不約而同的停住腳步。

「看你們兩個的樣子，還是學生吧？一路跟著我到這邊想要做什麼？」歐陽旭皺起眉頭，看著比預期中要年幼許多的敵對御靈者，「要和我戰鬥？還是刺探情報？」

歐陽旭之所以沒在第一時間馬上出手，並不是因為看兩人都還是學生，所以不忍心，而是對居然有人敢在目睹迦樓羅的威力後，還硬是跟上來的行為，感到相當有興趣。

「說吧，跟上來有什麼事情？如果只是想來送死的話，我也不是不能賞你們一個痛快。」中年男子的臉色嚴峻，舉起單手，鳳凰展開雙翼，數百枚燃燒的火焰箭矢，立刻懸扣在半空中。

「先生！我、我們有事情想拜託您！」姜澪連忙將安全帽拿下，對著看板上方高喊。

歐陽旭冷哼了一聲。

拜託？居然會有御靈者在戰場上，拜託另一個陌生的御靈者？有意思。

這個看起來貌不驚人的小妞，要麼就是對自己的實力無比自信，要麼就是個欠缺思考的笨蛋。

「妳說吧，視情況而定，我隨時會出手殺掉你們。」歐陽旭淡淡地回答道。

「冷靜點，眼鏡女。」發現姜澪的雙腿因為緊張而不住顫抖，唐雁出言安撫。

姜澪深呼吸了幾次，勉強定下心神。

「抱、抱歉在這裡攔下您，我們沒有想要戰鬥的意思，之所以做出這樣的行為，是因為、是因為……」姜澪被自己的唾沫哽住喉嚨，頓了兩秒才怯生生地重新開口：「我唯一的妹妹，現在身受重傷，已經快死了，只有您的御靈能夠救她，還請您暫時放下御靈者間的成見，幫幫我們。」

歐陽旭盯著楚楚可憐的眼鏡女孩，思考了兩秒，才緩緩開口。

「看來你們已經知道我的御靈是什麼了。」

「拜託您！只要一滴眼淚就好，我們只要拿一滴眼淚就走！求求您！」察覺到氣氛不對，姜澪焦急大喊。

「愚蠢！沒有準備好任何籌碼和勝算，就來和素不相識的敵人談判，簡直愚不可及！我沒有必要幫助這樣的垃圾御靈者！」歐陽旭嚴厲吼道，拒絕了女孩的請求，迦樓羅身上的火焰大盛。

被鳳凰一瞬間高漲的威壓震懾，姜澪不由自主地退後一步。

「真難以想像，御靈京居然能容忍像這樣的蠢蛋成為御靈者。」

毫不掩飾嫌惡的情緒，歐陽旭身上殺氣勃發。

他輕描淡寫地伸出一根手指，對準地面上的兩人。

「像妳這樣愚蠢的弱者，不配站在這戰士和智者齊聚的戰場上，就讓本人代替其餘戰敗的御靈，好好清掃一下這神聖的戰場吧！」

「眼鏡女，快趴下！」

「澪！」

「呀啊！」

唐雁跳下機車，將妨礙行動的安全帽甩到一邊，一把按住姜澪的肩膀，把她推倒在地。

影鬼的身影一瞬間顯現在虛空中，卻因為儲存的力量不足而立刻消散。

在迦樓羅與姜澪間的屏障，只剩下唐雁單薄的背部。

「選擇山羊格子……」

轟隆隆隆隆隆隆隆隆隆隆隆隆隆隆隆隆隆隆隆隆隆！

漫天火雨從天而降，滾燙的燃燒箭矢落在圓環的柏油路面上，燒穿一個個深淺不一的孔洞，炸開煙塵，遮蔽住周圍的視線。

歐陽旭輕蔑地一擺手，沒有確認兩人的生死，就重新駕起迦樓羅，往財團辦公大樓的方向飛去。

姜澪用力抱住頭，縮起身體，等待這陣毀滅性的轟炸過去。

滾滾灰塵瀰漫在空氣中。

她能聽到唐雁的愛車被火焰箭砸倒炸毀的聲音，還有柏油石礫四處飛濺的輕響。

終於，在隆隆的大地震動聲漸漸止息後，姜澪能夠勉強睜開眼睛。

白色間挑染著紫色的頭髮，遮住了她的視線。

「阿……雁？」

「咳咳！」

回應姜澪的，是一口滾燙的熱血，隨著男孩的乾嘔，灑落在她的胸前。

唐雁用四肢撐住地面，將身體橫擋在女孩上方，硬是用肉身扛住了鳳凰的大範圍攻擊。

唐雁的背後插滿了羽毛形狀的火焰箭，箭矢穿透了他的身體，將內臟燒得焦爛，火熱的鮮血從傷口滲出，點點滴落在姜澪的身上。

「阿雁！」

隨著姜澪的驚叫，唐雁的身體終於失去力氣，轟然倒下。

「阿雁！阿雁！」抱住倒在自己懷裡的唐雁，姜澪拚命叫著男孩的名字。

刺鼻的血腥味，竄入姜澪的鼻腔，炙熱的液體不斷流淌在她的身上，讓姜澪慌了手腳。

現在應該先做什麼？按住傷口？止血？用布包紮？

感受到唐雁的體溫正不斷流失，呼吸漸漸微弱，姜澪忍不住流下眼淚。

為什麼……為什麼自己身邊的人，總是遭遇這樣的不幸？為什麼……

連忙將手掌貼在唐雁染血的心口，屏息確認心跳的姜澪，卻只來得及捕捉到最後一絲微弱的跳動。

圓環的柏油路面上，一縷燒盡的餘火悄悄熄滅。

一片死寂。

「啊……啊啊……」姜澪緊抱住唐雁漸趨冰冷的身體，張大嘴巴，崩潰地低叫出聲。

「阿雁……阿雁……」

緊貼著唐雁的額頭，姜澪的眼神失去光芒。

「阿雁……」

烏雲匯聚在天際，靜界內降下滂沱大雨。

雨絲遮蔽住重型機車的殘骸，也遮蔽住兩人的身影。

雷聲隆隆。

◆

傾盆大雨打在吉普車的車窗上，雷克斯手握方向盤，拐了個彎，朝郊區的方向駛去。

在捕捉到鳳凰離去的身影後，這名經驗老道的傭兵，馬上決定帶著副駕駛座上的吉兒，返回他們在郊外樹林中的營地。

那是無比強大的對手，若是此刻正面交鋒，就算是與牛鬼契合度已經達到頂尖的他，恐怕也不是對手。

幸好在軍用望遠鏡的觀察下，雷克斯發現鳳凰的御靈者，似乎沒有靈化的習慣，始終保持著以肉身指揮御靈戰鬥的姿態。

這讓擅長狙擊、毒殺、一對一近身格鬥的他，多了幾分勝算。

如果能在那個男人使用御靈戰鬥前，一口氣突襲分出勝負……

雷克斯邊盤算著，邊驅車經過藍灣市市區，還未完全崩解的靜界中，已經沒剩多少存活的御靈，街道上一片死寂。

在獨角獸制約解除的剎那，所有御靈就不約而同地對身邊最近的對手發動攻擊，一場大混戰瞬間爆發。

雷克斯在當時解決了好幾個敵對御靈，才好不容易脫身。

緊繃了一整天神經的吉兒，現在則疲累地縮在副駕駛座上，昏沉睡去。

看著小女孩的睡臉，雷克斯不禁稍微放鬆了臉部的肌肉。

大戰過後，有吉兒在身邊的這一小段時光，顯得無比安詳。

磅硄！

雷克斯緊急剎車，及時避開一隻巨大白骨手臂的搥擊。

吉兒在慣性力的拉扯下醒了過來，疑惑地左右張望。

一具足足有三層樓高的巨型骷髏，破開雨幕，攔在吉普車前。

骷髏的骨骼上，閃耀著點點磷光，半透明的骨架彈開雨水，發出滋嘎滋嘎的摩擦聲。

雷克斯右手換檔，腳底急踩油門，快速倒車，勉強避過了骷髏迎面踩來的一腳。

地面因為這下重擊而碎裂。

「吉兒，待在車裡，不管發生什麼，都別出來。」

「雷克斯……」

不理會吉兒的呼喚，他打開車門走上前，舉起手中的衝鋒槍，對準半透明的白骨骷髏一陣狂掃。

衝鋒槍的子彈打在骷髏的骨骼上，發出乒乒乓乓的連環爆響，一一彈開。

子彈沒有效果？

雷克斯皺起眉頭。

雨水打在他束起的辮子頭上，形成細小的水流，滑落他的脖頸。

「沒用的，唯獨你的武器，是絕對傷不了這個御靈的。」一道好整以暇的聲音，從骷髏肋骨內部傳來。

看不清臉孔的男子，安然待在巨大骷髏的體內，向雷克斯搭話。

「我已經觀察你很久了，沒想到居然有職業級傭兵參加這場大戰。」

「那又如何？」雷克斯冷冷答道。

「真是不幸，我的御靈可是每分每秒都想著要幹掉你呢。」骷髏內的男子誇張地大笑，絲毫不把雷克斯放在眼裡，「告訴你吧，這具御靈，是一種叫做『荒骷髏』的妖怪。是戰場上沒人掩埋的屍體怨氣所化，這也是它為什麼如此憎恨你的原因啊！你這個……殺人凶手！」

雷克斯沒有回話，沉默屹立在大雨之中。

他在荒骷髏半透明的骨骼上，看到許多戰士們掙扎著死去、痛苦扭動的身影，頭部中彈、被滾燙的砲彈碎片打中、失血過多、踩中地雷被炸死……

無數在戰場上慘死，因無人收拾而曝屍荒野的怨魂，建構成了荒骷髏巨大的身軀。

對殺人如麻卻總是能生還的雷克斯，釋放強烈的恨意。

在那些幻象中，這位傭兵甚至看到了以前曾並肩作戰的傭兵夥伴，他們一個個在戰火中倒下、心懷不甘的死去。

憤怒、痛苦、絕望，還有忌妒雷克斯獨自生還的怨恨，全都從荒骷髏巨大的身軀上釋放出來，直直指向雨中的高大男人。

「懂了吧？你們這些利用戰爭賺取利益的人渣，簡直連禽獸都不如！不斷殺人殺人殺人殺人，你的生命中，注定沒辦法拯救誰的！注定要因為這些鮮血，而付出代價！」荒骷髏的御靈者憤怒狂吼，驅使著巨大的骸骨逼向雷克斯。

「你那沾滿血腥的骯髒人生，就到此為止了！我和荒骷髏會把你送進地獄！死吧！」

白骨嶙峋的手掌揮起，朝男人重重拍下。

雷克斯緩緩閉上眼睛，似乎放棄了抵抗。

轟的一聲，荒骷髏在馬路上砸出了一個大凹坑，卻沒有擊中任何人。

一對堅硬的牛角，出現在雷克斯的額邊，將落下的雨珠粉碎。

雷克斯眼神熾熱，開口道：「你說得對，我的確是背負著上百條人命，的確在戰場上殺人無數，罪該萬死，但是……」

剛才及時一閃，躲過荒骷髏拍擊的雷克斯，往前踏了一步，視線捕捉到半透明骸骨內氣得臉歪向一邊的男子。

「只要有人類的地方，就注定會有戰爭。而有戰爭，就注定會有人必須承擔這些鮮血。所以我不畏懼那些倒下戰士的怨恨，因為那是勝者必須背負之物。」

「你這傢伙……」

「還有一點。」打斷齜牙咧嘴、暴怒大吼的荒骷髏御靈者，雷克斯拉出胸前的士兵頸鍊。

「殺人無數的士兵，並非沒有柔軟的部分，正因為誰都有希望保護的事物、希望拯救的人，所以戰士們才願意挺身奮戰，對抗敵人，所以才有戰爭！這場御靈京大戰，也不例外。」雷克斯正色說道：

「正因為想要拯救誰，我才不惜讓自己的雙手再次染上鮮血！即使必須踏入地獄，我也要帶回這場戰爭的勝利！」

「簡直鬼扯！荒骷髏，殺掉他！」怒不可遏的男子手一揮，巨大的骸骨就動了起來，雙掌同時破空拍下。

「會死在這裡的，是你！」雷克斯大喝一聲，不閃不避。

兩道精光從他的雙眼中爆出。

「凶眼！」

大量混亂的幻象，瞬間灌入荒骷髏御靈者的腦中，男子痛苦地大吼，搖搖晃晃，一頭撞在骸骨內側。

高速旋轉的視線、強光、尖銳的巨響、悠長的細音同時炸開，讓男子的眼角因為高壓滲出鮮血。

荒骷髏失去御靈者的控制，重心不穩地頹然倒下，濺起大片雨水。

雷克斯沉默目送著陌生男子失去靈化的狀態，倒在大雨中不斷掙扎，雙眼和口鼻同時流出腥紅的血液，然後慢慢癱軟下來。

半透明的巨大骸骨褪去，消失在空氣中。

走到吉普車的車門邊，雷克斯垂下肩膀。

他悄悄握住胸前的士兵頸鍊。

大雨來得快，去得也快，從天空中落下的雨絲轉細，雲層漸漸散開。

一道陽光灑落在藍灣市市區。

光線照亮了雷克斯深邃的面部線條，使他一瞬間看起來像是散發著光芒。

「這場戰爭不會沒有意義，我一定……」

握著士兵頸鍊的手掌一緊，雷克斯抬起頭。

「會拯救妳的。」

太陽扯開烏雲，展露小半面容，陰暗的天空逐漸轉晴，綿密的雨絲停止拍打姜澪的身體。

像是聖經中會出現的場景般，一道光束穿透雲層，灑落在兩人身上。

「阿雁……」因為悲傷聲音有些沙啞的姜澪，在這陣驟雨中，就像抓住浮木的溺水者般，緊緊地抱著唐雁。

她太草率了，就像鳳凰御靈者說的一樣，沒有準備任何籌碼或勝算，就貿然前來交涉，簡直愚蠢至極。

而這份愚蠢，付出的代價就是唐雁的生命。

這個雖然認識不久，卻已和她出生入死數次的大男孩。

「阿雁……求求你別死……別死……」

在姜澪悲傷的懇求下，唐雁的胸膛在殘破不堪的衣服內，微微起伏了一下。

注意到這奇蹟的變化，姜澪連忙鬆開雙手，抓著唐雁的肩膀，輕輕搖晃。

「阿雁？阿雁？」

空氣流過唐雁的鼻腔，讓他深吸了一口氣，緩緩睜開眼睛。

「阿雁！」姜澪又驚又喜地叫道，喜悅的淚水從她臉頰邊流下。

「咳咳！」

唐雁彎曲身體，劇烈地咳嗽了幾下。

姜澪連忙輕拍他的背脊，幫他順氣。

在咳出幾口暗紅色的血液後，唐雁抹抹略顯乾燥的嘴唇，直起身來。

「阿雁，我、我還以為你死了……」想到剛才驚險的場面，姜澪忍不住又哭了出來。

「是死了一次啊……真是有夠痛的。」唐雁心有餘悸的摸了摸已經收口的傷處。

「咦？怎麼會？我剛才看的時候……」

姜澪難以置信地把臉湊近唐雁的胸前，遭羽狀火焰箭貫穿的傷口已經消失無蹤，取而代之的是唐雁精實的肌肉線條。

「這是御靈『九命怪貓』的能力，我珍藏在山羊格子裡的保命武器。」唐雁嘆了口氣，「可惜比起真正的御靈本體，效果差多了，只能復活一次，就會完全失效，但剛才情況緊急，不得不用。」

「抱、抱歉……」姜澪結結巴巴地低頭道歉。

她意識到是自己的行為，讓唐雁失去了重要的御靈能量，愧疚感油然而生。

「別在意，東西就是要用，一直存在嵌合體裡面也不會增值。」唐雁輕鬆地扭了扭肩膀，站起身來，「所以……鳳凰的眼淚也沒著落了？」

「嗯……」姜澪默默點頭，想起姜雪，她的心情再度跌落谷底。

「這樣啊……別急著難過，眼鏡女。」唐雁對蹲坐在地的姜澪伸出手，淺淺微笑，「我剛才看到鳳凰御靈者的長相了，是個大人物喔。」

「咦？那位頭髮有點白的先生……是大人物？」

「是啊，所以別擔心，他跑不了的。我們準備萬全之後，再去挑戰一次就是了。」唐雁拉起姜澪後，遠眺著高聳的歐陽財團總部，露出有把握的神情，「下次不要用談判的，直接把他的臉按在地板上磨擦，打到那隻火鳥哭出來為止吧。」

「好！」姜澪握緊雙拳，懸在半空的心，在唐雁的安撫下總算平靜下來。

「那麼，在這個靜界完全崩壞前，我們先回老太婆那裡吧。」

「嗯。」

跟在唐雁的背後，姜澪捧起雙手，清楚感受到影鬼的意識正被自己悄悄掬起，縈繞在指掌之間。

「影鬼……」她將嘴唇湊近手掌間的陰影處，輕聲呼喚道：「你還好嗎？有沒有哪裡受傷？」

「我沒事。」影鬼清澈的嗓音浮現在她的腦海中，讓姜澪鬆了口氣。

「只不過剛才嘗試現形失敗，力量幾乎耗盡了，需要休息一陣子。」影鬼的語氣中帶著隱隱的疲倦。

「抱歉，沒能保護好妳，要不是唐雁擋下攻擊，我們可能已經退場了。」

「沒關係的，現在我們都好好的啊。」姜澪努力安慰道：「影鬼不用太自責了，先好好養足精神吧。」

「好的，在我休眠的期間，澪也務必要提高警覺。」

「嗯，我知道了。」感覺到手中的黑影漸漸褪去後，姜澪才快步趕到唐雁身邊。

挑染著劉海的男孩，和戴著眼鏡的女孩，並肩走在剛下過雨的道路上，踏出靜界的縫隙，回到現實世界。

車水馬龍的聲音才剛傳入耳中，天上又降下傾盆大雨，淋得他們措手不及。

姜澪和唐雁連忙抱著腦袋，衝到路邊的騎樓下躲雨，但身體早已在靜界內時就溼透了。

「哇，那邊那兩個，還是學生吧？」

「欸欸，戴眼鏡的女生還穿著高中制服欸，現在的年輕人，真是大膽！」

「白頭髮那個，身上的衣服怎麼破爛成這樣？莫、莫非是玩了什麼激烈的play……」

一群女大學生瞄向姜澪和唐雁，交頭接耳，快步經過他們身邊。

唐雁撥開溼漉漉的劉海，抬起頭。

情趣旅館五顏六色的招牌，赫然出現在他們面前。

「咦咦咦？」姜澪摀住通紅的臉頰，驚慌地蹲了下來。

離開靜界時沒有留意，兩人在不知不覺間，跑到了藍灣市暗巷中的成人區域。

因為外頭下著大雨，他們也沒來得及看清騎樓下店家的名稱，就急急忙忙地衝了進來。

「LoveLove 粉紅氣泡……」

「不、不要念出來！」姜澪羞恥地大叫，阻止唐雁繼續念招牌上的店名。

「怎麼了？一臉糾結的樣子？」

「你、你這樣問我也……這可是情趣旅館啊……」

「所以呢？」唐雁轉過頭來，滿臉稀鬆平常，「啊，機會難得，還是我們乾脆進去看看？」

「進、進去？」

「嗯，畢竟衣服也都溼……」

「不，我們淋雨回去吧。」瞬間站起身，搭住唐雁的雙肩，姜澪面無表情地說著。

「呃，可是外頭雨下得這麼大……」

「我們淋雨回去吧，阿雁。」

這是不由分說的語氣。

「我了解了，妳先冷靜點……」冷汗從唐雁的額角滑下。

兩人邁開腳步，一路突破冰冷的雨幕，直奔藍灣高中。

一邊滴著雨水，一邊踩過走廊，唐雁伸手打開校長室的房門後，等待著他們的是悠閒躺在椅子上看書的南。

房間的角落放置著藍色的冰晶塊，凍結住姜雪沉睡的臉龐。

「哦？歡迎回來啊，你們兩個。」輕輕闔上書本，魔女打了個大呵欠，「鳳凰的眼淚拿到了嗎？」

「沒有……」姜澪沮喪地垂下肩膀。

「這麼說……打起來了？」南挑起一邊的眉角。

「不，那根本不算對等的戰鬥，只是單方面被虐殺而已。」唐雁心有餘悸地按著胸口。

「要不是我用了『九命怪貓』的御靈能量，擺了那傢伙一道，我和她八成就死在那邊了。」

「看來對方也是不講道理的人呢……」南沉思著，支著下巴。

「御靈者呢？有看到他的臉嗎？如果能確認身分的話，說不定能從御靈者的部分著手。」

「說到這個，老太婆，鳳凰的御靈者來頭可不小。」

「哦？」

「最近在電視上常播的那個，把公司總部搬來藍灣市的財團總裁，名字很霸氣的那位大叔……」

「歐陽旭嗎？我懂了。」南頭痛地按了按兩側的太陽穴，「和那個男人做對手的話，很棘手啊……」

南沒有繼續說下去，而是舉起魔杖揮了揮，姜澪和唐雁身上厚重的水氣，隨即消散。

恢復乾爽狀態的唐雁伸了個懶腰，隨手把殘破不堪的上衣脫掉，扔在一邊，撲倒在旁邊的皮沙發上。

「之後的事情之後再說，思考對付鳳凰的辦法、還是去找新的御靈能量來補齊格子，都交給明天的我來處理吧……現在我要睡覺……」

「阿雁，至少在我的工坊裡把衣服穿著吧。」南無奈地說道。

「先讓我……睡一下再說……」唐雁面朝下的趴在皮沙發上，沒兩三下就發出了規律的鼻息。

「這小子真是的……姜澪同學，去拿條毯子給他蓋上吧。」

「好、好的！」

看到他完整裸露的肌膚，姜澪忍不住微微臉紅，但還是聽話地拿起整齊堆放在沙發靠背上的毛毯，輕輕蓋在唐雁的背脊上。

唐雁微微挪移身軀，露出安詳熟睡的臉龐。

看著唐雁毫無防備的睡臉，睏倦感也爬上姜澪的意識，眼皮漸漸重了起來。

「瞧妳盯得這麼出神，是不是想和阿雁一起睡啊？」魔女暗暗竊笑。

「才沒有！」姜澪慌張地連連搖手。

「真好呢，年輕人的青春校園戀情。」南感嘆了一聲，轉過辦公椅背對他們，「妳也累了吧，姜澪同學，在我這裡稍微休息一下如何？」

「休息嗎……」姜澪左右環顧，發現唐雁對面的另一張沙發，還有足夠她躺下的位置。

「放心，在我的工坊裡，安全是可以保證的。妳就安心睡一下吧。」

「那就……」實際上精神也瀕臨極限的姜澪，搖搖晃晃地坐倒在沙發上，蜷縮起身體。

魔女一彈指，室內的燈火熄滅，令人備感疲倦的黑暗緩緩降臨，只剩下房間角落的大燉鍋，還發出輕柔的咕嚕咕嚕聲響。

在完全睡著的前一刻，把眼鏡摘下來的姜澪，昏昏沉沉地舒了口氣。

就像唐雁說的那樣，雖然很多事情還懸而未決，但那些就交給再次醒來的自己去煩惱吧。

寧靜的工坊內，少女進入夢鄉。

也因此她沒有發現，南此時正面露痛苦，猛然按住自己的前額，嘴角痙攣，拉扯出一抹詭異的笑容……

雷克斯坐在橫越藍灣市的直升機內，俯瞰著整片夜景。

距離旱魃引發的那場強制大混戰結束，已經過了整整一個星期，島上還潛伏著的御靈已所剩無幾，僅剩的少數強者，也多半蟄伏不出，這讓傭兵的偵查工作進行得相當順利。

雷克斯在這段期間的明查暗訪下，鎖定了鳳凰御靈者的所在位置。

也就是這幢藍灣市中的第一高樓，歐陽財團總部。

之所以先鎖定這名御靈者，是因為雷克斯在當時，近距離目睹了御靈迦樓羅的強大。

巨大的火焰身軀，超越轟炸機的破壞力，還有儘管沒機會展現出來，但八成擁有的「不死」特性。

這樣的強敵，絕對要趁還有機會占據先手時，先行出擊，藉著突襲與情報不對等所帶來的優勢，將牠連同御靈者一併剷除。

短短一星期的時間，雷克斯收集了財團大樓的各層平面圖、建築結構圖等等，並從安裝在財團員工身上的竊聽器，推算出做為老闆的歐陽旭辦公室的位置。

很不巧的，那間辦公室占據了整棟大樓的最高樓層，至高臨下的角度，意味著雷克斯擅長的遠距離狙擊，會被完全封鎖，只能被迫採取風險較大的進攻手段。

雷克斯也不笨，既然知道對手是資源雄厚的大財主，那麼整棟大樓的低樓層中，想必是布下了重兵嚴防，孤身一人作戰的他，並不打算逞匹夫之勇，單槍匹馬硬闖進去。

如果從地面不行，那就從天空來吧。

「雷克斯先生，再過十秒，就會經過您要求的座標了，請準備。」

直升機駕駛的聲音，透過對講機傳來。

雷克斯在軍中的舊交，替他安排了這麼一班航程。

「知道了，還麻煩你特地在這時間起飛。」背上裝備，將傘包扣好，高大的男人走到打開的艙門邊。

「不會，這畢竟也是工作。」

「跟你上頭的說，明天早上如果我沒有定時聯絡，就派人去郊區樹林的營地裡，把一個小孩帶走。」知道此趟行動無比凶險，所以沒有攜帶吉兒的傭兵，沉著嗓子說道。

「好的，雷克斯先生，我會幫您轉達。」

「那麼，我走了。」雷克斯拉下額頭上的防風鏡。

「祝您一路順風。」

從機艙邊緣湧身下躍，高空中冰冷的氣流拍打著雷克斯的臉頰，無重力般的浮游感充滿了他的四肢。

目標，歐陽財團總部！

雷克斯臉色一凝，地面上閃耀的燈火，與車水馬龍的背景音，都在這瞬間被徹底遮斷，只剩下散發著詭異力量的辦公大樓，還像是身處在同一個次元。

是靜界。

僅僅一名御靈，就張開了足以覆蓋整棟大樓的靜界，迦樓羅的力量可見一斑。

不會錯，看來是中獎了。

雷克斯全身的戰鬥觸覺，在這一刻全數敞開。

墜落到預計的高度後，雷克斯打開降落傘，拉扯著兩端的傘索，朝大樓的方向飛去。

掏出裝有滅音管的手槍，連扣四下扳機，大樓外側的某扇落地窗四角，同時被子彈破壞出龜裂的蜘蛛網紋。

金屬鉤爪從雷克斯手中的射擊裝置中飛出，牢牢勾住大樓外緣。

確認鉤爪足夠穩固後，他扔掉手槍，一口氣解開背上的傘包，地心引力瞬間將他的身軀向下拉去。

順著這股力量，雷克斯以鉤爪為軸心，劃出一道優美的弧線，朝那扇四角都被破壞的落地窗盪去。

伴隨著轟然碎裂聲，深黑色的軍靴一腳破壞玻璃，炸開無數飛灑的尖銳破片。

雷克斯就地滾倒卸去衝力後，馬上蹲起身，解下背上的輕機槍，端在手中。

奢華的辦公室中，鋪著高級質料的地毯和掛氈，透著溫潤原木色的傢俱，以及直頂到天花板，擺滿高級瓷器、酒瓶和書籍等物的玻璃櫃，都展現著此間主人的不凡格局。

暖色系的燈光，從層板中的照明設備中透出，替偌大的辦公室蒙上一層舒適的光暈。

雷克斯皺起眉頭。

原本按照計畫，他應該是要降落在主辦公室的正下方樓層，再透過大樓中的逃生梯衝上來，殺他一個措手不及。

但現在不管怎麼看，這間房間的布置肯定就是目標的主辦公室沒錯了。

是自己在降落時搞錯樓層了嗎？

「真是粗暴的拜訪方式啊。」

梳著整齊髮型的中年男子，正悠哉地坐在茶几後的沙發上，啜飲著陳年紅酒。

寶石般顏色的液體，在玻璃杯中搖晃著，反射出耀眼的光澤。

沒有因為突如其來的襲擊者而失去冷靜，歐陽旭輕輕放下玻璃杯，舉起酒瓶，在另一支玻璃杯中注入美酒。

「儘管如此，應有的待客之道，還是不能怠慢了，請用吧。」將裝有紅酒的玻璃杯向前推了推，歐陽旭露出從容的微笑。

第九章

雷克斯緊盯著歐陽旭的一舉一動，不放過任何可能召喚御靈的機會，當然也沒有走上前，與他舉杯對飲。

「哎呀，有好酒卻不能和貴客分享，真是掃興。」

「……看來流出去的大樓各層配置圖，是假的。我說的沒錯吧？」雷克斯打斷歐陽旭的自得其樂，手指輕扣在扳機上。

「當然，明知道有被襲擊的可能，怎麼會放任重要據點真實圖資在外頭隨意流竄呢？這點小心眼，我還是有的。」歐陽旭端起酒杯，輕啜了一口。

「是我太過大意了。」雷克斯手中的槍柄被握得發熱，「但即使有點小失誤，也還是讓我順利進入這間房間了。」

「哦？所以呢？」歐陽旭饒富興味地挑起眉毛。

「在和我面對面的那一刻，你就已經輸掉一半了！」雷克斯大喝，舉起手中的輕機槍，槍口噴出火舌。

這一輪鋼鐵鑄成的子彈，卻全數轟在了一道高溫的火牆上，還來不及造成任何傷害，就融化成一灘灘無害的金屬液。

迦樓羅在歐陽旭的召喚下，伴隨著炙熱燃燒的氣流現身，只一秒，就把奢華的辦公室焚毀大半。

雷克斯沒有陷入慌張的情緒，早在他和歐陽旭面對面的那一刻，就預想到了這樣的情況。

憑藉著靈化後的體能猛踢地板，男人側身急奔，手中的輕機槍不斷連發，狂暴地橫掃過整片室內。

「沒有用的！」歐陽旭一聲斷喝，雙手疾張，迦樓羅的雙翼隨著他的動作全力伸展。

辦公大樓的頂部樓層，瞬間失去了天花板和地板的定義。

不講理的鳳凰火焰，焚毀了數個樓層的隔板，失去支撐的建築材料朝下墜落，讓頓失立足之地的雷克斯踩了個空。

「哼！」連續扔了幾顆照明彈出去，雷克斯一手繼續瘋狂開槍，逼著歐陽旭張開火牆防禦，另一手猛力抓住燒得火燙、彎曲變形的鋼筋，止住下墜之勢。

焦臭的黑煙從他緊握的掌心噴出，手掌皮肉全數被燙爛的劇痛，讓他忍不住皺起眉頭，咬緊牙關。

歐陽旭的視覺，一瞬間被滾落到腳邊的照明彈遮住。

雷克斯丟下判定無效的輕機槍，一個擺盪間，鬆手藏進建築體的黑暗中。

「只不過做些老鼠般的鬼祟攻擊，是不可能傷到空中的飛鳥的。」歐陽旭滿臉傲氣地站在迦樓羅的背上，毫髮無傷。

躲在半塌的天花板殘骸下，雷克斯用撕下的布條纏緊手掌，迅速考慮著戰鬥策略。

對方真的很強，硬碰硬的話，即使是一百個雷克斯一起上，也不夠迦樓羅殺。

但這個半毀高樓的戰場，無疑是對他有利的。

即使對御靈束手無策，只要解決掉御靈者，勝利同樣會落入雷克斯手中。

而這棟處處能藏身，建築殘骸、視線死角滿布的高樓，正是單獨突襲御靈者的絕佳環境。

「呼。」他吐了口氣，摸了摸身上僅剩的裝備。

手榴彈三枚，軍刺一支，繩索和零碎的小型炸藥，還有……

繫在脖子上，藏有妻子照片的特製士兵頸鍊。

雷克斯珍惜地用還有知覺的那隻手，握住冰冷的吊牌。

這很可能是他在御靈京中的最後一戰。

也可能是，人生中的最後一戰。

「祝我好運。」輕吻了一下士兵頸鍊上愛妻的臉頰，雷克斯矮身衝出。

「嗯？」歐陽旭疑惑地端詳著，從上頭的黑暗中，被扔下來的一枚手榴彈。

在意識到那金屬殼下醞釀的危險後，他雙臂交錯，讓迦樓羅的身體轉化為一顆凝結的火球，包圍在自己身邊。

但那枚手榴彈的保險栓並沒有被拉開，只是平靜地滾落在殘留的小片地板上，擦出圓潤的聲響。

轟隆！

早已飛竄到上層，埋設好小型炸藥的雷克斯，一口氣引爆半坍塌的天花板，讓整片鋼筋水泥砸落在歐陽旭的頭上。

凝成圓球形的火焰，雖然能防禦來自四面八方的攻擊，但仍遠遠不足以擋下純粹的厚重物墜落重力。

歐陽旭還來不及反應過來，迦樓羅就一聲清嘯，恢復鳥形朝下方飛撲，以一瞬間爭取的距離，換來重新集中火焰，抵擋落石的時間。

立足之處被炸毀後，同樣也失速墜落的雷克斯，屏氣拉緊綁在更上層天花板的繩索，讓自己懸吊在半空。

迦樓羅的火焰暴衝，將壓到頭頂的建築體全數熔毀揮開，護住背上的歐陽旭。

但這陣抵擋，卻也讓迦樓羅滴水不漏的防禦露出破綻。

雷克斯上下排牙齒咬著兩根手榴彈的保險栓。

兩顆貨真價實的鋼鐵死神，脫離他的手掌，從天而降。

「嗚！」頭一次失去從容表情的歐陽旭，也馬上察覺到這不是佯攻。

沒有遲疑更久，歐陽旭湧身跳下迦樓羅的背脊，摔在下方的樓層板上，讓鳳凰代替自己吃下這一擊。

手榴彈應聲爆裂，吹開的氣流，將那火焰構成的身體炸散，卻仍然沒有傷到牠的御靈者。

還沒完！

「凶眼！」亮出底牌的雷克斯雙眼炙熱。

「嘁。」歐陽旭來不及爬起，髮絲散亂。

眼看這避無可避的即死招式就要命中歐陽旭的腦門，原本看似被手榴彈徹底瓦解的迦樓羅，卻又浴火重生，無中生有的烈焰，橫擋在兩人的視線之間。

「媽的！」連一向沉穩的雷克斯，也忍不住爆了句粗口。

差一步就到手的勝利啊！

別無選擇的傭兵，抽出軍刺，鬆手放開繩索躍下。

「有種別逃！」

「迦樓羅！」差點被逼入絕境的歐陽旭怒吼。

鳳凰一聲尖嘯，鼓起全身的火焰，羽狀的火焰箭雨，逆向飆了出去，射穿雷克斯堅毅的身體。

雷克斯忍住一口直湧上喉頭的熱血，迎著撲面而來的火雨下墜，手中的軍刺閃閃發光。

即便肉體殘破不堪，也無法阻擋這個男人捨身一擊的強悍意志。

鳳凰甫凝成的飄渺火焰身體，更是無法攔住他鋼鐵般的軀體，在軍刺凶猛地突進下，破開一條縫隙。

隨著雷克斯順從地心引力下墜的身影，刀刃急速刺落。

磅鏘！

軍刺的刀尖，在堅硬的水泥上擦出火花。

雷克斯那拖著悶臭焦煙的身體重摔在地，無數金色的羽狀火焰，插在他的背上。

這石破天驚的一刺，終究撲了個空。

迦樓羅高熱的火焰，大大扭曲了空氣中的成像，在那瞬間無意中迷惑了雷克斯的視覺，讓他瞄準錯誤的位置攻擊。

如果再偏個三十公分，軍刺就會精準地貫穿歐陽旭的胸膛，直直破壞心臟。

如果再偏個二十公分，即使只刺中看似無關緊要的肩膀，刀刃上被催運到極限的牛鬼劇毒，也會在三秒鐘後直攻心肺，取下歐陽旭的性命。

但很可惜，命懸一線的戰鬥中，沒有所謂如果。

歐陽旭狼狽地坐倒在地，西裝上滿是皺褶和灰塵，自傲的整齊髮型，也顯得有些凌亂，但他也知道，這驚險得來的勝利，是穩穩收進囊中了。

等待雙腿恢復知覺後，歐陽旭站起身來，退後了幾步，以防這個奇招層出不窮的黑膚男子，又有什麼壓箱底的法寶。

不過這次，雷克斯也知道，自己是站不起來了。

羽狀火焰始終插在背上，燒灼著他的五臟六腑，全身的精力早已在剛才的捨身一擊中，灌注在刀刃上，消耗殆盡。

手中連把像樣的武器都沒有，要演出大逆轉戲碼，看來是沒機會了。

雷克斯緩緩輕闔雙眼，在他模糊的視線中，落在地面上的士兵頸鍊散發著微光。

抱歉了，這次的我，似乎是沒辦法活著回到家了……

直到最後，還是沒有辦法拯救妳……

淚光依稀在雷克斯的眼眶中打轉，但這淚水，並不是為了將死的自己而流，而是為了千里之外，徹底斷送治癒絕症希望的某人，而淌落的。

歐陽旭不發一語，輕輕舉起左手。

迦樓羅微微展翅，一枚羽毛狀的火焰箭，扣在空氣中，對準雷克斯的心臟。

戰鬥結束，勝敗已分。

雷克斯也明白這點，他閉上眼睛，接受了自己敗北的命運。

他累了，在沙場上征戰多年，這個男人早已疲倦不堪。

也許，在那枚火焰箭射落的瞬間，自己也能好過點……嗎？

才不。

勉強伸出手，摸索著找到躺在地上的士兵頸鍊，雷克斯咬緊牙關。

名為悲傷和不甘的情緒，嗆上他的鼻腔。

他想起了，自己坐在妻子床邊，握住她柔軟的手掌，承諾她會活著回來的時候。

他想起了，含著一抹微笑，摸了摸湊到床邊的吉兒蓬鬆的頭髮，給他一個吻的妻子。

是啊，還有吉兒。

因為莫名的緣分而相會的兩人，並沒有因為際遇、年齡而產生隔閡，反而像父女般相處下去……

一開始，比起帶小孩，更擅長戰鬥的雷克斯，也對活潑好動的吉兒相當頭痛。

但久而久之，也漸漸習慣了這個小傢伙的存在。

「雷克斯，我走了之後，希望你讓這個女孩陪著你，繼續活下去。」他的女人撫著小女孩的頭頂，輕輕說道。

「別傻了。」他說。

別傻了。

「等妳的病好了，我們三個一起搬到鄉下，看是要買個小農場還是什麼的，種點蔬菜、養點動物，悠哉地過完一生，覺得如何？」

「聽起來不錯呢。」女人消瘦的臉頰上，浮現一絲安詳，「種點蔬菜，養點動物……」

「當然不錯了，所以乖乖等我回來吧。」

直到雷克斯背起行李，準備出發的那天早上，女人才罕見的開口叫住他。

「雷克斯，把這女孩兒帶去吧。」

我有預感，吉兒想要保護你，也有保護你的能力——

「雷克斯？」

傭兵猛然睜開眼，身上依然是致死的重傷，身邊依然是殘破的大樓瓦礫。

但耳邊卻響起不該出現在此處的熟悉嗓音。

「雷克斯，你怎麼了？」嬌小的女孩急忙跑來，蹲在他的身邊。

一雙小手奮力扶起雷克斯的上半身，讓那圓潤可愛的小臉，映入他的眼簾。

「什麼……」歐陽旭驚疑不定地退後一步。

怎麼回事？這個小女孩，是如何闖進身在高空的獨立靜界中的？

如果不像雷克斯一樣用空降之類的手段，要進入這個靜界，就必須通過樓下的層層嚴防，才能上到這裡來，但沒道理這樣一個小女孩，能通過伊凡斯的把守啊？

如果真要說的話，用「憑空出現」來形容吉兒的到來，可能更貼切一點。

「雷克斯！雷克斯！你怎麼受傷了？會不會很痛？」吉兒心疼又焦急地看著他滿目瘡痍的身軀，伸手想拔出插進肉裡的羽狀火焰箭，卻被灼熱的溫度給燙到手指。

歐陽旭一時間也拿不定主意，是不是要順手把這個小女孩也殺了。殺？不殺？

「雷克斯！雷克斯！」百般呼喚，也喚不回男人逐漸遠去的意識，吉兒難過地在雷克斯頭顱邊流下眼淚。

小小的嘴脣用力抿起，她溫柔地將雷克斯沉重的身體靠在牆邊，直起身來。

「是你做的。」吉兒回過頭，狠狠瞪著歐陽旭，往他的方向重重踏出一步，又一步，大大的眼珠內滿是淚水。

歐陽旭沒有否認。

「是你做的！」最後一步，吉兒幾乎要貼在歐陽旭面前，身上的氛圍陡變。

歐陽旭皺起眉頭。

漆黑的霧氣聚集在小女孩的周圍。

察覺到情況不對勁的歐陽旭，迅速退後幾步，拉開彼此的距離。

雷克斯勉強抓著最後一絲微弱的意識，半睜開眼睛，凝視著吉兒模糊的背影。

雖然很想叫她趕快逃跑，但無奈的是，自己連張開嘴脣的力氣都失去了。

「你、你……」大顆的淚珠滾落吉兒的臉龐，她的眼神中燃燒著怒火。

「你居然傷害雷克斯啊啊啊啊啊啊啊啊啊啊啊啊啊啊！」

大片的濃稠黑霧，從吉兒嬌小的身軀中暴漲，旋風式地朝周圍籠罩過去。

「什麼！」歐陽旭大驚，本能地舉起手臂，護在身前。

這個感覺——是御靈？

「啊啊啊啊啊啊啊啊啊啊！」像是承受巨大痛苦般，吉兒抱頭大叫，未知的御靈回應吉兒痛楚的情緒，強制進入同調的靈化狀態。

黑霧席捲過殘破的大樓隔間，在半空中凝聚出一隻龐然巨獸的身影。

幾乎與迦樓羅同等大小的體型，似犬似熊的身體，無爪的六條腿，與兩對巨大的肉翅，巨獸應該是頭部的地方，卻沒有眼、耳、鼻、口，只殘留著空洞的五官。

這隻外型奇特的御靈，猛地仰天長嘯，化為一陣虛無的黑霧，籠罩住跪坐在地的吉兒。

「這是……古中國傳說中，四大凶獸之一的……」歐陽旭瞪大雙眼。

混沌。

雷克斯在迷離的意識中，也認出了那隻御靈，忍不住勾起嘴角。

傳說中，四大凶獸之一的「混沌」，是一種「有目而不見，行不開，有兩耳而不聞，有腹無五臟」的怪物，既看不見聽不到，也無法行走，無法進食。

但這個外貌怪異的凶獸，最著名的事蹟，就是「性喜親近有凶德之人」。

雷克斯心中，湧起了一股自嘲的情緒。

看來自己生平做的壞勾當也不少，難怪吉兒平時特別黏自己，恐怕有一部分，也是受了潛藏在她體內的混沌所影響吧。

瀕死的男人咳嗽了一下。

那股從心口直透上來的涼意，宣告了他時間已至。

黑霧平穩下來，像是一顆球般，包覆住小女孩的身軀。

吉兒的雙眼頓時失去焦距，耳中的聲音消逝無蹤，四肢也失去力氣，癱軟在地上。

在完成靈化後，對應凶獸混沌「不見、不聞、行不開」的傳說，吉兒的視覺、聽覺和觸覺，同時被完全剝奪，將她的意識沉進黑暗的深海中。

與之相應，瀰漫在她身邊三公尺的黑霧，將接觸到的所有物質，瞬間全數分解成接近分子狀態的小碎片。

散落的水泥塊、突出表面的鋼筋、遺留的彈片，還有雷克斯的軍刺，一一被蒸發，融入霧氣中。

如果被沾上了，無論是誰，恐怕都無法從那片黑霧中全身而退吧。

歐陽旭不禁暗暗慶幸，還好自己剛才為了保險起見，多退了幾步，否則要是再靠近一些，現在被分解成虛無的，可能就不只是幾片瓦礫這麼簡單了。

「雷克斯……雷克斯……」吉兒含糊地叫喚，張著無神的大眼睛，在地上四處摸索。

但失去五感的她，就連觸碰雷克斯的權利都失去了。

雷克斯的軍靴，被黑霧侵蝕了一小角。

歐陽旭冷哼了一聲。

如果是擅長物理攻擊的御靈者，遇上這片黑霧，肯定就束手無策了，畢竟所有物質，都會被那片混沌的霧氣給吞噬，化為虛無。

「但很遺憾的，迦樓羅跟你們這些低等御靈不同。」歐陽旭帶著一抹嘲諷的笑容。

他彈彈手指，數枚羽狀火焰箭，從黑暗中燃起。

火焰，是純能量的表現形式。

「再見了。」歐陽旭一揮手，金色的羽毛激射而出，沒入黑色的霧氣中。

接著就像被插入水中的仙女棒那樣，爆出明滅的火花後，迅速熄滅。

「什麼！」歐陽旭心頭一震，反射性地退後了一步。

凶獸混沌那吞噬萬物的黑霧，就連迦樓羅的火焰都能化為虛無。

吉兒抬起失去視力而黯淡下來的雙眼，定定注視著歐陽旭的方向。

吸收了火羽的能量，變得愈發張狂的黑色霧氣，在空氣中震出一波又一波的獸吼，朝四面八方席捲而去，吹起巨大的風壓。

混亂中，歐陽旭透過護在面前的雙臂縫隙朝前方看去，視線及時捕捉到由黑霧重新凝聚而成的凶獸形象。

似犬似熊的身體，無爪的六條腿，與兩對巨大的肉翅，應該是頭部的地方沒有眼、耳、鼻、口，只殘留著空洞的五官。

御靈混沌像是要保護吉兒似的，盤踞在她身體上方，暗色的霧氣如鮮血、如湧泉般不斷從混沌身上淌落，繚繞在三人周圍。

「啊啊啊啊啊啊啊啊啊啊！」吉兒抱住頭，大張的嘴唇間漏出痛苦的悲鳴，女孩高亢的聲線與混沌的咆嘯重合在一起，震動著歐陽旭的耳膜，讓他一時間受制於充滿衝擊力的噪音而動彈不得。

雷克斯從半睜的眼皮間，看見了混沌與吉兒彼此交疊的身影，凶獸的翅膀從吉兒瘦小的背部大大展開，颳起一陣暴風。

獸吼震天。

像是要回應主人內心熊熊燃燒的怒火般，混沌的身形幾近失控的瘋狂暴漲，在極近距離下，朝歐陽旭發起雷霆萬鈞的衝鋒。

黑色霧氣以讓人聯想到決堤洪水般的氣勢，往歐陽旭身上傾倒而下。

「嗚！」歐陽旭的瞳孔急劇收縮，驚慌和恐懼頭一次出現在他修整著整齊鬍鬚的臉上。

「快、快出來！迦樓羅！」無計可施下，他只能揮手喚來纏繞著光焰的鳳凰，做為盾牌擋在自己面前。

凶獸「混沌」正面撞上神獸「迦樓羅」。

將空氣徹底撕裂的轟響，讓本就搖搖欲墜的半毀大樓殘骸更加危險地晃動著，兩種力量強大的上古御靈在碎石與瓦礫上空，發起「光與暗」、「火炎與黑霧」的激烈衝突。

眩目的能量波四面散射，逼得歐陽旭只能拚命用雙臂護住頭部，身受重傷的雷克斯儘管無法動彈，卻還是目不轉睛地望向斜上方。

鳥類的尖嘯和獸類的咆吼響徹天地。

「給我撐下去啊！迦樓羅！」歐陽旭吼道，雙眼被滾燙的熱量與四溢的黑色粒子刺得睜不開分毫，卻還是頑固地站著，西裝外套下襬翻飛不止。

吉兒無聲的大叫，身體高高拱起，額頭貼在地面上擦出血痕。

經過像是一個世紀這麼久的僵持後，混沌和迦樓羅的身軀同時發出幾乎要支離破碎的聲音，緩緩崩解。

眼看就要陷入兩敗俱傷的平局，逐漸下落的光團卻猛地穩住頹勢。

身為生命之源的鳳凰，其構成的本質即是「無限再生」。

只見迦樓羅昂起鳥首，一聲清嘯，原先被撲滅的火焰就重新燃起，鳳凰一把攫住從空中緩緩滑落的黑霧凶獸，將混沌徹底壓制、削減。

「很好！很好！哈哈哈哈哈！」歐陽旭臉上洋溢著勝利的狂喜，他大大張開雙臂，直到此時才有餘裕享受這壯觀的一刻。

「嗚……嗚嗚！」吉兒發出辛苦的低吟，從黯淡的雙眼中流下不甘心的淚水。

混沌臨死前最後一次的反撲，重重打在迦樓羅胸口，削去了大片火焰，卻依然無法打倒傳說中「絕對不死」的鳳凰御靈。

在混沌使出最後一次重擊的那一刻，歐陽旭心中的某個角落，突然感受到如貼紙被撕起一小角的異樣感。

但他很快就把這份異樣感甩到九霄雲外，高高舉起手臂，準備迎接專屬於勝利者的特權。

歐陽旭的嘴角揚起一抹笑容。

「這麼一來，就都結束了。」

黑色的霧氣不斷崩落、消散，侵蝕著大樓僅存的水泥結構，原先罩在小女孩身上的霧氣護罩也漸趨稀薄。

無數火焰箭在歐陽旭的意志下燃起，隨著他一揮手，颼颼颼地劃開殘留的黑霧，全數貫穿吉兒嬌小的身軀，將她釘在地板上。

一口鮮血，從吉兒的口中噴出。

內臟被滾燙的火焰燒盡，吉兒的身體失去了生命的光芒。

混沌靈化的虛無之霧，也隨之完全消散。

戰敗的御靈，化為晶亮的碎屑，被吸入地脈中。

「哼哼……」歐陽旭的身體顫抖。

「哈哈、哈哈哈哈……哈哈哈哈哈哈哈哈！」

他仰天大笑，自滿地張開雙臂。

他獨自一人，在近距離作戰下，毫髮無傷地幹掉了兩名實力高強的御靈者。

這不是強大，什麼是強大？

他不該成為神的話，誰還有資格成為神？

強用不承認自己為主的御靈又怎樣？無法靈化又怎樣？他，歐陽旭，光是臨場指揮，單靠命令御靈作戰，就擊敗了看起來戰鬥經驗豐富的男人，而且「毫髮無傷」。

這就是讓他的嘴角不由自主上揚的原因啊！

在所剩御靈已不多的現在，在這片土地上，在御靈京中，要去哪裡找能打敗自己的強者？

沒有，完全沒有！

「哈哈哈哈哈哈哈！」得意的大笑，歐陽旭耳邊，不經意聽到了一聲輕響。

那很像是今晚第二次聽到的，拉開手榴彈保險栓的輕響。

雷克斯咬著牙，拚盡最後一絲力氣，伸長手臂，構著一開始扔下來做為佯攻手段，沒有爆開的最後一顆手榴彈，緊緊握住。
拉開保險栓。
歐陽旭回過頭。
砰轟！！！！！！！！！
閃光、火焰和四濺的彈片，遮蓋住閉上雙眼的雷克斯，遮蓋住安詳倒在他腿上的吉兒。
也遮蓋住歐陽旭面露驚訝的臉龐。
連靜界也為之震動的隆隆聲，響徹辦公大樓的天際。
「咳咳……」
藉由迦樓羅雙翼的及時掩護，歐陽旭逃出靜界，跌落在現實世界中的辦公室中。
奢華的辦公室一如既往，溫潤的暖色系燈光，和柔軟的地毯、高級的傢俱相輝映，沒有受到靜界中激戰的影響。
但歐陽旭卻灰頭土臉地握住左臂。
鮮血從他被彈片撕扯開的西裝袖子下，流淌下來。
儘管不嚴重，但歐陽旭還是被手榴彈的爆破給波及到，受了點皮肉傷。
幸好擁有劇毒能力的御靈牛鬼，已經隨著雷克斯的敗退被吸入地脈中，否則這一爆，恐怕還真的會連歐陽旭的一條命，也一起帶走。
「混帳……」壓著傷口，歐陽旭不再滿臉從容，散亂的髮絲垂落在他的額前，讓他顯得有些狼狽。
「一群作死的雜碎啊！」

歐陽旭的咆哮散入夜空中，許久許久。

柔和的月光，灑在即將崩毀的靜界中。

蓬鬆頭髮的小女孩，依偎在沉睡的高大男人懷中，表情安詳。

在某個環繞著雲彩與晚霞的國度，吉兒邁開步子，努力朝佇立在前方的高大身影跑去。

小女孩花了一些時間，才終於趕到一身黑背心和迷彩長褲的黝黑男子身邊。

「雷克斯……」吉兒忐忑不安地抬起頭，仰視退役傭兵堅毅的面容。

雷克斯沒有說什麼，只是伸出手掌，輕輕摸了摸吉兒的腦袋。

在他熟悉的觸摸下，吉兒柔軟的臉頰邊流下兩行淚水。

「對不起……」她撲入雷克斯懷中，將臉蛋埋進退役傭兵堅實的腰間，「吉兒沒有保護好雷克斯……

明明安娜都這樣相信我了……對不起……對不起……」

明明被相信著有保護雷克斯的力量的，明明只有雷克斯，是絕對要守護好的人，卻還是沒辦法，

自己什麼都做不到……

「沒關係的，吉兒。」

比預想中還要平和許多的聲音，傳入女孩耳中。

「妳已經盡力了，連命都拚上的努力過了，不是嗎？」粗糙卻溫柔的手掌輕撫過吉兒的頭頂，雷克斯將小女孩摟入懷中，雙目眺望著遠方。

「嗯，吉兒好努力了……好多好痛好難過的東西，但是還是努力了……」

「那就夠了。」雷克斯瞇起眼睛，長年以來都處於緊繃狀態的肩膀，終於緩緩放鬆下來。

「可是……安娜怎麼辦？」擦著不斷落下的淚水，吉兒怯生生地抓住雷克斯的衣角。

「我想，安娜肯定也做好準備了吧。」雷克斯的眼神嚴肅起來，抱著吉兒的雙臂微微一緊。

女人的時間本來就所剩不多，御靈京大戰已經是她僅存的希望，但雷克斯臨行前，女人的病況早已進一步惡化，老實說狀態並不樂觀。

就算得勝，安娜能不能撐得到他倆回去都很難說。

因此臨行前，雷克斯和安娜早就做好了訣別的心理準備。

他為了她踏上最後的戰場奮力一搏，她則替他帶去了最貴重的禮物，只希望他在這最終的一戰中，不是孤身一人迎接結局。

畢竟這個男人，真的真的孤獨太久了。

即使找到了真愛，也只能獲得流星般短暫的安穩。

若是背負著很可能失去摯愛的憂慮，獨自踏上戰場，恐怕這個早已厭倦戰鬥的退役傭兵會完全無法保持冷靜，從開始就往死路悶頭猛衝，直到油盡燈枯為止。

「如果不是吉兒的話，我來到御靈京就不會是為了獲勝，而是為了尋死吧。」

「雷克斯？」聽到他宛如閒話家常般的語氣，吉兒疑惑地抬起頭來。

「沒什麼。」

原來如此，安娜，這就是妳堅持要我帶吉兒參戰的原因嗎？為了轉移我的焦點，讓我慢下來。

然後保護我的意志不受悲傷摧毀。

一陣乾爽的微風拂過雷克斯綁起的辮子頭髮束間，讓男人想起了女人柔軟的手掌，也曾經在某個深夜，像這樣撫摸過他的頭頂。

雷克斯單膝跪下，把視線調整到與小女孩齊平的位置，「吉兒，我們就在這裡稍微等一下安娜吧。」

「等一下？」淚痕未乾的吉兒不解地回問。

「算算時間，她也差不多快來了。」望了一眼雲海的彼端，雷克斯一掃平時面部的緊繃感，露出許久未見的笑容，外表一瞬間就像年輕了許多歲，洋溢著精力飽滿的光輝。

「喏，妳看。」

吉兒順著雷克斯手指的方向看去，隨著雲靄漸漸消散，一道身著長裙的絕美身影映著晚霞餘暉，悄然現身。

留著柔順長髮的女人，在橘紅色光輝的照耀下，顯得楚楚動人，她踏著生前早已失去的穩健腳步，朝男人和女孩緩緩走來。

那副模樣，簡直就像女神般光彩奪目。

「安娜……」

「安娜！」搶在雷克斯之前，吉兒晃著蓬鬆的長髮奔了出去，撲進女人張開的雙臂之中。

安娜彎下腰來，溫柔地親了親吉兒的前額，接著小心翼翼地直起身，越過小女孩頭頂對上雷克斯的視線。

傭兵輕輕嘆了口氣，露出「敗給妳了」的眼神，舉步朝女人走去。

「辛苦你們了，吉兒，雷克斯。」望著來到面前的高大男人，安娜輕聲說道。

雷克斯伸出雙手，一口氣把吉兒和安娜擁入懷中。

「妳也辛苦了，安娜。」感受著胸前溫暖的體溫，雷克斯深深低下頭。

雖然兩人間有著千言萬語想說，但此刻卻依然安靜。

夾在兩人之間的吉兒左看看右看看，乖巧地縮起身體，沒有出聲。

過了好一會，巨大的光芒開始湧現，逐漸將三人的身影吞沒。

雷克斯稍微鬆開手臂，出神地注視著懷裡的安娜與吉兒。

「都到這時候了，沒有什麼話想對我們說嗎?」安娜有些好笑地提醒道。

吉兒眨眨大眼睛，朝上看來。

雷克斯深深吸了一口氣，聲音終於也忍不住沙啞起來。

「安娜，吉兒，我愛妳們。」

「我也是!」吉兒開心地把腦袋塞進男人的腰間。

「我也愛你，雷克斯。」淚光在安娜長長的睫毛下閃爍，女人擁住雷克斯的脖頸，深深吻了上去。

柔和的光芒大盛，將三人相依偎的身影完全融化。

銀色的月光一路灑進不斷崩毀的靜界中，穿過辦公大樓的斷垣殘壁，照亮了水泥地上，高大傭兵與嬌小女孩沉睡的身影。

在月華照耀下，閃閃發亮的士兵頸鍊，落在兩人之間，敞開。

裡頭夾著一張照片。

黝黑的傭兵神采奕奕，與身邊美麗的女人，一起擁抱著一名活潑可愛的小女孩。
三人幸福的笑容停留在那一刻，直到永恆。

第十章

姜澪緩緩睜開眼睛，身上披蓋著柔軟的毛毯。

「澪，起床了嗎？」影鬼端著托盤，將熱騰騰的早餐放到桌上。

揉了揉惺忪的睡眼，姜澪坐起身來，「現在……幾點？」

「早上九點。」影鬼簡短地回覆她後，端起茶壺在杯子裡斟上滿滿的熱紅茶。不早不晚的時間。

「終於起床啦，姜澪同學，雖然今天是假日，不過妳也太悠哉了點吧？」已經坐在辦公桌前開始做事的南，無奈地嘆了口氣。

她用手中的魔杖一指，插在筆座裡的鋼筆自動跳起，在文件上振筆直書。

姜澪忍不住紅了臉頰，趕緊收拾沙發上散落的毛毯。

自從被鳳凰打得灰頭土臉逃回來後，這一整個星期，姜澪和影鬼就理所當然的在魔女的工坊裡待了下來，度過這段危機四伏的御靈京終局時期。

唐雁更是毫不客氣地把自己的行李全部搬過來，堆在工坊的角落。

雖然空間的擁有者南，對自己的沙發成為兩人的睡床，一直頗有微詞，不過在唐雁強硬到有點囂張的態度下，還是得乖乖妥協。

藍灣市在經歷殭屍事件的震撼洗禮後，也慢慢朝回歸日常的軌道上前進。

經過一週左右的情報打探，他們一同擬定了對應鳳凰的作戰方針，並預計在今天的午後正式出擊。

「校長，阿雁呢？」姜澪左顧右盼，卻始終不見唐雁的身影。

「他啊。」南有點頭痛地揮揮手，讓影鬼替她準備一杯濃香滿溢的咖啡，「一大早就跑出去了。」

在與兩個小鬼的同居生活中，最令南感到安慰的，大概就是這個外貌帥氣的黑髮御靈了，只是稍微教一下，就快速掌握了所有家務技能，多少彌補了一點唐雁邋遢的生活習慣。

「跑出去了？可是今天不是要……」姜澪歪著頭，滿臉疑惑。

「他看到今天早報的新聞後，就衝出去了，我也攔不住他。」南嘆了口氣，將一張撕下來的剪報遞給靠過來的姜澪。

那是社會版的其中一則新聞，前晚深夜，有名懷孕五個多月的孕婦慘死家中，死因為肚皮被不明外力劃開，失血過多而亡。

「是姑獲鳥嗎？」姜澪緊張地從紙張後面抬起頭。

「我也不確定，雖然特徵看起來很像，但也不能就此蓋棺論定。」南聳聳肩。

砰！

一聲巨響，讓交談中的兩人嚇得跳了起來，南立刻抄起身後的長法杖，對準門口。

影鬼手中的咖啡微微一晃。

臭著一張臉的唐雁，用力推開工坊的門板，大步走了進來。

布。

「阿雁……」姜澪擔心地觀察著男孩的表情。

「錯了，不是姑獲鳥，白跑了一趟。」唐雁一個箭步，飛撲到沙發上，把臉埋在枕頭裡，悶悶地宣布。

「會不會……是普通人類碰巧做的？」姜澪胡亂猜測。

「不知道，我趕到現場的時候，只找到另一隻御靈，也有可能是御靈幹的。」

「什麼樣的御靈？」南插口詢問。

「一種叫『丑時之女』的鬼東西。」唐雁捲起袖口，原本存放九命怪貓的山羊頭刺青，此時又恢復光澤，看來他是順手把丑時之女滅掉之後，存進還空著的格子內。

南輕輕哦了一聲。

「是那個吧，會在半夜敲釘子釘草人、咒殺仇家的那種傳說。」

「沒錯，只要滿足一定的條件，這種御靈，可以透過傷害裝著仇家毛髮的草人，達到咒殺對方的效果。」唐雁吐了口氣，躺在沙發上翹起腳，「不過，放在嵌合體裡使用的話，頂多就是受點傷吧，感覺沒什麼用。」

「有沒有用要等實戰過後，才知道吧。」南低頭閱讀著手中的公文，「說到實戰，再讓你們休息一小時左右，就差不多該整裝出發了。」

「呃啊……要去打那隻鳳凰了喔……」唐雁不大帶勁地抱住頭，翻了個身。

「你再抱怨下去，姜澪同學會難過喔。」頭也不抬，南一針見血地說道。

封住姜雪身體的巨大冰晶，現在還存放在工坊的角落。

姜澪垂下眼簾。

昨晚她也是坐在妹妹身邊，小聲安慰著其實聽不見的姜雪，直到深夜。

與其說姜澪是在安慰妹妹，不如說是在安慰自己不安的內心。

如果救不回姜雪怎麼辦？

如果……連自己也死在鳳凰的手中，怎麼辦？

一想到如果唐雁不來幫忙，自己一人要面對鳳凰與其他潛伏在大樓內的御靈，姜澪的心就不斷往下沉。

「好啦好啦，不抱怨了，我去就是了，妳也別一副世界末日的表情啦。」唐雁無奈地直起身，舉起雙手投降。

「真的嗎？你真的願意……陪我去挑戰鳳凰嗎？」姜澪握住雙手，楚楚可憐地盯著男孩。

「真的真的，別用那種眼神看我。」唐雁有點招架不住，舉起手擋在自己面前。

「姜澪同學愈來愈會應付這個小鬼嘍，不錯。」南用嘉許的語氣稱讚道。

「說起來，要對付鳳凰的話，妳怎麼不一起來啊？老太婆。」

「很抱歉，那個御靈和我相性實在太差，就算去也幫不了你們的，這是實話。」南沒有因為唐雁的質疑而生氣，而是淡淡地搖了搖頭，「況且，要是我不幸陣亡了，魔女工坊中的一切事物，都會隨之消失，包括保存姜澪同學妹妹的冰晶也是，這樣一來，失去冰晶庇護的她，會在解凍後馬上死去，就算你們拿回鳳凰的眼淚也沒用。難道你們想冒著這樣大的風險，去和敵人決戰嗎？」

姜澪拚命搖頭。

「況且，鳳凰的御靈者，那個男人和我可是老相識，見面難免有點尷尬……」

「欸欸欸？」唐雁和姜澪異口同聲驚呼。

「我沒和你們說過嗎？全藍灣市最高的辦公大樓所有者——歐陽旭，是我的高中同學呢。」南笑盈盈地說道，彷彿事不關己。

「想當年，他還是個乳臭未乾的高中男生，而我早已是個風靡全校、品學兼優的氣質美少女呢……」

「等等。」打斷南的自我陶醉，唐雁在腦海中，迅速回想著對鳳凰御靈者所蒐集的各種背景資料。

「我記得，那個大叔已經四十好幾了，如果妳是他的高中同學，那麼依此類推，老太婆始終三緘其口的真實年齡，該不會是……」

原本坐在沙發上認真思考的唐雁，忽然被一股巨力拔起，臉部重重撞在天花板，接著又被扯下來，摔在地上。

魔女的工坊憤怒地搖晃著。

影鬼鎮定地穩住差點翻倒的茶杯，讓害怕的姜澪縮在自己身後。

七葷八素倒在地上的唐雁，還來不及回過神，就又被不明的力量拉起，腦袋撞在天花板上。

就這樣重複了幾次拋摔，已經眼冒金星失去意識的唐雁，被隨意扔在沙發上。

「校、校長……」姜澪瑟瑟發抖，從影鬼的肩膀後探出頭來。

「什麼事情呢？姜澪同學。」魔女轉過頭來，臉上的笑容燦爛無比。

「請、請息怒。」

「我沒有生氣唷，妳看我現在哪裡像是在生氣的樣子？我只是啊，想說阿雁一大早就跑出門，所以想讓他休息一下呢。」

「嗯嗯！原、原來是這樣啊……」姜澪心虛地別開視線。

「姜澪同學呢？剛剛有聽到什麼不該聽的東西嗎？」南支起下巴，滿臉笑容。

「沒有！我什麼也沒聽到！」姜澪連忙立正站好。

抱歉了阿雁，在這嚴峻的情況下，我不得不這樣回應啊……

「很好，姜澪同學，麻煩妳去替阿雁蓋上毛毯吧，要是感冒就不好了。」南微笑說道，抬頭看了看牆上的時鐘。

「從現在開始的一小時，你們可以盡情放鬆休息，一小時後，麻煩妳叫醒阿雁，準備出發。」

「好的校長！」姜澪像是剛入伍的新兵一樣，戰戰兢兢地大聲回答。

默默旁觀的影鬼啜了口自己的咖啡，皺起眉頭。

「真苦……」

處理完唐雁後，南就埋首進大批的文件堆裡，開始處理例行的學校事務，姜澪也走出魔女的工坊，獨自來到走廊外頭透透氣。

從二樓的開放式走廊朝下俯瞰，假日的藍灣高中空無一人，姜澪望著平靜的校園景致，拚命安撫自己狂跳不已的心臟。

不死的鳳凰，還有與之搭檔的老練御靈者，即使現階段他們已經做好了盡可能完備的攻堅準備，但要與這樣級別的對手為敵，果然還是勉強了些。

姜澪搭在外廊欄杆上的手指緊握，容易緊張的她，此刻心中的龐大壓力更是幾乎將她壓垮。

不光是自己，這一戰同時還背負了同行的唐雁、影鬼，以及姜雪生死未知的性命，想到這些，姜澪的背後就被一股恐懼的惡寒所占據，令她不禁縮起身體，打了個哆嗦。

「澪，妳有空嗎？」

熟悉的聲音從後方傳來，讓姜澪嚇了一跳，急急轉過身。

面對姜澪出乎意料的反應，影鬼那雙純金色的雙眼中，透出平淡中帶點疑惑的神情。

「抱歉，我打擾到妳了嗎？」

「不不不！你沒有打擾我！我只是，在發呆……」說到一半突然洩了氣的姜澪，躊躇了一下，不大確定地抬起頭，望向身前的御靈。

「影鬼，你覺得……我們真的贏得了嗎？」

以那種破格的強者為對手？

一瞬間就理解姜澪所擔心的事情，影鬼依舊維持著那喜怒不形於色的表情，緩緩點了點頭。

「能贏。」

「……咦？」完全沒想到會得到如此篤定的回應，讓姜澪一下子沒反應過來。

「澪，我從傳說中虛擬出來的人格，恐怕還沒人性化到能隨便安慰人的地步，所以妳大可相信我。」影鬼恬淡的笑容中帶著一絲苦澀，他伸出手，輕輕摸了摸姜澪的頭頂，若有所思地說道：「我想，鳳凰的御靈者應該不是在正常情況下與自己的御靈成為搭檔的，也許這會成為左右戰局的關鍵。」

「欸?為什麼?什麼意思啊?」腦袋無法馬上吸收所有資訊的姜澪，露出一臉茫然的表情。

「鳳凰的御靈者似乎沒有在『不主動下達命令』的狀況下，讓自己的御靈展開行動。」

「意思是說……」姜澪像是明白了什麼。

「意思是說，若是不主動下達命令的話，鳳凰御靈是不會主動配合自己的主人的，應該也沒辦法靈化。這對我們來說會是相當大的優勢。」影鬼冷靜地分析道。

「當然，如果單純把戰力數值化的話，我們這邊可能不到對方的一半，但若對方也無法發揮全部的實力，那就另當別論了。」

「嗯，我懂了!」姜澪握住雙拳，心中的緊繃感總算消散了一點。

「不過，還是不能大意，就算搭檔間的配合不佳，對方仍然是我們前所未見的強敵，只要一鬆懈，就很可能會喪命。」影鬼用謹慎的口吻提醒道。

「好!為了救回小雪，我會努力的!」意志堅定下來的姜澪，長長地呼出一口氣，終於恢復冷靜。

「對了，影鬼。」

「什麼事，澪?」

「剛才你是不是有事找我?」想起自己是在走廊上被影鬼喚住，姜澪忍不住歪著頭問道。

「嗯，有件事我有點在意。」影鬼微微瞇起眼睛，純金色的雙瞳凝望著遠方。

「澪，有關姑獲鳥的幾個事件，妳不覺得有點奇怪嗎?總有種摸不著也猜不透的感覺。」

「咦?可能是因為……我們從來沒真正和牠交手過的關係吧?」姜澪也沒有頭緒，只好瞎猜。

「也許吧。」影鬼沉默片刻後，點點頭，不再深思這件事情。

「那麼，澪，在戰鬥前的這段空檔，妳要不要稍微休息一下？」

「我知道了，那影鬼也先回到影子裡休息吧。」

「好的。」

收到影鬼肯定的回覆後，姜澪抬起手掌，讓影鬼解除實體化，沒入腳下的陰影中。

在推門進入魔女的工坊前，姜澪的心中突然湧起一股莫名的異樣感，就好像突然忘記了某件重要的事情那樣，如鯁在喉。

遲疑了兩秒左右，她用力地甩甩頭，把那份不確定感拋在腦後，將校長室的門板推開。

◆

中午過後，唐雁和姜澪兩人告別舒適的魔女工坊，來到高聳的歐陽財團大樓前。

並肩站在辦公大樓對街的人行道上，姜澪和唐雁一同抬起頭，仰望著這棟偉岸的建築。

姜澪還是一如既往，穿著學校的針織毛衣和水手服，而唐雁則是以白上衣和牛仔褲，這種便於行動的裝束出擊。

「喂，眼鏡女。」

「怎麼了嗎？」

「我一直覺得，我好像忘記了什麼很重要的事情。」唐雁摸著後腦杓腫起的大包說著。

在失去意識前，幾乎就要推理出魔女隱藏的真實年齡，唐雁在遭受殘忍的物理性失憶處理後，腦袋就一直暈乎乎的，無法正常思考。

「有、有嗎?」姜澪緊張地直冒冷汗。

「……妳的表情很可疑喔。」唐雁瞇起眼睛。

「算了，那個暫且不提。」

「只、只是暫且不提啊……」

「我們也差不多該採取行動了吧。」唐雁的眼神果斷。

他們佇立在這個街口，兩人都能感受到，靜界的邊緣，距離他們的腳尖僅僅數公分之遙，只要隨意踏出一步，就會立刻進入不同的世界。

那也意味著與靜界的主人宣戰。

「嗯，走吧。」姜澪一咬牙，她知道自己不能再躊躇不前了。上吧！

兩人對望一眼，同時往前踏出一步。

周遭的人聲、車聲與都市特有的背景喧譁聲，瞬間從耳邊消失。

前方僅剩下高聳的玻璃帷幕大樓，屹立在他們面前。

唐雁一馬當先走在前頭，伸手推開一樓的大門。

冰冷的空調氣息，立刻撲面而來。

莊嚴的大理石材質布滿他們的視線，特意挑高的天花板，金碧輝煌的裝潢，凸顯了此間主人的氣派和規格。

「真是誇張到有點暴發戶味道呢……」唐雁半睜著眼睛吐槽。

「阿雁，有人。」姜澪緊張地抓住男孩的手臂。

高級原木製櫃檯後，一道人影站了起來，對他們微笑致意。

「歡迎來到歐陽財團辦公大樓，我是行政助理伊凡斯，有什麼能為兩位效勞的嗎？」穿著整齊灰色西裝的伊凡斯彬彬有禮，對他們一鞠躬。

「比如，滾開之類的？」唐雁毫不客氣地拔出獵刀，遙遙指向伊凡斯的眉心。

「哎呀，是不大講究禮節的客人呢。」伊凡斯瞇著細長眼睛，輕輕勾起嘴角，「不好意思，既然如此，我就不能放你們通過了呢。」

唐雁掃視著室內，擁有豪華裝飾的電梯門，位於伊凡斯的正後方，如果要上樓去，勢必要經過男人的身邊。

也就是說，爭戰勢在難免。

「再給你最後一次機會，馬上讓開。」唐雁不耐地往前踏出一步，「否則我們也不介意二打一，到時候，可就沒辦法保證你的生命安全了。」

「確實呢，再怎麼說，我的御靈也不是屬於擅長戰鬥的類型，如果被夾攻的話，的確會很危險，所以，我們來談個交易吧？」

「交易？」唐雁滿臉懷疑。

「阿雁，小心點……」姜澪湊在唐雁耳邊悄聲提醒。

「我知道，不管提的是什麼交易，多半都是陷阱。」唐雁撩起雙臂的袖口，進入戒備的姿態。

「別激動，與其說是交易，不如說，我們來商討個遊戲規則吧？」伊凡斯沒有被兩人咄咄逼人的殺氣壓倒，反而輕鬆自得的攤開雙手，朝他們走來。

姜澪咬住嘴唇。

「站、站住！再走過來，我們就要攻擊了！」

「別緊張，小妹妹，我也不想和你們戰鬥。」伊凡斯連連搖手，露出友好的笑容，「我的意思是，我們來玩個簡單的小遊戲，如果我輸了，那麼就直接讓你們通過，反過來，如果你們輸了，兩位就打道回府，如何？」

姜澪一呆。

這種可以不流血解決戰鬥的提議，確實相當吸引人。

「別被他騙了，眼鏡女，不管是什麼遊戲，肯定都是對方有利。」

唐雁提醒的聲音在姜澪耳邊響起，她回過神來。

沒錯，在這邊退縮，就等於放棄了姜雪珍貴的生還希望。

她沒有戰敗的選擇。

「對不起，這位先生，無論如何我們都不能就這樣回去，即使在遊戲中輸了也一樣，請你讓開吧。」姜澪態度堅決，雙拳緊握。

「這樣啊……太可惜了。」

「抱歉啦，大家各有各的立場。」唐雁雙刀交錯，矮身準備衝出。

「不，該說抱歉的是我。」伊凡斯詭異地微笑，「因為打從你們踏進這塊空間起，遊戲就已經開始了。」

巨大的沙暴吹過大廳，讓兩人一時間睜不開眼，姜澪和唐雁同時心中一凜，迅速背對背靠在一起，這是他們事先商量好，遇到危險時的對應姿勢。

「別慌別慌，這些沙子只是聲光效果，代表這個空間，已經成為專屬我的『地域』，實際上沒什麼傷害力，你們可以放心。」伊凡斯的身影在沙暴的遮掩下模糊成一片，「我馬上開始說明規則，請兩位稍安勿躁。」

唰唰風聲漸漸止息，沙暴也緩緩散去。

進入靈化狀態的伊凡斯，頭上披著藍金兩色的頭飾，瞳孔像是貓科動物般，豎直成一條線，用著能看透一切的眼神，注視著兩人。

「阿雁，那個御靈……」姜澪對眼前藍金配色感到很眼熟，一時間卻想不起在哪裡看過。

「那個頭冠，是古埃及文化的象徵吧。」唐雁凝住眼神，回想著到底會是什麼與埃及有關的怪物。

「我的御靈，是俗稱人面獅身獸的『斯芬克斯』。和兩位猜測的一樣，源自於古埃及的傳說，除此之外，斯芬克斯最著名的事蹟，是出於希臘神話中『伊底帕斯王』的英雄故事。」伊凡斯用歷史老師的口吻，大方揭露自己御靈的傳說。

「是『斯芬克斯的謎語』吧?」唐雁沉聲說道。

「答對了，傳說中，一隻名叫斯芬克斯的怪獸，盤據在某個懸崖間的唯一通道，攔住路過的旅人讓他們猜謎，如果猜錯了，旅人就會被吃掉。」

「最後是那個什麼底的英雄，猜出謎語了對吧?」雖然對希臘文翻譯過來的拗口名字沒什麼印象，不過唐雁還是清楚記得故事的劇情。

「沒錯，被猜出答案的斯芬克斯，最後羞愧地跳崖自盡，這就是人面獅身獸——斯芬克斯御靈的傳說，也就是我說的遊戲規則。」

伊凡斯說完，便用「我這樣解釋之後，你們應該明白該怎麼做了吧」的熱切眼神，盯著靠在一起的兩人。

「該、該不會，你也要讓我們猜謎……」姜澪的聲音有點顫抖。

「沒錯！不愧是存活到御靈京終盤的強者，腦袋果然靈活。」伊凡斯一彈手指，嘉許地對女孩點點頭，「回答我的謎題，猜對了，你們就能通過，我的御靈也會隨之消滅，至於猜錯了的話……」

姜澪緊張地與唐雁互望一眼。

「你們到時候就會知道了。」伊凡斯用意味深長的眼神看了他們一眼後，隨即展露笑容。

「順帶一提，斯芬克斯在古埃及裡，也是擔任『看守陵墓』、『防衛入口』的職責，所以身為御靈者的我，也是特別適合看門呢！那麼，兩位準備好了嗎？」

「我準備好了。」

「我還沒準備好……」

唐雁拉了一把畏縮的姜澪，好不容易才讓她重新站直身體。

傳說中，斯芬克斯的謎語是「什麼東西，在早上會用四隻腳走路，中午用兩隻腳走路，晚上用三隻腳走路」。

而破解謎語的希臘英雄，給出的答案是「人類」。

年幼時只能用四肢爬行，所以是四條腿，成年時健步如飛，因此是兩條腿，至於老年時多了根拐杖助行，就會變成三條腿。

這，就是著名的「斯芬克斯的謎語」正解。

但是很明顯的，伊凡斯肯定不會蠢到出同一個問題。

唐雁在心中琢磨著。

「猜謎語」這個日常生活中常見的小遊戲，只有「猜對答案」與「猜錯答案」這兩種結果，就像硬幣的正反面般，看似在規則上，雙方都擁有五十五十的勝利機會，應該是相當平等，但實則不然。

對「猜謎語」出題的一方來說，既掌握了答案，也掌握了題目的最終解釋權，可說是有壓倒性的優勢。

也就是說，在賭上性命的這場遊戲中，被強制進行猜謎的兩人，可說是一隻腳踩進了鬼門關。

唐雁的背後滿是汗水。

究竟會出怎樣刁難的題目？還是稀奇古怪的文字謎語？

只要答錯，一切就完了，既然伊凡斯的靈化能力「斯芬克斯的謎語」，擁有被猜出答案後自我毀滅的副作用，那麼反過來說，猜謎者一旦失敗，肯定也會面臨失去生命的代價。

必須謹慎答題，唐雁暗自下定決心。

「那麼，謎語要來了。」伊凡斯咳嗽了一聲。

姜澪和唐雁的表情同時緊繃起來。

「藍灣遊樂園的摩天輪，轉一圈要幾分鐘？」

唐雁瞬間呆住。

什麼鬼謎語？這是知識問答吧？而且誰知道那種鬼東西啊！

不對，這種看似有正確答案的問題，才是真正的陷阱。

恍然大悟的唐雁，立刻陷入深沉的糾結之中。

絕對不會只是回答幾分鐘的時間這麼簡單！快想啊唐雁，快想想這個謎語隱含的意思！

「十、十五分鐘？」用手機在網路上搜尋完畢的姜澪，不大確定地抬起頭。

白痴！

唐雁連忙扳過姜澪的肩膀，一把摀住她的嘴唇。

哪有人這樣不帶思考就講出答案的，這個女人的眼鏡是白戴的嗎？怎麼一點智商都沒有！

糟糕，現在只能祈禱斯芬克斯的謎語的效力，不會同時作用在兩個人身上了。

唐雁面如死灰地轉過頭，確認伊凡斯的狀況。

高瘦的男人彎下腰，身體微微顫抖著。

他在笑？他在笑嗎？

「咳呃呃呃！」伊凡斯張大嘴，咳出一大口鮮血，膝蓋砰的一聲重重跪在地上。

欸？

唐雁無言地看著倒在地上的伊凡斯。

「嘔嘔……嘔！」伴隨著痛苦的乾嘔聲，伊凡斯的身軀大大痙攣，吐出大口大口的瘀血。

御靈斯芬克斯造成的沙暴幻象，正慢慢消失。

「不會吧……」唐雁呆呆地張大嘴巴。

真的中了啊?這是什麼腦殘題目啊!

原本還抱著必死覺悟的唐雁，一時間還沒辦法接受這突如其來的轉折。

隨著伊凡斯的肉體徹底虛弱下去，斯芬克斯也破竅而出，散發著最後一絲光芒，被吸入地脈。

完全傻眼的唐雁，甚至連把斯芬克斯收進嵌合體中的想法都來不及產生，一切就在愕然中結束了。

「可、可惡……是我大意……了……」伊凡斯勉強撐住虛弱的身體，不甘心地說，「早知道就應該問……為什麼蠶寶寶……很有錢了……」

長著細長眼睛的年輕男子，失去意識倒在櫃檯前。

「太好了阿雁，我們答對了!」姜澪高興地抱住唐雁的手臂，連連搖晃。

「太、太好了呢……」唐雁茫茫然，任由女孩拉扯，心底還沒接受對手智商過低的事實。

跨過伊凡斯癱軟的身體，兩人來到裝飾華麗的電梯門前。

唐雁還沉浸在震驚的情緒中，久久沒能回神。

「阿雁?你還好嗎?」姜澪擔心地望著身邊的男孩。

「沒事。」拍拍自己的臉頰，唐雁勉強維持住身處險地的情緒。

希望下個敵人，不要再出什麼無厘頭的怪招才好。

按下電梯上樓鍵，兩人並肩走入敞開的金屬門內，等待電梯關上。

電梯面板上的數字鍵，層層疊疊排了幾十個，唐雁老實不客氣地往位在最上方的按鈕一按。

所有數字鍵同時亮了一下，接著暗下來，只剩下某個中間樓層的數字繼續散發光芒。

「看來沒有直達的選項呢。」唐雁吐吐舌頭。

「嗯。」姜澪有些緊張，深吸了一口氣。

兩人都知道，能毫髮無傷的通過第一個關卡，可以說是相當僥倖，並不能把相同的期待放在後面的對手上。

電梯門緩緩闔起，上升加速度的重力作用在他們的雙腿上，讓兩人的身形微微一頓。

鏘的一聲輕響，金屬門左右滑開。

眼前是一片陰森森的黑暗，直頂到天花板的兩面粗糙牆壁，分別立在電梯門兩側，形成一條細長的甬道，通往未知的深處。

姜澪和唐雁小心翼翼地踏出明亮的電梯，日光燈的光芒在他們身後，隨著電梯門再度闔上而消失。

喀嚓、喀嚓、喀嚓……

沿著通道，無數架在牆上的火炬被點起，照亮了黑暗的長廊。

在雙眼適應這樣的亮度後，兩人仔細打量著周圍的環境。

細長的通道在延伸十數公尺後，一分為二，朝兩側彎去。

黑暗深處傳來一聲悠長的獸吼，震動了腳下的石板，讓牆上的火炬微微一晃，回音陣陣。

姜澪吞了吞口水，捏住自己的裙子下襬。

狹窄空間和黑暗中怪物帶來的恐懼感，不斷壓迫著她的心臟。

「別擔心，眼鏡女。」唐雁出奇的冷靜，「如果我猜的沒錯，這次得面對的是種與『迷宮』傳說有關的御靈。」

「迷宮？」

的確，眼前的景象，與電影中的古墓、地宮一類的場景極其相似。

「嗯，先別急著進去，我們得先準備好東西，否則一踏進去，恐怕就會被裡面那頭怪物追殺到死。」唐雁翻找著自己的口袋。

「要準備什麼東西？」姜澪愣了一下，忍不住問道。

「線捲。」

五分鐘後。

兩人費了一番功夫，把姜澪身上的針織毛衣，拆成一捆毛線球，一端綁在距離電梯口最近的火炬架上，另一端由姜澪拿在手上，就這樣深入迷宮中。

「阿雁，為什麼要特地做這樣的準備？」走了好一陣子，姜澪忍不住打破沉默，歪著頭問道。

雖然毛衣的棉線並不短，但也不算長，並不能指望它成為穩固的指引，好幾次都面臨線捲用盡，兩人也別無選擇的折返，嘗試另一條路徑。

這樣的效率，顯然是不可能破解這龐大的迷宮的。

「聽好了，在與御靈的戰鬥中，如果能掌握住對方傳說的弱點，就能掌握勝機。反過來說，如果滿足了敵對御靈在傳說中的一定條件，可能就會陷入『絕對會死』的處境。」唐雁一邊指示姜澪繼續拉著線捲，一邊又隨便挑了條通道走進去。

「就像剛才的斯芬克斯，猜對答案是生，猜錯答案是死，很多御靈的事蹟是一體兩面的，只要能掌握關鍵，就能占據優勢，但要是忽略了某些部分，代價就是『必死』。」

「所以這個線卷也是為了……」

「沒錯，說到與地底迷宮有關的著名怪物，當然就是那個了。」唐雁握緊雙刀，在拐過數個彎後，一道沉重的腳步聲首次傳入他們的耳際。

「克里特島的牛頭人『米諾陶諾斯』。」

「哞噢噢噢噢噢噢噢噢！」

沒有讓他們恭候太久，一頭身形高大直頂到天花板的牛頭人，鼓著滿身碩大的肌肉，從迷宮盡頭的黑暗中暴衝出來。

「快後退！」唐雁大叫，舉刀迎了上去。

狹小的地道中，沒有足夠的空間騰挪閃避，這讓依賴速度戰鬥的唐雁，一開始就處於劣勢中。交叉獵刀，硬接米諾陶諾斯轟來的第一拳後，唐雁被震得飛退，雙臂痠麻。

「影鬼，出來幫忙！」姜澪一聲令下，待命以久的御靈從她腳下的影子中浮出，迅速凝出數道鐮狀黑影，朝衝鋒而來的牛頭人砍去。

米諾陶諾斯粗壯的手臂一揮，乾淨俐落地把所有襲來的影之鐮打碎。

影鬼皺起眉頭，拎起姜澪和唐雁，朝側面的通道一跳，避開牛頭人的全力衝刺。

「看來是個難纏的對手啊，不想辦法讓牠停下來的話，根本沒得打。」唐雁的雙手不停顫抖，巨大衝擊力造成的痠麻感還殘留在掌心。

筋肉硬如鋼鐵，身軀龐大，米諾陶諾斯那種坦克式的衝鋒，恐怕連成年犀牛都能撞飛。

想讓牠停下來？談何容易。

撲了個空的米諾陶諾斯又發出獸吼，轉角響起砰咚砰咚的沉重聲響，疾若奔雷朝他們迅速逼近——

克里特島的牛頭人，再度駕到！

「哞噢噢噢噢！」米諾陶諾斯掀起嘴脣，露出一整排不似草食動物的尖銳牙齒，從鼻孔噴著氣，放低牛角撞了過來。

唐雁、姜澪和影鬼不約而同逃進轉角的另一個通道，牛頭人沒有察覺，一路發出砰砰砰的巨大聲響衝過頭去。

「阿雁！線要用完了！」姜澪焦急大喊，手中的線團只剩下小小一球。

這下可糟糕了。

唐雁的心臟在緊張和腎上腺素分泌下，拚命狂跳。

既然確認對手就是米諾陶諾斯，那麼就不能隨便捨棄線捲，但要帶著所剩不多的棉線東躲西逃，也太不實際了點。

看來是被迫要一口氣分出勝負了。

「眼鏡女，把妳的靈化準備好！」一邊回想著剛剛一路走來的迷宮構造，唐雁衝了出去。

「等等……」來不及阻止他的姜澪，伸出的手指只能抓住虛無的空氣。

確認米諾陶諾斯憤怒地追了上來後，唐雁頭也不回地開始奔跑。

左轉再右轉、直走通過兩個岔路後，再左轉一次。

憑著鮮明的記憶力，唐雁急急奔向……一條死路。

「哞噢噢噢噢噢噢噢噢噢噢！」眼看獵物被逼入絕境，牛頭人耐性全失，牠大步衝來，放低尖角，打算給唐雁來個雷霆萬鈞的大串刺。

唐雁轉過身，深呼吸。

眼中映照著愈來愈近的米諾陶諾斯身影。

機會只有一次，不成功，就意味著死亡。

第十一章

唐雁閃電般迎了上去，雙刀咬出。

早已厭倦捉迷藏的米諾陶諾斯再次加速，龐大的風壓把堅硬的石牆颳出點點岩屑。

就在雙方距離最接近的瞬間，唐雁雙腳一滑，整個人重心偏斜，像滑壘的棒球選手般，貼著地面，咻的一下，竄過牛頭人兩腿之間的縫隙。

米諾陶諾斯的視線，被堵在面前的牆壁填滿。

砰轟！

整座迷宮都因為這石破天驚的一撞，劇烈搖晃著，牛頭人的整顆頭顱，包括一對尖角在內都撞進了石牆內，把牆壁轟出一個巨大的坑洞，塵土飛揚。

「眼鏡女！」唐雁大吼。

牠停下來了！

「死神鐮刀……」身著黑色大衣的身影，從轉角繞出，從後面趕上的女孩，恰好抓住了最關鍵的時機。

躍過蹲踞在地的唐雁，姜澪手中的長柄鐮刀急速一伸，黑暗的力量飛騰。

「桑納托斯！」

彎月狀的刀刃破空一斬，還來不及從瓦礫中脫身的牛頭人，毫無防備的後頸部位立刻噴出大量的鮮血。

不給米諾陶諾斯任何掙扎求生的機會，姜澪反過鐮刀，接著前一秒的攻擊，再來一記自上而下的大斜斬。

漆黑的叉字炸開了牛頭人後頸的血肉，幾乎將牠的頭顱斬下。

「哞噢噢噢噢噢噢噢噢噢噢噢噢噢噢！」米諾陶諾斯聲嘶力竭的痛吼，粗糙、帶有指蹄的雙手茫然地抓著自己的脖頸。

頹然跪下。

周圍的地底迷宮場景，像是電視機收訊不良般，搖晃了幾下，漸漸散化成光點消失，恢復成空無一人的辦公大樓內部。

唐雁勉強爬起身來，目送著米諾陶諾斯的御靈被吸入地脈中。

剛剛那一次冒險的錯身，實在是千鈞一髮，只要所有動作誤差了那怕一毫秒，自己恐怕就會被那對牛角釘在牆上了吧。

唐雁心有餘悸，鬱悶感充塞在胸口。

「阿雁，你沒事吧？」姜澪擔心的問道。

「嗯，我沒事。」唐雁回過頭，露出微笑。

兩人小心翼翼地環顧四周，在大型辦公室的一角，找到逃生梯特有的亮光。

「走吧。」唐雁深吸了一口氣。

「好……」

拉開逃生梯前的厚重鐵門，唐雁和姜澪並肩朝辦公室頂層拾級而上。

◆

被他抓來看守中間樓層的米諾陶諾斯，幾分鐘前所發出的咆哮聲，打斷了歐陽旭平時的淺酌時間。

歐陽旭輕輕把玩著手中的玻璃杯。

「又有客人來了呢。」歐陽旭放下沒有斟入酒水的杯子，凝視著透明玻璃杯身優美的曲線。

既然能殺到米諾陶諾斯那裡，那麼就代表，守門的伊凡斯和斯芬克斯被幹掉了吧？

「畢竟是存活到最後的強者，不容小覷嗎？」

歐陽旭啞然失笑，對自己上一秒戰戰兢兢的想法，感到無比可笑。

就連昨夜那個單兵戰鬥力出奇強大的男人，還有突然出現的凶獸混沌，都沒真正傷到自己分毫，

歐陽旭不認為御靈京內，還有誰能是他的對手。

他也的確有實力保持這份輕鬆寫意。

正確來說，是迦樓羅壓倒性的戰鬥力，讓他能如此從容不迫。

兩道鬼祟的腳步聲，悄悄靠近辦公室的門邊。

「那麼，我也想早點下班，速戰速決吧。」歐陽旭看了看手腕上的高級名錶，從沙發上站起身來。

唐雁囂張地一腳踹開門，衝了進去，姜澪緊跟在後。

「哦?」歐陽旭興味盎然地打量著這兩個本應在一個星期前，被他殲滅的高中生。

「找到你了，大叔。」唐雁冷笑，握緊雙刀，卻沒有馬上開打。

他沒有忘記，此行的目的，並不只是把迦樓羅的御靈者解決掉而已。

還有那珍貴的「鳳凰眼淚」。

「先生。」眼看妹妹獲救的希望近在眼前，姜澪忍不住焦急地往前踏了一步。

「先生，我們需要您的幫助，請把一滴鳳凰的眼淚交給我們吧，拜託您了!」

歐陽旭輕哼一聲。

沒想到上回讓他們碰個大釘子後，這兩個小鬼居然還敢殺過來?

有意思。

「我上次應該說過，既然想要談判，就應該拿出相對的籌碼吧?這次你們準備了什麼?」用高高在上的眼神傲視著姜澪，歐陽旭頗為不屑。

「我、我們……」姜澪咬著嘴脣。

「用大叔的一條命來換，聽起來挺划算吧?」

唐雁消失。

歐陽旭本能地向後一仰，及時閃過劈空砍來的獵刀，避免額頭被瞬間刺穿的命運，但刀刃還是擦過了他半邊臉頰，削出一片血花和幾綹灰白的髮絲。

歐陽旭連連後退，撞在辦公桌上。

「臭小鬼……」

正想追擊上去的唐雁，被一股暴漲的熱氣逼退兩步。

歐陽旭的雙眼布滿憤怒的血絲，咬牙切齒。

「你會後悔做出如此無禮的舉動！」

歐陽旭一揮手，豪華辦公室的場景劇烈旋轉、消失，原本大約三公尺多的天花板，不斷升高，用來區隔室內空間的牆壁，也沉入地面。

靜界內部的空間，被歐陽旭塑造成一個由玻璃帷幕環繞的廣大場域。

自從被雷克斯的單兵突襲差點逼到絕境後，歐陽旭思考了一整晚，最後著手改造了覆蓋財團大樓頂部的靜界空間。

用超巨大的空間拉開戰鬥距離，讓敵人無法近身，藉此發揮迦樓羅百分之百的實力，也減少自己被貼身突襲幹掉的風險。

對歐陽旭絕對有利的主場，完全展開。

「迦樓羅！燒掉他們！」

一聲長嘯，迦樓羅巨大的火焰身軀，載起男人飛上空中。

雖然在喚出御靈時，感受到奇妙的遲鈍感，但臨敵的歐陽旭卻沒有絲毫猶豫，立刻發動了拿手的攻擊。

熾熱的火焰箭凝聚，朝兩人當頭射下。

「又來這招！」唐雁連忙抓起姜澪東躲西逃。

地面立刻被滾滾烈焰吞噬。

憑著靈化後的體能，兩人勉強在羽狀火焰的掃射下穿梭，但身體和四肢還是無可避免地被刺穿、燒傷，快速消磨著他們的體力。

火焰箭擦過唐雁的臉頰，帶起一抹血煙。

「哈啊！」眼看情況愈來愈危急，姜澪趕忙來回揮動黑色的大鐮刀，斬落無數火焰箭。漆黑的刀刃與羽毛在半空激烈地碰撞，消耗彼此的能量。

女孩的氣息頓時一滯。

「哦？」歐陽旭挑起眉毛，「那這樣呢？」

迦樓羅大展雙翼，高達數百枚的羽狀火焰箭，層層疊疊填滿上空。

金色的光芒像太陽般，照耀著空曠的室內。

「怎麼會……」絕望爬上姜澪的臉龐。

這已經不是可以用死神鐮刀擋開的數量了。

炙熱的高溫烤焦了兩人頭頂的空氣，隨著歐陽旭輕鬆一揮手，無數火羽如飛蝗般直衝而下。

「啊啊啊啊啊啊啊啊啊啊啊！」豁出去的姜澪大叫，拚命將鐮刀舞成一團漆黑的旋風，來回揮斬著從天而降的流火，替自己和唐雁爭取一小片喘息的空間。

死神鐮刀劇烈消耗著，發出淒厲的嗚咽聲。

被掃落、盪開、劈成兩半的羽狀火焰，隨著形體爆散、能量溢出，失控地引起連環爆炸，熾熱的焚風挾帶滾滾煙塵，席捲過地面，吞沒姜澪與唐雁的身軀。

鏘啷一聲，漆黑的大鐮刀摔落在地，姜澪雙膝脫力顫抖，整個人跪了下來，黑色的大衣上滿是焦煙。

「澪！」從攻堅行動開始以來，就一直消除氣息的影鬼，此時終於也忍不住焦急地叫喚著女孩的名字。

唐雁一把扶住幾乎要失去意識、解除靈化的姜澪，對著從容飄在上空的歐陽旭怒目而視。

一天一地的懸殊實力差距。

歐陽旭正面接下了唐雁如惡鬼般凶狠的視線，微笑中透出一股鄙夷，「承認吧，你們一點勝算也沒有。」

「這倒未必。」唐雁裝模作樣地冷笑，思緒則迅速運轉著。

無論是攻擊還是防守，擁有迦樓羅的歐陽旭都處於絕大的優勢。

自己手上這兩把短到不行的獵刀，根本連飄在十公尺上方的鳳凰尾羽都砍不到，更別提坐在御靈身上的歐陽旭了。

姜澪在接下連續兩波轟擊後，也暫時不克再戰，如果現在歐陽旭突然決定來個第三波火雨，情況可能會變得相當不樂觀。

「沒辦法了。」唐雁嘆了口氣，獨自站起身。

一左、一右，兩柄獵刀散發著寒芒，隨著主人的腳步緩緩前進。

「我來做你的對手，大叔。」唐雁站到了迦樓羅正前方，迎接陽炎般火燙的烈焰。

「憑你?」歐陽旭冷哼一聲。

在他眼中，靈化特徵明顯、力量似乎也較強的姜澪，威脅還比較大一點。

至於這個從現身以來，就沒展露過任何特殊能力的誇張髮色男孩，歐陽旭可是一點也不放在眼裡。

「驕傲可是會害死人的，大叔。」唐雁一邊打著嘴砲，一邊在心中摸索著儲存於嵌合體中的三種御靈，背後卻留下一滴冷汗。

哪一個御靈可以正面對抗那隻大火鳥？自己的手上，真的有能和鳳凰一對一單挑的御靈嗎？

「有的。」

像是聽到他內心的質疑，一道漆黑的身影掙扎著爬了起來，站到他的身邊。

「加上我和影鬼，就能贏。」

姜澪全身上下都是灼傷和乾涸的血漬，她支著氣息微弱的死神鐮刀，拚命喘氣，儘管身形還有點搖搖晃晃的，但女孩的眼神卻異常堅定。

「還撐得住嗎？」唐雁看著身邊的長髮女孩，關心問道。

「完全……沒問題。」想到還被封在冰晶裡的妹妹，姜澪強迫自己提振起精神。

「那麼，要上嘍。」唐雁捲起上臂的袖子，露出奇美拉的刺青紋樣。

「鬧劇差不多到此為止了。」歐陽旭淡淡說道，手一揮，數百枚羽狀火焰箭又再度浮現在半空中。

又是這單調卻霸道的第一千零一招。

與御靈契合度極低的歐陽旭，對鳳凰火焰的變化並不算得心應手，但光憑這招漫天火焰箭，就在御靈京中打遍天下無敵手，由此可見迦樓羅強橫的實力。

看見這浩大的聲勢，姜澪和唐雁也不禁沉下臉色。

「眼鏡女，我上去跟他正面拚，妳找機會用靈化的能力，把那個囂張的大叔打下來。」意識到不能讓那些火焰箭砸過來，唐雁咬牙，奇美拉刺青的毒蛇紋樣發燙。

「阿雁？」

「選擇『毒蛇格子』！」

姜澪還來不及伸手阻止，唐雁就縱身一躍，直奔半空。

「雷公！」

青藍色的閃電籠罩在全身，唐雁的雙眼爆出電光，儘管因為只有部分力量，所以沒了原版御靈雄壯威武的外貌，以及那對寬大的羽翼，但雷公能量仍然讓他得到暫時在空中移動的能力。

「這樣一來，我們就站在同一個高度了！」搶在火雨射下前，唐雁飛升到與迦樓羅平行的空中，以雙刀充當鐵鎚與鐵鑿，猛力一敲。

轟隆！

一道不亞於正牌雷公的巨大雷電，脫離刀尖，直奔向飛在半空的鳳凰。

刺眼的雷光，照亮了大樓四周環繞的玻璃帷幕。

「哼！」歐陽旭手臂揮下，羽狀火焰朝破空轟來的雷電齊射，在半路攔截住這眩目的一擊。

「還沒完！」唐雁大吼，左手刀背猛力敲擊右手刀柄，火花飛濺。

轟隆！

閃電乍現，朝歐陽旭直襲而去。

歐陽旭雙手一拍，密集的火焰箭立刻蜂擁而上，阻住這道奔襲的電光。

雙方正面拚鬥的衝擊餘波，讓整棟大樓都為之晃動。

握著死神鐮刀守在下方的姜澪，焦急地等待著一個確實的出手機會。

目標，自然是鳳凰的御靈者歐陽旭。

她的力量所剩不多，貿然攻擊的話，很可能會被迦樓羅的身軀從中擋下，到時候鳳凰持有的「浴火重生」特性，會讓死神鐮刀的全力一擊，化為泡影。

若是只瞄準御靈發動攻勢，很容易被淹沒在漫天火焰箭雨中。

這也是不久前凶獸混沌戰敗的主因。

要等待迦樓羅動作被完全限制住的空檔，瞄準歐陽旭揮出鐮刀，這樣的答案，才是這場戰鬥的正解！

但要壓制住最強的御靈，豈是簡單的任務。

「吼哦哦哦哦哦哦哦哦哦哦！」唐雁的牙關咬住一絲青藍色的電弧，雙刀合擊。

轟隆！！

「沒用的！」歐陽旭大喝，手一揮，數百道火焰逼出，輕鬆化解這雷霆萬鈞的一擊。

雷炎激突，電流和火花四處飛濺，在空中劃出一道又一道的衝擊波，搖撼整棟大樓。

玻璃帷幕顫動著，喀喀作響。

迦樓羅的身軀像一輪小太陽般，在空中劇烈燃燒，源源不絕的力量從牠的火焰中湧出，絲毫不見疲憊的跡象。

反觀使用嵌合體的御靈，本身有能量上限的唐雁，就顯得愈來愈辛苦。

儘管雙刀敲擊的速度沒有絲毫變慢，雷電的威力也硬是與迦樓羅鬥了個旗鼓相當，但油箱有限的他，落敗也只是時間上的問題。

另一方面，指揮著迦樓羅進行攻防的歐陽旭，心中的某股異樣感也愈發強烈，雖然御靈的動作依然完美地契合他的指揮，但隨著雙方的纏鬥進入白熱化，歐陽旭突然有種當下達指示時，自己的心念會稍微慢個一拍才兌現成迦樓羅行動的錯覺。

「是和那隻凶獸戰鬥的後遺症嗎?」想起自從迦樓羅遭到混沌直擊後，自己就常常感覺到類似貼紙的一小角被撕起的不適感。

「……算了，無所謂。」

歐陽旭心神一凝，火焰箭的射速一口氣提升，燃燒的火焰逐漸壓制住奔流的雷電。

姜澪握住鐮刀的手心滿是汗水。

這樣下去不行。

唐雁也意識到了這件事情。

如果在雷公的力量用盡之前，還無法打倒、甚至是壓制住迦樓羅的話，那麼氣力放盡的他們，想必會被輕鬆幹掉。

毫無還手之力的那種。

「可惡……」唐雁的頭髮在電流的作用下根根豎起，電流交纏在兩柄獵刀上，發出劈劈啪啪的輕響。

沒有繼續纏戰的餘裕了，必須在下一秒，揮出決定勝負的一擊。

青藍色的電光暴起。

「嗯？」歐陽旭眼神微變，唐雁高高舉起左手獵刀的身影，映照在他的瞳孔中。

男孩大吼，傾盡雷公御靈能量的一擊，悍然轟出。

「雷！神！」

轟隆！

從開戰以來，最聲勢浩大的雷電劃破空氣，留下青藍色的閃電軌跡，朝歐陽旭直奔而去。

「唔？」歐陽旭手掌疾拍，羽狀火焰從四面八方飛來，卻被電光一一彈開，完全攔不住這滿載覺悟的轟擊。

不得已之下，歐陽旭只好抓住迦樓羅的脖子，讓鳳凰的身體垂直立起，再次用御靈的身體做為盾牌，保護自己脆弱的肉身。

「中！」唐雁大吼。

「拜託！」姜澪緊張地握住鐮刀長柄。

轟隆！！！

雷電正面命中迦樓羅的身軀，炸開刺眼的閃焰，炙熱的暴風吹開了姜澪的劉海，讓她忍不住瞇起眼睛。

隆隆隆……隆隆隆隆隆……

磅礴巨響所留下的餘音，還在玻璃帷幕之間彈跳著，激起陣陣回音。

雷公的御靈能量徹底耗盡，讓唐雁得以懸浮在空中的力量頓失，他身體一歪，整個人朝下方墜落。

「阿雁！」姜澪連忙趕過去，躍上半空，及時抱住唐雁，兩人打滾著側摔在地上。

「沒事吧？眼鏡女？」唐雁的全身無處不痛，筋骨像是要全部散開般，對著他發出尖銳的抗議，即使雷公的力量消退，還是有細微的電弧，在他身上劈啪作響。

「我沒事，阿雁呢？」姜澪將柔軟的胸脯從唐雁身上移開，一隻手扶著額頭。

「還活著就算沒事吧……」忍住翻湧上來的嘔吐感，唐雁坐起身。

一根邊緣有些焦黑的金色羽毛，飄落在兩人面前。

姜澪伸手接住還有些發燙的尾羽，心頭微微一震。

唐雁抬起頭。

一對燃燒的火翼伸展開來，驅散還繚繞在空中的煙塵。

毫髮無傷的迦樓羅清嘯著，載著歐陽旭再次現身。

「怎麼會……」姜澪的聲音顫抖。

「完了。」唐雁絕望地咬牙。

賭上雷公御靈的全力一擊，居然只勉強吹斷了一根尾羽？

究竟要用什麼樣的攻擊，才能打倒眼前的敵人？

「很不錯的嘗試，不過太遺憾了，我的迦樓羅，是最強的御靈、無敵的御靈，光憑那種半吊子的攻勢，是不可能打敗我的。」歐陽旭大張雙手，露出驕傲的微笑。

「不過就是仗著自己的御靈強……」唐雁不甘心地握緊拳頭。

「有種下來單挑啊！大叔！我不用御靈，也能單手幹死你！」

面對唐雁小混混式的叫囂，歐陽旭不屑地冷笑。

「太愚蠢了，真正的強者，永遠是站在高處擊殺敵人的，你們沒有和我站在同一個高度的資格。」

「嘖，真想一拳揍扁這個混帳的臉……」唐雁火大地瞪著睥睨他們的歐陽旭。

「阿雁，小心點，攻擊又要來了。」姜澪緊張地看著歐陽旭舉起手，讓無數火焰箭矢凝聚在空中。

「可惡……」唐雁按住左手上臂，摸索著嵌合體中剩下的兩種御靈。

山羊格子裡頭，儲存的是跟戰鬥無關的「丑時之女」，雄獅格子則是存放著之前從姜雪體內強行拉出來的「旱魃」。

丑時之女肯定是不行的，要用還沒試過效果的旱魃擋擋看嗎？殭屍類型的不死特性，能扛得住羽狀火焰箭矢的瘋狂掃射嗎？

「阿雁！」眼看火焰箭就要當頭射下，姜澪慌張地叫喚遲遲沒有動作的唐雁。

沒辦法，沒時間了，只好用旱魃硬頂……不對，丑時之女？

「也許能行……」唐雁的刺青發燙，換上丑時之女的御靈。

雖然傷不了迦樓羅，但是……

「眼鏡女，掩護我！」

「掩、掩護？我知道了！」看到唐雁雙手指尖夾著的某樣東西，姜澪揮起鐮刀。

數百道火焰箭毫不留情地直直射下。

「吾乃深淵與黑暗的主宰！」漆黑的力量不斷聚集在姜澪身上，透出一股深淵般的冷冽，「冥河的擺渡者、亡靈的引導者、地獄的審判者，引領死亡之人、收割靈魂之神！」

灼熱的風壓直逼頭頂，吹得黑色長大衣不斷翻飛。

「死神鐮刀．桑納托斯！」

姜澪用上全身的力氣，使勁一揮。

黑影凝結成的大鐮刀瞬間變大，形成一道彎月形的帳幕，暗不透光的刀刃吞噬著襲來的火焰，斬斷能量燃燒的因果，將一切回歸於虛無。

「噢嗚啊啊啊啊啊啊！」姜澪吃力地大叫，雙腿因為承受巨大的壓力，漸漸顫抖著彎下。

唐雁動作迅速地撕下上衣的袖子，纏在握著某樣東西的左手上，再用剛剛對付米諾陶諾斯的棉線牢牢捆住，一圈一圈，神祕的力量透過御靈的作用，漸漸聚集在他的掌心。

「阿雁……快撐不住了！嗚嗚……」一絲火焰穿過死神鐮刀的防禦，在姜澪臉蛋上擦出一條滾燙的血跡，她屏氣咬牙，拚了命地頂住。

唐雁沒有分神回答，而是專心的等待著左手上的力量慢慢發酵。

行了！

唐雁將右手上的獵刀高高舉起。

「眼鏡女，數到三，妳就解除防禦衝上去！我會製造讓妳攻擊的空檔！」

姜澪扛著大鐮刀半跪在地，點了點頭。

唐雁臉色一凝。

「一！」

左手中，傳來一陣心跳般的鼓動。

「二！」

唐雁握緊獵刀，銳利的刀鋒閃爍寒芒。

「三！」

「御靈『丑時之女』！」

刀刃刺落，貫穿纏著布條和棉線的左手，鮮血迸出。

唐雁扭曲著臉，壓抑住一聲痛吼。

一切變成慢動作播放。

姜澪唰地一轉死神鐮刀，將彎月狀的黑刃縮回正常大小，踩著依舊有點踉蹌的腳步，朝迦樓羅的正下方衝去。

火焰箭雨戛然而止。

一口鮮血從歐陽旭嘴脣間噴出，他眼前一黑，原本只是一小角被撕起的異樣感，在此時突然被順著缺口鑿開，成為血淋淋的大空洞。

瞬息之間，迦樓羅脫離不被自己承認的御靈者的控制，長嘯著翻過身體，將歐陽旭扔了下去。

雖然只有幾秒鐘不到的時間，但他用來束縛鳳凰用的封印，此時幾乎完全遭到破除，失控的火焰四處飛散。

唐雁瞄準御靈者本體的一擊，誤打誤撞的將不久前遭到吉兒全力一擊後，就開始鬆動的御靈拘束式扯碎了大半，製造出比預期還久的空檔。

意識到發生了什麼事的歐陽旭咬緊牙關，迅速開始重組術式，但身體還是忠於地心引力的作用，朝下墜去。

但是，不夠！死神鐮刀的距離還搆不著！

姜澪看著恢復清醒、嘗試操縱鳳凰俯衝下來接住自己的歐陽旭，焦急地握緊刀柄。

「拜託你了，影鬼！」

奔跑著將漆黑的鐮刀擲出，女孩大喊。

死神鐮刀迴旋著，捲起大量黑色氣流，在空中幻化、凝聚成一名身著大衣的黑髮男人模樣。

迦樓羅逼近的灼熱氣流，吹起影鬼的劉海，他單手探出，鐮狀黑影疾竄，咬向睜大眼睛的歐陽旭。

「喝！」影鬼的眼神犀利，伸出的手掌猛然握住。

無數黑刃，刺入半空中歐陽旭的身體，男人還在不斷下墜。

「噗呃！」腥紅的血液從西裝破口下噴出，歐陽旭的臉色猙獰。

「還沒完！」唐雁大吼，插入左手中的刀刃一轉，鮮血四溢，眉心頓時痛得絞成一團。

犧牲掉一隻左手，換來讓姜澪和影鬼再次合體出擊的機會。

「影鬼，靈化！」

「澪！」

女孩終於把距離拉得足夠近，與影鬼遙遙伸出彼此的手。

黑髮男人化為一道黑影，飛回姜澪手上。

「死神鐮刀！」姜澪重心一踩，拚命將刀鋒揮出。

危急間，歐陽旭也沒有失去冷靜，終於完成拘束式重組的男人，嘗試操縱迦樓羅化成火焰球的型態，在接住他的同時，擋住橫掃過來的大鐮刀。

彎月狀的刀鋒，映照著從高處如雪崩般衝下的火焰，散發出耀眼的光輝。

「砍他！眼鏡女！」唐雁抱著報廢的左手掌，大聲吼道。

「哈啊啊啊！」姜澪把所有力量灌注在這一擊，死神鐮刀在她的意志力下，瘋狂脹大。

一揮！

漆黑的風暴瞬間吞沒歐陽旭的身軀。

也吞沒了歐陽旭驚愕的眼神。

直到此刻，他還是不敢相信自己敗給了兩個高中生小鬼。

明明無論是御靈的強度，還是身為人類的氣魄，他都遠遠在任何人之上，沒有道理會輸在這種地方啊……

他，可是要「成為神」的男人啊。

砰咚的沉悶聲響，迴盪在大樓的玻璃帷幕間。

被死神鐮刀奪去精力和體力的歐陽旭，像個斷線人偶般摔在地面。

「為……什麼……我明明……比任何人都優秀……還擁有……最強的御靈……」他氣若游絲，臉上爬滿不甘心的淚水，呢喃道。

「道理很簡單，大叔。」唐雁握著還不斷抽痛的左手，來到他的身邊緩緩說道：「因為御靈京大戰是一場與自己的御靈一同取勝的戰爭，而不是用蠻力操縱自己的搭檔。」

姜澪擔心地跑過來，看到唐雁血肉模糊的左手後，忍不住摀住嘴巴。

歐陽旭看著還在上空盤旋不去的迦樓羅，眼神模糊。

自從把牠從封印的玉石蛋中取出，強行用古老的禁咒束縛在自己體內後，這隻名為鳳凰的崇高生物，就沒有一時半刻是馴服的，只是被強大的咒法控制住而已。

這就是……自己的敗因？

「我問你……剛才為什麼……能憑空傷到我……」歐陽旭反覆回想戰鬥的過程，還是百思不得其解。

「那個啊？」唐雁扯開布條和棉線，緊握的左手中，是一根灰白色的頭髮，「剛見面的時候，我不是砍了你一刀嗎？這根頭髮就是那時拿到的，我用這個和左手的血肉，加上一點材料，做了個臨時的『詛咒草人』。」

「阿雁……」姜澪恍然大悟，心疼地望著唐雁那令人不忍卒睹的手傷。

「是用……詛咒類型的御靈啊……」歐陽旭釋懷地點點頭，這剛好是本體無法靈化的自己的弱點，也算是輸得有點道理。

「好了，快把那傢伙叫下來，給我們鳳凰的眼淚，就送你去醫院。」唐雁用獵刀抵著歐陽旭的喉頭，強硬地威脅道。

但歐陽旭只是漫不在乎地閉上雙眼。

死神鐮刀也一併破除了他體內的禁咒，現在的迦樓羅可是無拘無束的自由御靈，誰也沒辦法限制牠的行動。

「喂，大叔！別急著睡啊！」

「阿雁！你後面！」

「我後面？」唐雁在姜澪的警告下回過頭。

不知何時，迦樓羅已經收起翅膀，落在兩人身後。

鳳凰一身金紅色的羽毛，閃耀著美麗的光芒，巨大的身軀足足有一層樓高，散發出神聖高雅的壓迫感。

姜澪和唐雁同時後退一步，舉起手中的武器。

細長的鳥類嘴喙張開，一道輕柔的女性嗓音流出。

「你們需要我的眼淚？」

「是、是的！」姜澪連忙回答。

「是想要治那男孩的手嗎？」迦樓羅轉著眼珠，看向唐雁垂下的左手。

「不是，是為了救我重傷的妹妹……」姜澪頓了頓，才發現這樣講，對為了幫助她而受傷的唐雁不大禮貌，連忙補上一句：「不過可以的話，希望您也能給予治療阿雁的分量，拜託您！」

「還真感謝妳沒忘記我喔。」唐雁沒好氣地吐槽，臉痛到都歪掉了。

「無妨，區區兩滴眼淚，當作解放我的謝禮，還在情理之內。」迦樓羅眨眨眼，兩滴散發珍珠光芒的眼淚從牠的眼角落下，一滴飄入唐雁的左手中，另一滴凝固成指頭大小的寶石，落在姜澪張開的掌心。

「謝謝、謝謝您！」姜澪心中的感動難以言喻，她將拯救妹妹的希望緊握在手中，拚命彎下身子鞠躬，淚水盈滿她的眼眶。

唐雁驚訝地檢視自己快速癒合的左手傷口，被獵刀切碎的骨肉正重新增生，連接在一起，形成新的肌肉束，不到五秒的時間，唐雁全身上下的大小傷口都消失了，左手也完好如初。

「不必道謝，這是你們應得的。」迦樓羅望了眼姜澪手中緊握的死神鐮刀，語氣微微一頓：「那個喚醒我的男人，直到最後還是不明白與御靈間的羈絆重要性，這也是你們能勝過他的原因。好好記住這一點，然後努力活下去吧。」

聽到這邊，姜澪才想起影鬼曾在攻堅行動前，告訴自己「鳳凰的御靈者應該不是在正常情況下與自己的御靈成為搭檔的，也許這會成為左右戰局的關鍵」，不禁悄悄握緊手中的鐮刀。

你說對了喔，影鬼，我們真的贏了！

姜澪的腦海中，映出影鬼安慰畏懼戰鬥的自己時，邊說「能贏」，邊伸手安撫她頭頂的模樣。之後肯定要找機會向他好好道謝，姜澪暗自下定決心。

眼見四下無事，迦樓羅遠遠望向玻璃帷幕外廣大的天空，展開雙翼，赤色的火焰在空氣中奔騰，「那麼，我也差不多該走了。」

「等等！」猛然發現疑點的唐雁，冒險地叫住了正打算振翅高飛的神級御靈，「為什麼……那大叔沒有再繼續控制你，等於你也失去御靈者了——為什麼你沒有被地脈吸收？」

迦樓羅輕笑出聲。

「我本來就不屬於這次的御靈京大戰，只是上個時代的遺留物罷了，所以我不需要御靈者，也不會消失。」

不再理會慢慢咀嚼著這句話背後意義的唐雁，鳳凰拍動翅膀，飛上天空。

「最後奉勸兩位，御靈京的真相，絕非如你們所想。如果不想丟掉性命，那麼直到最後，都努力相信著你們的御靈吧。」

說完這句話後，迦樓羅撞破環繞大樓的玻璃帷幕，長嘯著飛向天際。

目送鳳凰化為空中的一個光點，漸漸消失後，姜澪和唐雁互望了一眼。

御靈京的真相。

這六個沉重的大字，敲擊著他們的心頭。

不好的預感湧上。

隨著迦樓羅遠去，以牠為中心建立的靜界也緩緩消退，歐陽旭那完好無缺的奢華辦公室重新映入眼簾。

「那個先放在一邊吧。」沉默半晌，唐雁嘆了口氣，「我們先把這大叔送去醫院，然後就回老太婆那救妳妹妹。」

「嗯……」姜澪用力點頭。

唐雁讓歐陽旭的手臂繞在自己肩膀上，把半死不活的中年男子扛起，一步一步走向辦公室的大門。

開心點吧，姜澪，小雪現在有救了呢。

用力拍拍自己的臉頰，女孩的肩膀也總算放鬆下來。

解除靈化後，姜澪重新戴上眼鏡，把鳳凰的眼淚好好地收在口袋中。

這次，一定要拯救小雪！

砰！

一發子彈劃破空氣，射穿了歐陽旭的額頭，他的脖子猛然一仰，視線茫然地瞪著天花板上的水晶吊燈。

姜澪大聲尖叫。

「哎呀，射偏了呢。」辦公室的門板推開，細長眼睛的男子端著左輪手槍，露出微笑。

伊凡斯的手指再度扣上扳機，槍口緩緩移到唐雁的眉心。

「原本是想射你的。」

第十二章

「為什麼……你這傢伙不是已經……」放開已完全死亡的歐陽旭，唐雁驚疑不定地後退一步。

「哼，你真以為我這麼傻？」伊凡斯忍不住笑了出來，「剛才，我是故意放你們上來的，看不出來嗎？」

「果然是這樣嗎……」唐雁無奈地說道。

用斯芬克斯的能力，問這種連網路上都搜尋得到的爛問題，怎麼想都很可疑。只是當時的唐雁和姜澪，都沒有餘裕察覺到這件事罷了。

「為什麼要這麼做？」唐雁一邊冷靜地問道，一邊舉手示意心急的姜澪稍安勿躁。如果了解原因的話，說不定還有談判的餘地。

「當然是為了讓你們幹掉那個男人，好讓我收下他身體內的禁咒，獲得操縱迦樓羅的能力啊。」伊凡斯露出扭曲的笑容，「擁有那個御靈，就等於擁有了這次戰爭的勝利！我在迦樓羅被召喚出來的那一刻，沒好好把握住機會，現在唯一的希望，卻又被你們粉碎了！兩個混帳小鬼！」

禁咒已經被破除，迦樓羅也遠走高飛，再也沒有人能得到鳳凰的力量了。

伊凡斯的如意算盤，也因此撲個空。

「既然如此，我們就沒有相爭的必要了，不是嗎？」唐雁嘗試理性的與他溝通，「失去御靈的你，大可以退出這場戰爭……」

「你才不懂！」伊凡斯怒吼。

姜澪站在一旁，緊張的不知所措。

「我為了這個局，潛伏了多久，計畫了多久……」伊凡斯的雙眼中滿是血絲，完全沒有平常的泰然自若。

感受到男人身上爆發出的紊亂殺氣，唐雁沉下臉。

「卻被你們兩個……毀掉了……」伊凡斯深吸一口氣，稍微恢復平靜。

「我要殺了你們！」

「等……」

砰！

唐雁還來不及開口，左輪手槍的扳機就猛然扣下。

子彈旋轉著撕裂空氣，鑽入唐雁的眉心，破開腦漿、濺出血液，擊碎他的後腦杓，然後再度穿出。

——本來應該是這樣的。

「阿雁啊，對這種接近瘋狂邊緣的敵人，不能講道理的，你也大意過頭了吧？」

射向唐雁的子彈，險險被一股無形的力量拉住，凝停在半空中，距離他的額頭僅有十公分之遙。

窈窕的身影悄然出現。

「年輕人就是年輕人啊。」魔女的微笑劃出一道漂亮的弧度。

「校長！」

「太慢了啦，老太婆。」唐雁鬆了口氣。

「妳……是誰？」伊凡斯將槍口轉向突然出現的貌美女人。

「永遠青春美麗的魔女啊。」南笑了笑，一彈指，伊凡斯手中的左輪手槍，就飛旋著脫離他的掌握，重重撞在他的下巴上，把男人敲昏過去。

「說好的打敗鳳凰之後，就馬上趕過來接應呢？」唐雁用滿滿責難的眼神，瞪著差點來遲一步的魔女。

「這不就來了嗎？阿雁還真嚴格。」南吐吐舌頭，蹲下身，看著歐陽旭的屍體。

歐陽旭的臉上滿是剛步入中年的風霜，頭髮也有些斑白，失去了生前的神采奕奕，顯得他比實際的歲數更老了一些。

「好久不見，你也老了呢，歐陽。」南輕輕說著，伸手蓋上他的眼皮。

「妳也不年輕了啊，老太婆。」

南微笑著把唐雁腳底下的地毯變成滑溜的冰塊，讓他壯烈地摔了一大跤，五官重重砸在地板上。

「至少現在，就好好休息吧，大忙人。」南在歐陽旭的身上點著火焰，退後了一步，臉上難得出現了一抹落寞。

呼了一口氣後，南恢復了平常讓人捉摸不定的神色。

「鳳凰的眼淚，你們拿到了嗎？」

姜澪連忙點頭。

「很好，那我們回去吧。」

南揮揮手，一根外型光滑的飛天掃帚憑空出現。

「來吧，姜澪同學，是時候回去嘍。」魔女微笑側坐上掃帚，拍拍身旁的空位，「等下記得抓穩啊，淑女可是要隨時保持從容不迫的優雅呢。」

「好、好的。」姜澪有樣學樣地坐上掃帚柄，小心翼翼地穩住身軀。

「喂，那我呢？」趴在地上的唐雁疑惑道。

掃帚上明顯已經沒有他的位置了。

「噢，阿雁的話嗎……」南丟了根繩子給他，繩子兜另一頭，繫在掃帚柄的尾端。

「不是吧？」唐雁忍不住抗議。

「好，要起飛嘍，大家抓穩，飛起來比想像中還晃喔！」南露出燦爛的笑容，用手指畫了個圓圈，把環繞辦公室的落地窗割出一個缺口，接著拍了拍載著兩人的飛天掃帚。

「等等，老太婆妳認真……哇啊啊啊啊啊啊！」唐雁及時抓住朝他掃過來的繩索，被一飛衝天的掃帚硬是拉上天際。

「阿雁這樣沒問題吧？」姜澪不禁擔心地看著吊在她們身後，被飛行氣流吹得晃呀晃的唐雁。

「沒事沒事，他很強壯的。」

「老太婆啊啊啊啊啊啊啊！」

唐雁氣憤地吼叫，一路被拖曳在掃帚後方，劃過天際。

◆

一行三人的身影，緩緩落在藍灣高中的校園。

假日傍晚的學校空無一人，只有遠處的操場，還隱隱傳來球類運動的聲音。

姜霈的皮鞋剛接觸到地面，就急急忙忙地跑向校長室。

「別急啊姜霈同學……」南還來不及阻止，姜霈就打開門，衝了進去。

裡頭是普通的教職員辦公室模樣。

「咦？」姜霈的心涼了半截。

「老太婆還沒打開靜界，當然是普通校長室的樣子啊，眼鏡女。」唐雁揉著額頭進入校長室，掛在掃帚後面的他，落地時一不小心撞到走廊的欄杆，現在眉角上方一陣腫痛。

「無妨，姜霈同學是急著想見她妹妹吧。」南理解地笑了笑，抽出藏在袖口的短魔杖，輕輕一點。

空氣中泛出流水狀的波紋，耀眼的藍色冰晶，隨著光芒落在校長室的地面。

「小雪！」姜霈勉強忍住一把撲在冰晶上的衝動，蹲下來細細看著短髮女孩沉睡的臉龐。

「姜霈同學，把鳳凰的眼淚準備好吧。」

「嗯！」姜霈用力點頭，從口袋中拿出透明珍珠狀的圓潤寶石。

「在我解開冰封結晶的瞬間，就馬上把眼淚放在妳妹妹身上喔。」南提醒著，魔杖指向藍色的冰晶。

姜霈的心臟怦怦狂跳，雙手捧著隱隱散發出純淨力量的鳳凰眼淚，平舉在姜雪胸前。

「準備好，三、二、一……」

冰晶發出細碎的輕響，開始退去，姜澪睜大眼睛，屏住氣息，抓準冰晶的碎片從短髮女孩胸口消失的那一秒，鬆開合捧的雙掌。

鳳凰的眼淚寂靜無聲地落下，在接觸到姜雪的瞬間，化為無數晶瑩的亮點，灑在短髮女孩重傷瀕死的身體上。

連唐雁也不禁凝視著這一刻。

姜雪胸腹和四肢的傷勢，開始以不可思議的速度癒合，完好且柔嫩的皮膚，包覆在生長出來的肌肉上，乾涸的血管重新恢復流動，微弱的氣息從姜雪的口鼻處吐出。

不一會，雖然衣服還有點殘破，但外貌看來已絲毫無恙的姜雪，平躺在校長室的地板上，胸口緩緩起伏著。

姜澪的雙眼中，盈滿喜悅的淚水。

「好，看來是沒事了，再過一、兩個小時，等鳳凰眼淚的效果完全作用完之後，她應該就會清醒過來了。」南蹲下身，檢查了一下依舊處於沉睡狀態的姜雪後，這麼宣布。

「太好了！小雪……」姜澪緊緊抱住妹妹的身體，淚水不禁流下。

「來，我幫妳，先把這傢伙放到沙發上去吧。」唐雁走過來，接過姜澪懷中的姜雪，輕輕將她送上高級的皮製沙發。

「要等兩個小時啊……」姜澪難掩焦躁地扯著自己的裙襬，來回踱步。

「閒的話，我還有點事要找你們兩個。」南笑了笑，「就暫時讓姜澪同學的妹妹在校長室歇一會，你們先進我的工坊吧。」

「該不會又有什麼稀奇古怪的藥水要我試喝吧？」唐雁露出懷疑的眼神。

「不是不是，你放心。」

「還是要做什麼魔法實驗之類的？之前把兩座工坊都爆掉的那種？不然幹麼把她妹留在外面？」

「咳，阿雁，你問題太多了，給我進來！」

「不要……不要啊啊啊啊！」

姜澪摸了摸姜雪的頭髮，露出欣慰的微笑，她站起身，跟在打打鬧鬧的兩人背後，踏入魔女的工坊。

隨著靜界展開的光芒褪去，熟悉的大號書桌、陳列著各式魔法杖的玻璃櫃，被姜澪和唐雁當作床睡的高級沙發，以及始終在燉著什麼東西的大燉鍋，再度出現在他們眼前。

看著當成旅館住了整個星期的魔女工坊，姜澪不禁有種回到家的感覺。

「好了，老太婆，這次又有什麼實驗要搞，我們三兩下搞定吧，今天真是累斃了。」唐雁打了個大哈欠，往長沙發的方向摔去。

「只是對你的奇美拉再做點調整而已，姜澪同學請稍微離遠點。」南捲起魔法袍的袖子，抽出短魔杖，開始喃喃念咒。

「嗯？之前不是就做過最終調整了？」抱怨歸抱怨，唐雁還是乖乖在沙發上坐起身子。

精神上的疲倦也到達臨界點的姜澪，坐在對面的另一張沙發上，望著開始微微波動的空氣，心情無比放鬆。

在把姜雪從鬼門關前救回來的現在，已經沒什麼好怕的了，只要在餘下的戰鬥中都保持謹慎，要存活下來的機率可說是相當高。

已經沒什麼好擔心的了……

正當姜澪像貓咪般舒服地瞇起眼睛時，沉默許久的影鬼嗓音，突然浮現在她腦海中的一角。

「澪，別動，別說話，仔細聽我說。」

「？」聽到影鬼略顯緊張的聲線，姜澪清醒了過來，以詢問的眼光望向腳下的影子。

「這段時間，我一直覺得那個魔女有件事情很讓人在意，雖然只是連疑點都稱不上的推測，但還是愈想愈不對勁。」影鬼快速地說著，「澪，妳還記得我們第一次造訪這裡時，書桌上有份關於唐雁的醫療報告嗎？」

姜澪屏住氣息，點點頭。

「這星期我幫忙打掃環境時，找到了那份文件，是有關唐雁的器官移植追蹤檢驗報告。」

唐雁小時候因先天性罕見疾病的關係，身體內有超過七成的器官都是由不同的捐贈者所移植，這也是為何他和奇美拉嵌合體的特性如此契合的原因。

影鬼的語氣變得嚴肅，「原本就算魔女持有那份報告也不足為奇，但文件上頭押的資料調出日期，卻是在大約一年前的時間點。照理來說，那個時候御靈京大戰應該還沒開始才對，也就是說，魔女在唐雁的家人遇難前，就已經清楚知道他的體質與奇美拉御靈完全契合了。」

這代表著什麼意思？

姜澪拚命思考著。

御靈奇美拉是魔女唯一成功的人造御靈，而唐雁則是經過調查之後，能完美契合嵌合體的不二人選。

所以南勢必得說服唐雁主動參戰才行，否則好不容易製作出的人造御靈可就白費了。

而吸引唐雁參戰的理由是……

沾滿乾涸血漬的房間，以及怵目驚心的屍體。

御靈「姑獲鳥」。

「澪，妳不覺得奇怪嗎？不管是我們還是唐雁，都從來沒有真正目擊過姑獲鳥的存在。妳仔細回想一下，每當傳出與姑獲鳥相關的情報時，最後發現的卻都是些與剖腹取子特性完全無關的御靈。」

第一次疑似出現「姑獲鳥」蹤跡的地方，是在唐雁染血的家中，趕過來的南，與跪在血泊中的少年相遇，邀請他與自己並肩作戰。

第二次，是在學校旁的公園中，傳來有孕婦遇害的消息，聞訊趕過去的兩人和姜雪，遭遇九頭蛇御靈許德拉的猛烈攻擊，姜雪受到重傷，最後靠著姜澪及時覺醒靈化能力，才好不容易取勝。

許德拉現身的那個位置，剛好近到足以威脅身處藍灣高中的某人。

第三次，看到又有孕婦被剖腹慘死的新聞，一大早就出門追查的唐雁，卻只在現場附近，獵捕到了與事件完全無關的丑時之女。

而丑時之女，後來成為了擊敗無法靈化的歐陽旭的關鍵。

南在之前的旱魃事件中，也和迦樓羅打過照面，心裡肯定知道光憑兩人原本的戰力，絕對不可能打贏有鳳凰撐腰的歐陽旭。

所以，能突破僵局的武器肯定是必要的。

對於採取「固守工坊」策略的魔女來說，能在外戰鬥的棋子，也是必要的。

姜澪心頭一震，堆積在心中角落的重重謎團一口氣解開。

「阿雁，快離開那裡！」姜澪還沒來得及伸出手，數個透明的魔法文字就在空氣中顯現，無形的束縛將她全身上下一口氣捆住，四肢頓時動彈不得。

「很精彩的推理喔，姜澪同學。」魔女緩緩轉過身來，嘴角勾起一抹詭異的冷笑。

那一刻，姜澪終於回想起了，魔女傳說中一種名為「讀心術」的魔法。

「影鬼！」忍住心頭的驚慌感，姜澪立刻嘗試喚出御靈進行反擊，但腳下的影子卻靜悄悄地毫無反應。

「沒有用的，姜澪同學，那個術式能連同未靈化的御靈一同束縛，限制他們現身，我可不會讓妳有任何可乘之機喔。」南像是惡作劇得逞的小孩般，發出咯咯的笑聲，一掃平時知性的形象，全身散發著狂氣的魔性。

「老太婆，這是怎麼回事？」在術法的效果下，同樣遭到看不見的縛鎖綁住的唐雁皺起眉頭。

「總而言之呢，御靈京內除了我們之外的御靈，已經全數戰敗了。」南豎起手指，一根一根的數著，「土蜘蛛、饕餮、吸血鬼、地獄三頭犬，這些是我在你們去打鳳凰的時候，一個一個揪出來擊敗的御靈，現在的御靈京內，除了你、姜澪同學和我以外，已經沒有其他御靈或御靈者嘍。」

「那姑獲鳥呢？」

姜澪心急出聲道：「阿雁！她騙了你！根本就沒有姑獲鳥的御靈……嗚！」還來不及說完，無形的氣團就塞入口中，堵住她的嘴巴。

「哎呀呀，真是多嘴的小姑娘呢。」南眨眨眼睛，在魔力沁染下，汙濁的墨色將她的眼白染成漆黑一片，魔女的眼眶中，只剩下無邊無際的黑暗。

唐雁的氣息瞬間銳利了起來。

「沒有姑獲鳥的御靈?什麼意思?」

「就是字面上的意思唷。」南的嘴角朝左右大大咧開，「這次的御靈京內，本來就不存在姑獲鳥的御靈。」

唐雁的腦中一片空白。

「那……」

他呆望著面無表情的魔女，思緒快速飛轉著。

那個血淋淋的夜晚，姊姊殘破的身軀，自己悲壯的決心，追尋著姑獲鳥的蹤跡，四處奔波的他，一路突破無數艱險，打倒無數御靈，換來的真相卻是……

一個可怕卻接近事實的假設，浮現了出來。

唐雁的身體涼了半截。

「如果姑獲鳥不存在，那麼是誰殺了我的姊姊?是誰在學校旁的公園裡，把孕婦的肚子剖開……」

「不親口告訴你的話，就想像不出來嗎?」魔女輕摀住嘴唇，忍俊不禁。

愈來愈多的疑點和線索連接在一起，在唐雁的腦海中，拼湊出震撼的事實。

唐雁的雙目血紅，他咬緊牙關，把幾個字艱難地擠出牙縫。

「老太婆……該不會是妳……」

「阿雁，很抱歉，現實是殘酷的。」南語帶戲謔，用著對待心愛寵物的口氣誇獎道：「雖然對你感到很抱歉，不過，為了達到愈崇高的目的，就必須犧牲愈珍貴的東西，你在這段時間表現得很好。」

「怎麼會……我認識的南．夏洛特，不是會做出這種事情的女人……」唐雁扭曲著臉，心中還存在一絲茫然。

那個充滿智慧，處事果決又可靠的校長，怎麼想都不像是會以如此殘忍手段達到目的之人。

但血淋淋的事實就擺在面前，容不得他有半分懷疑。

「哈哈哈，你說得對。如果是南．夏洛特那個軟弱女人的話，那種事說不定真的做不出來。」女人的雙眼瞇成一條危險的細線，「但我就不一樣了。」

唐雁啞口無言地面對著眼前以南的外貌與他對話的「東西」。

「妳是……」汗水從唐雁的頰邊涔涔流下，「御靈『魔女』！」

「答對了！」望著唐雁震驚的反應，魔女露出陶醉的神情，滿意地點點頭，簡直就像犯罪後期望被抓到的凶手般，沉浸在被揭穿的快感中。

「南那個蠢女人，妄想著與我融為一體之後就能得到青春永駐的肉體，卻沒想到意識反倒漸漸被侵蝕了，現在想起來，那種慢慢把靈魂吃掉的感覺，還是很──美味呢！」魔女捧住自己的臉頰，完全無視遭到禁錮的兩人，開始興奮地摩擦起雙膝，「雖然平常也會借用她的人格模式來應對進退，不過果然還是這種完全支配的感覺最棒了！」

怒火在唐雁心中熊熊燃燒，他擠出渾身的力量試圖掙脫禁錮，憤怒的青筋爬滿他的額角。

「別動喔，兩位。你們應該也知道，只要在這座工坊中，就沒有人能違抗我的命令。」魔女笑了笑，輕點手指，原本靠著蠻力硬是將右手扯出束縛的唐雁，立刻又被壓制下來。

「為什麼……」

「嗯？」魔女挑起眉毛。

「為什麼選中我？為什麼是我！」唐雁咬牙怒吼。

姜澪看著幾乎崩潰的男孩，流下心疼的眼淚。

「很簡單，因為你是唯一一個和奇美拉完美契合的人選。」

早在大戰開始的一年前，魔女便開始著手準備即將到來的御靈京大戰。

當她發現唐雁擁有的特殊「身體條件」，超過七成的器官是由不同捐贈者移植而來，她便知道，這樣的唐雁就是最適合作為「嵌合體」的御靈者。

只要提前所有御靈者一步，把這方便差遣的強力棋子弄到手的話，毫無疑問地就能輕易存活到大戰終盤……不，現在看來，要成為「神」也不是什麼難事了吧！

「在觀察過你的個性和成長背景後，我認為『激起復仇之心』的方法會有效，果不其然……光是演了一齣鬧劇，就把你的忠誠給騙到手，還真容易呢。」

魔女那令人毛骨悚然的言語，讓姜澪的背部瞬間爬滿雞皮疙瘩。

「而你也不負所望的，帶著復仇的怒火完成了所有任務，剷除出現在工坊附近的許德拉，剷除棘手的鳳凰，阿雁，就這點來說，你的實力可說是無可挑剔呢……」

「住口！」唐雁的雙眼幾乎要噴出火來。

「我當初果然沒選錯人。」魔女自顧自地說了下去，「並不是你選擇了奇美拉，而是奇美拉選擇了你啊，阿雁。」

「所以我的父母還有姊姊，都是妳……都是妳殺……」

「事到如今，也沒什麼好否認的。」魔女沒有別開視線，而是饒富興味地看著唐雁死命掙扎，嘗試脫離無形束縛的模樣，「沒錯，為了讓你毫無退路，自願加入這場大戰，那個場景是我親手布置的。」

「混帳！」

幾乎有那麼一刻，唐雁的左腿就要扯開禁錮，朝魔女的方向踏出一步，但隨著南又點了點手指，這微不足道的抵抗又被迅速壓制住。

「別太難過，阿雁，你會這麼容易就被蒙在鼓裡，有一半是因為我的能力導致的。」

「什麼？」

「『魔女的呢喃』啊，源自於魔女從不述說真實，編造無數迷惑人心的謊言的傳說。只要我想，就能光憑言詞，迷惑大多數人的心智，你們和南．夏洛特一樣，都犯了一個最基本的錯誤，那就是……」

魔女的語氣中滿是促狹的笑意，「太過於輕視隱藏在眾多『魔女』傳說中難以估量的力量、還有不確定性……居然向這場大戰中，最不能信任的御靈卸下心防，會有這樣的結果，也只能說是自食其果吧。」

看著魔女緩緩站直身體，姜澪和唐雁無計可施，魔力的波動微微擾動周遭空氣，在她身邊掀起幾不可見的細小波紋。

「閒聊到此結束，接下來就照預定計畫的流程跑吧。銷毀奇美拉，迎來御靈京大戰的最終結果。」

說到這邊，魔女忍不住好心地補充道：「至少在御靈京運作的方式這點，我沒有騙你們喔。只要再消滅一個御靈，這次的大戰就算結束了。」

唐雁死命瞪著來到他身邊的魔女。

一股不好的預感湧上姜澪的心頭，她悄悄地掙扎，努力不動聲色，卻完全徒勞無功，空氣依然緊實包覆住她的身體，絲毫不為所動。

「阿雁，你和奇美拉的契合度好到不可思議，老實說，我之前完全沒有想到，居然有人能將這個人造御靈的力量，發揮到如此地步。」魔女輕撫著唐雁的臉頰，在他耳邊呢喃道：「但也正因為如此，現在就連我都無法把奇美拉從你身上分割出來了，所以……」

一柄刀刃彎曲的短劍，刺穿了唐雁的胸口。

「消滅御靈者，御靈也會自動消散，這個道理套用在人造御靈上，還是管用的唷。」魔女像是個淘氣的小孩般，闔起手掌，退後一步。

姜澪睜大眼睛拚命掙扎，悲痛的悶叫聲從被無形氣團塞住的嘴巴中傳出，迴盪在魔女的工坊中。

唐雁的口中噴出鮮血。

「別動，姜澪同學。」魔女冷冷地說道，才勉強脫出半個身體的姜澪，一雙手腕馬上被氣流鎖住，高高舉起。

「嗚！」

風的鎖鏈層層纏繞在姜澪的身軀上，勒進她的皮膚中，幾乎要把藍灣高中制服給扯碎，穿著長筒襪的豐潤大腿，也被擠壓得變了形，喪失力氣地顫抖著。

塞入女孩口中的無形氣團緊了緊，讓她幾乎透不過氣來。

「嗚……嗚嗚……」姜澪難受地緊閉雙眼，兩行眼淚滑落她的臉頰，滴落領口。

「妳還有別的用處，在我處理完這邊的事之前，安靜待在那邊吧。」

沒有理會拚命掙扎的姜澪，魔女平靜地等待著人造御靈奇美拉脫竅而出。

但從傷口中汩汩流出的血泉，卻像是水龍頭突然被扭緊般，倏地停住。

「選擇……雄獅格子……」唐雁撐著一絲意識，緩緩張開嘴巴，從嘴角滴下的血珠由紅轉黑。

魔女的臉色大變，急忙從袖子裡抽出魔杖，卻為時已晚。

「旱魃！」唐雁的瞳孔縮小成一點，身上的皮膚也瞬間脫水乾燥，呈現死屍般的深褐色。

御靈旱魃讓唐雁的肉體得以突破人類的極限，墨黑的雙爪一撕，化為殭屍的唐雁以不自然的姿勢彈起，朝南的方向襲去。

魔女也沒有因此失去該有的冷靜，只要還待在魔女的工坊裡，擁有絕對力量的她，就是無敵的。

魔杖一揮，唐雁被一股憑空生出的氣流鎖住，重重摔回地面。

沒有手下留情，南大喊了幾個魔法文字，幾道石刃從天而降，刺穿了男孩的身體，將他狠狠釘在地上。

「遊戲結束，你已經沒有必要繼續掙扎了，阿雁。」魔女咧開嘴脣，勾起一抹詭異的笑容，單手一伸，將魔杖點在唐雁的額頭上，「很遺憾的，這個御靈並非真的不死，它還是有所謂的『弱點』。」

頭部。

古今中外的殭屍電影、小說，乃至遊戲等衍生創作中，只要破壞殭屍的大腦中樞，就能「確實」地殺掉對方。

這就是旱魃不死特性的唯一缺陷，也是南所說的「並非真的不死」的原因。

「嗚咕……」全身都被強大的力量釘在地板上，唐雁完全動彈不得，連像樣的掙扎都辦不到，更遑論是逃脫了。

「看在曾經並肩作戰的份上，你如果還有什麼遺言，就說吧。」魔女看著死命狠瞪她的唐雁，開玩笑似地說道。

「哼……」唐雁不發一語，只是勉強牽動僵硬的臉部肌肉，勾起一抹冷笑。

思緒在他的腦海中飛馳，儘管聽到真相後，怒火攻心，但他並沒有因此而被蒙蔽了眼睛。

聽到魔女願意給他多一點時間，唐雁原本是打算隨便說些什麼，拖延迎向死亡的時刻，但身體隱隱產生的異樣，卻把他的注意力吸引過去。

過了兩秒，唐雁才確定了傷口附近傳來的細碎觸感，是怎麼一回事。

身體的嚴重傷勢正在癒合。

唐雁皺起眉頭。

印象中，御靈旱魃的特性，並不包括如此強大的自癒能力才對，雖說受了重傷也能行動，但身上的傷口，並不會因此而癒合，而是會留下乾涸的巨大裂口。

從姜雪當時靈化的狀況，就能如此推斷。

那麼，現在這股從傷處湧出的暖意，又是怎麼回事？

「無話可說嗎？阿雁。」魔女看著沉默不語的唐雁，頗感無趣地嘆了口氣，魔力開始聚集在魔杖頂端。

唐雁心頭一震。

他想起來了，在姜澪把鳳凰的眼淚放入姜雪胸前時，魔女說過這麼一句話——「再過一、兩個小時，等鳳凰眼淚的效果完全作用完之後，她應該就會清醒過來了。」

也就是說，迦樓羅送給自己治療左手的那滴眼淚，現在還在作用中。

但即便擁有鳳凰的眼淚，如果腦袋直接被破壞，再強的恢復力也無濟於事，因此他現在能做的就是……

唐雁鬆開山羊格子，悄悄讓丑時之女的御靈能量回歸地脈中，並用嵌合體的能力，吸收殘留在自己體內的鳳凰眼淚。

不夠。

唐雁氣餒咬牙。

剩下的鳳凰眼淚中，已經沒有足夠的力量讓自己進行完整的靈化了。

也就是說，就算此時把旱魃切換成不完全的迦樓羅，也無法逃過死亡的命運。

頂多噴幾發凰炎，沒辦法浴火重生。

放棄抵抗的唐雁，只得輕嘆一口氣，閉上眼睛，沉浸在懊悔之中。

沒想到自己憑著一股燃燒的復仇怒火，在御靈京中拚命征戰，最大的敵人卻潛伏在背後不遠處。

當初真不應該聽從南的指令，去對付和魔女相性不佳的鳳凰。

只希望魔女在殺掉他之後，能放過無辜的姜澪姊妹。

等等。

唐雁猛地睜開眼睛。

站在他面前，正打算下咒的魔女，也被他突如其來的舉動挑起興趣，握著魔杖的手微微一頓。

快想，為什麼這個女人會說「魔女和鳳凰的相性不佳」？有什麼事蹟或傳說，是同時提到鳳凰和魔女的？

與迦樓羅戰鬥時，那漫天的灼熱烈焰，再度浮現在他的腦海中。

不對，她害怕的不是鳳凰。

是火焰！

自古以來，尤其是古歐洲盛行魔女獵殺時，最為人知的殺巫方式，就是象徵神聖與淨化的火焰。

「選擇……山羊格子……」唐雁半閉著眼睛，垂下頭，用幾不可聞的聲音喃喃念著。

「永別啦，阿雁。」於此同時，魔女也終於失去等待的興致，從魔杖頂端射出一串尖銳的綠色光束，直指唐雁的額頭。

「迦樓羅！」

「什麼？」

魔女及時退後，大量金黃色的火焰噴湧而出，吞沒射向唐雁的綠光，燒毀釘在身體上的石刃，湧向四周。

翻身站起的唐雁，感受到自己體內的鳳凰能量已所剩無幾，即使坐擁御靈相剋上的優勢，想要一下子把毫髮無傷的魔女幹掉，肯定還是不行的，不過……

唐雁大吼一聲，沒有費勁去凝結什麼羽狀火焰箭，劈面就是一記熱辣的火拳轟去，果然魔女不敢硬接，啵地一聲消失在原地。

一陣旋風颳起，魔女輕巧地落在唐雁背後。

「哎呀呀，命比我想像中的還硬呢，居然還暗藏著這種御靈啊，阿雁。」魔女不以為意地說道，地板上爆出粗大的樹根，朝唐雁纏去，卻被凶暴的火焰瞬間燒盡。

「氣勢倒是挺強的，但你能堅持到什麼時候呢？」

「哦噢噢噢噢噢噢噢噢！」四肢重獲自由後，唐雁徹底解放心中那股復仇的狂野怒氣，連獵刀都捨棄不用，雙手握住兩團猛火，就朝魔女攻了過去。

速戰速決！

「看來是用吸收到的剩餘力量做成的偽品，想用這種東西傷到我，還早一百年呢。」

魔女輕輕念了念咒語，一股巨力就直接把迎面衝來的唐雁轟了出去，倒飛著摔到工坊的另一角。

唐雁一路翻滾到牆邊，剛好停在被綁得密不透風的姜澪旁邊。

「呸！」唐雁把嘴裡殘留的血腥味全部吐出來，撐著膝蓋站起身。

姜澪不忍心繼續看著明顯在逞強的唐雁，悄悄別開臉，無力感油然而生。

魔女此時也上下打量起渾身是傷的男孩，忍不住竊笑出聲：「阿雁，我再說一次，用那種馬上就會消耗完的能力，是不可能打贏我的喔。」

女人指間握著的短魔杖再度指向唐雁，驚人的魔力緩緩凝聚在魔杖前端。

鳳凰的殘餘力量的確所剩不多，光是前面短短幾次突襲，就幾乎耗盡了山羊格子內的所有能量。

不過，還剩下一擊的機會。

「就算把剩下的所有火焰，集中在這一拳上，應該也傷不了妳吧。」唐雁吐了口氣，望著自己燃燒的左拳。

「無所謂，你可以盡情試試看。」

「不，不用試了，肯定是傷不了妳的，這點自知之明，我還是有的，但是……」

「但是？」魔女不以為意地冷哼了聲。

「這一拳，並不是要打在妳身上！」唐雁一咬牙，左拳拉到臉側，重心由左腳轉到右腳，肩膀旋動，腰、背同時發力。

炙熱的火拳，朝地面俯衝。

轟！！！！！！

石破天驚的一擊，震碎了工坊的地板，金色的火焰炸裂，瞬間將地上的木條鋪面一個個翻起。火團不斷變大，席捲過除了唐雁和姜澪所在的一小塊區域外的每個角落。

擺在角落的大燉鍋、塞滿書籍和各式魔杖的玻璃櫃、辦公桌、皮椅、兩張長沙發、裝有奇怪液體的透明瓶子，魔女的工坊內，所有事物全數陷入火海中。

就連校長室的前、後兩面牆板，都被這一拳的餘威轟碎，石塊、瓦礫紛飛，露出外頭剛入夜的天空，和面朝校園方向的走廊。

一口氣把迦樓羅剩餘能量都打出去的唐雁，身體一空，跪倒在地，勉強換上雄獅格子中的旱魃，凝停生命機能，止住幾個還來不及收口的傷勢。

魔女揮揮手，解除包覆在她身邊的泡泡形狀薄膜。

對比幾乎全毀的工坊，女人就連衣角都沒燒焦半點，依舊毫髮無傷。

「看來是結束了，阿雁，我早就說過，雖然魔女的御靈對火焰的相性的確相當差，但光憑那種冒牌力量，就算是你，也不可能打敗我的。」

唐雁撐起身體，冷冷一笑，僵硬的雙爪染成墨黑色。

「妳說得沒錯，就算用剩下的旱魃能量硬上，我也不可能打贏真正的魔女。」

唰啦一聲，唐雁猛地撕開捆綁住姜澪的空氣縛索。

「但是她能。」

在替女孩把塞住嘴巴的氣團拉出來後，嵌合體內儲存的能量也真正耗盡，唐雁恢復成普通的樣子，拔出腰間的獵刀。

「影鬼！」才剛脫困，姜澪就立刻進入靈化狀態，黑色的長大衣披上她的肩膀，她摘下眼鏡，手握死神鐮刀，擺出戰鬥姿勢，絲毫不敢大意。

「澪，抱歉，剛才沒辦法現身救援……」黑色的刀刃中，傳來影鬼歉疚的聲音。

「沒關係的，現在暫時把力量借給我吧，影鬼。」姜澪深呼吸一口氣，強迫自己鎮定下來。

「哦？二打一嗎？」女人饒富興味地揚起眉毛，忍不住勾起笑容，「沒用的，只要在我的工坊裡……」

「妳說什麼工坊？」唐雁淡淡地打斷魔女的話語。

放眼望去，四處都是被剛才那陣大火肆虐過的痕跡，除了比較堅固的大玻璃櫃外，所有傢俱和物品都付之一炬，就連四面牆壁都少了其中的兩面，這個空間，就連叫做「房間」都有點勉強了，更何況要稱為「魔女工坊」。

魔女臉色大變，直到這時才明白了唐雁剛才傾盡全力的一拳，其中蘊含的目的。

只要在工坊裡，魔女的御靈者就是無敵的，可以坐擁無限的魔力和規則的賦予權，就像剛才突如其來的空氣縛索，與影鬼遲遲無法現身救援，都是「魔女的工坊」賦予的權能。

這把大火雖然還是沒有傷到魔女，卻成功破壞工坊內部。

當這個房間的外觀，不再呈現一般人想像中「魔女工坊」該有的模樣後，即使房內的魔杖和器具沒有全壞，它所帶來的加護，還是會隨之消失。

這就是以傳說和事蹟、以人類的認知為力量的御靈，不得不遵守的規則。

唐雁利用這個規則，砸了魔女的工坊，破壞了魔女占盡的優勢。

沒有無限的魔力，沒有不講理的加護，雙方重新回到同一個高度，平等的戰鬥。

「哼。」魔女環視四周，表情逐漸冷了下來。

她明顯感受到，絕對能獲勝的力量緩緩從身上消退了。

原先擁有絕對優勢而產生的十足十把握，在唐雁驚天一砸加上姜澪與影鬼的順利靈化後，竟讓魔女內心產生些許對於戰局的不確定感，信心微微動搖。

「就算沒有了工坊的加護又如何，阿雁，你和奇美拉都已經到了極限，就算苦苦撐著還沒倒下，也不可能再戰了，我說得沒錯吧？」魔女走到玻璃櫃旁，挑出一根勉強逃過火舌的長杖，緩緩轉過身來。

一頭烏黑的長髮如蛇般揚起，飄散在姣好的面貌旁，魔性的氣質張揚開來。

一長一短，魔女手中握住兩根法杖。

現在的她，需要使出最強的力量。

「是又如何？」唐雁嘴硬反駁。但他心裡知道，豈止無法再戰，現在的自己光是忍著傷口處傳來的劇痛，沒有馬上失去意識，就已經用盡全力了。

豆大的汗水從他的背上滑落。

「呵，算了，工坊被破壞掉也好，這樣一來，我就可以毫不保留地使出全力了，我會盡量快速地送你去家人身邊的，阿雁。」魔女慢條斯理地揮舞著右手的長法杖，在虛空中塗寫著發亮的魔法文字，身邊的魔力高漲。

唐雁咬著牙，只能看著指向自己的殺意逐漸脹大，卻無計可施。

姜澪上前一步，擋在唐雁面前。

「我不會再讓妳傷害阿雁了。」

死神的鐮刀閃耀著漆黑的光澤。

「姜澪同學，請妳馬上退開，身為正統御靈者的妳還有別的用處，請愛惜生命。」面對姜澪的阻攔，魔女沒有生氣，好言相勸道。

「我拒絕。」姜澪的眼神中，閃爍著罕有的堅定，「收手吧，校長……不，魔女！現在還來得及，只要好好改過自新……」

「嗯？妳該不會真的以為，我無論如何都不會殺妳吧？居然還敢對我訓話！」魔女臉上沒有絲毫笑意，長杖一揮。

「這樣想，妳就大錯特錯了！」

終章

風、雷、冰、火，四種屬性的魔法從展開的魔法陣上噴出，朝兩人襲來。

「阿雁，快後退！」姜澪一個箭步趕上，揮動大鐮刀斬開魔法。

稍早前與迦樓羅硬碰硬的她，其實消耗也相當巨大，但聽到魔女對唐雁做的事後，一股由心底熊熊冒出的怒火，占據了女孩的心頭。

絕對不能讓她再傷害阿雁！絕對要打倒她！

「哈啊！」姜澪突破魔女設下的防禦界線，高高躍起，死神鐮刀對準女人的眉心，當頭落下。

魔女沉下臉，橫過手中的長杖，硬碰硬架住大鐮刀，左手短杖從下方穿出，對準姜澪的臉。

砰轟！

壓縮成團的魔力彈飛出，擦過及時偏頭閃過的姜澪臉龐，揚起她的半邊秀髮。

姜澪咬住嘴脣，順著魔女猛力推開的長杖的勢頭，一個側翻，鐮刀橫掃。

魔女左手的短杖劃下一道魔力障壁，將漆黑的刀刃反彈回去。

「呀啊！」失去重心的女孩，被緊接著趕上來、纏繞著冰霜的長杖掃中側腹，狠狠摔了出去，撞在伸手接住她的唐雁身上，兩人滾成一團。

「沒事吧？」身上還沒癒合的傷口又被扯開了一部分，唐雁齜牙咧嘴地問道。

「啊……」姜澪痛苦地摀住被無數細小冰刺鑽入的側腹，掙扎著站起身來。

即使失去了在工坊中為所欲為的權力，與南的身體幾乎完全同化，甚至掌握了意識主導權的魔女御靈，還是超乎尋常的強，幾乎不下於單獨作戰的迦樓羅。

要說御靈傳說流傳的廣度和多元性，經過無數小說、童話改編的「魔女」，絕對是站在所有御靈頂端的存在，若是想從花樣百出的戰鬥中，尋求破綻攻擊的話，不論是哪樣的御靈來做南的對手，都肯定會吃上大虧。

唯一的希望，就必須賭在「絕對無法防禦」的大技上。

魔女與姜澪彼此對視，緊繃的空氣一觸即發。

忽然間，姜澪發現魔女的眼神，並不完全聚焦在自己身上。

若有似無的，魔女悄悄望向背靠著牆壁，幾乎筋疲力盡的唐雁身上。

直到此刻，她還是不斷尋找機會，想殺掉身負人造御靈的唐雁。

姜澪的心口一緊，一股難以言喻的情感湧上。

到底為什麼？為什麼只是為了「成為神」的願望，就可以不斷凌遲這個男孩的心靈，屠殺他的家人、欺騙他的感情、把他當棋子般任意利用完後，最後將他當作垃圾般殺掉？

「絕不允許……」姜澪低垂著頭，肩膀微微顫抖。

「妳說什麼？」魔女皺起眉頭，收起先前談笑自若的態度，她感覺到有什麼事物，在姜澪的體內產生了變化。

「絕不允許妳再傷害阿雁！」姜澪憤怒地大叫，揮起瞬間脹大數十倍的死神鐮刀，漆黑的風暴席捲過布滿焦土的房間，揚起陣陣煙塵。

劇烈的風壓讓魔女一時間睜不開眼睛，但她沒有因此失去冷靜，將長短兩柄法杖交叉在胸前，凝聚出堅固的魔法盾牌，避免突如其來的偷襲。

但預期中的猛攻卻遲遲沒有到來，直到煙塵散去，魔女重新睜開眼睛，什麼也都沒有發生。

——不，事實上，的確有什麼事發生了。

從牆壁破口處，可以看見染著腥紅的一彎新月，夜空也變成宛如乾涸血漬般的暗紅色，原本還是魔女工坊的房間地板、牆壁，全部覆蓋上一層深褐色的腐土，漆黑的不知名植物根部、和散落的枯骨，爬滿了四處。

一股中人欲嘔的死亡氣息，飄蕩在空氣中。

這是「死的世界」。

自古以來，所有曾經從瀕死狀態清醒過來的人們，共同描繪出來的，死亡的世界。

回應姜澪心中那份怒氣的，正是這副景象。

絕對要殺死眼前對手的覺悟！

魔女察覺到情況不妙，緩緩後退了一步。

「校長……」姜澪扛著刀刃上滿是罪惡鮮血的大鐮刀，眼神暗沉。

張狂的殺氣直衝魔女的臉上，一絲寒顫在她的齒間打轉。

姜澪雙手緊握，死神鐮刀微晃，眼看就要破空揮出。

「等、等一下！姜澪同學！」意識到在這個場域下，無論用什麼樣的魔法，都無法防禦住這一擊，魔女急急大喊：「別動手！妳不明白御靈京的真相，殺掉我之後，會有更可怕的事情發生啊！」

大鐮刀停頓在空中。

一如既往的，是用話語影響心智的魔女的呢喃？不對……

「就算妳說的是真的……」姜澪咬緊牙關，「妳對阿雁做的事情，也還是不可原諒！」

魔女警覺地開始念咒，隨著高速彈動的舌尖，無數神祕的魔法符號，排成一個個序列，環繞在她的身邊，形成半圓形的護罩。

「吾乃深淵與黑暗的主宰。」在御靈京中，響起過無數次的話語，再度從姜澪的口中流瀉而出，「冥河的擺渡者、亡靈的引導者、地獄的審判者，引領死亡之人、收割靈魂之神。」

漆黑的大鐮刀，隱隱散發出血紅的光芒。

魔女把長杖往地上一插，舉起左手的短魔杖，憑空畫出一個圓盾的符號，完成最後的防禦準備。

但，這把鐮刀，可是能強行附加死亡因果的武器。

「死神鐮刀．桑納托斯！！！」

看似堅不可摧的護罩，被纏繞著血光的漆黑刀刃一擊粉碎，暴風般的死亡渦流，瞬間吞噬來不及逃生的魔女，將她拖入深淵般的黑暗中。

「啊啊啊啊啊啊啊啊啊啊啊啊啊啊啊！」魔女發瘋似的尖叫，無數被自己殘殺過的人們悽慘的死狀，被強行灌入她的腦袋中。

遭活生生開腸剖肚的痛苦，看著自己不斷失血，直到身體漸漸冰冷、死去的恐慌，全部疊加在一起，侵占著魔女的意識，幾乎讓她瞬間昏過去。

姜澪拚命地緊握在魔女御靈頑強的抵抗下，不斷劇烈震動的死神鐮刀，將南身上的御靈一點、一點地拖出來擊毀。

唐雁半睜著眼，凝視這一切。

從被侵蝕的精神中緩緩甦醒的南，與慢慢被死神鐮刀吞噬的魔女御靈，同聲淒烈的慘叫，兩張一模一樣的臉龐，分開又重合。

分開，又重合。

姜澪的額前滿是汗水。

分開、重合，接著分開。

「消滅吧，魔女！」姜澪用盡全力大叫，死神鐮刀的黑氣猛然纏上御靈魔女模糊不清的身影，將她的生命和精力瞬間吸乾。

和南有著一模一樣臉孔的魔女，用著肉眼清晰可見的速度開始老化，圓潤飽滿的肌膚漸漸萎縮，皺紋爬上她的眼角、額前，細白的髮絲占據了不再柔順的黑髮。

轉眼間，魔女的御靈就耗盡所有能量，消失在大鐮刀的刀尖下。

意識迷離的南，頹然倒在地上。

姜澪也失去全身力氣，跪了下來，拄著鐮刀大口大口地喘氣，靈化狀態漸漸褪去，黑色大衣也化成漆黑的粒子，消散在空氣中。

「沒事吧，澪?」幾乎耗盡力量的影鬼，語氣中滿是擔憂。

在和迦樓羅激戰結束沒多久，就馬上使出超越極限的靈化，不管怎麼想都太過勉強了。

「我……沒事……」姜澪伸手摀住嘴脣，勉強忍住一聲乾嘔，摸索著拿出眼鏡戴上。

唐雁支著膝蓋起身，拖著疲憊的腳步朝姜澪與影鬼走來。

隨著魔女御靈消失，靜界也旋即解除，被燒焦的「魔女工坊」與姜澪的「死之世界」化為虛無，唐雁、姜澪還有奄奄一息的南，眨眼間回到了現實世界的校長室中。

牆上的掛鐘滴答響著，姜雪依舊在沙發上熟睡。

一切就像什麼也沒發生過般。

淚水從南的眼角流下，女人失去了全身的力氣，癱軟在地板上。

唐雁悄悄走到她的身邊，用複雜的眼神，看著這位曾對他照顧有加的長輩。

理智上，他知道南其實也是個受害者，但情感上，卻忍不住想責怪這個身為幫兇的女人。

心思亂成一團的唐雁，不知道該如何開口，只能靜靜垂首佇立。

「……為什麼？」沉默了許久，唐雁還是只能吐出這三個字。

為什麼偏偏選中我？為什麼要殺了我的家人？為什麼要欺騙我？為什麼要不斷製造姑獲鳥存在的假象，引誘我深入險地？為什麼不惜如此，也要得到御靈京的勝利？為什麼要用這樣可怕的方式，來打這場戰爭？

但這些質問，早在魔女御靈被消滅時，就已經回歸無意義的虛無中了。

因此，現在從唐雁口中落出的話語，形成了一個在御靈京的歷史中，亙古不變的疑問。

「老太婆，妳是為了什麼才決定參戰的？」

「……因為我想贏。」南仰躺在地上，並沒有因為流下的淚水而哽咽，她用平靜的、彷彿事不關己的語氣說著：「因為我必須贏。」

姜澪走到唐雁身邊，擔心地拉著他緊握的拳頭。

「很多年前，我的左邊乳房出現了惡性腫瘤。」南那時光停滯的年輕臉龐，緩緩放鬆下來，「及時與御靈締結契約的我，憑藉著魔女不老的特性，讓身體機能回溯，停駐在青春的時代，奇蹟似地活了下來。」

南獨自經歷了無數崩潰著無法入睡的夜晚。每天早上醒來，都擔心著不久後的某天是否會死去，這樣殘酷的精神折磨，幾乎把南給逼瘋。

直到那天，與魔女定下契約。

「從那之後，我就害怕著死亡。」

輕輕按著自己左邊的側乳，南閉上眼睛。

「在得到年輕美貌後，我更畏懼著老去。」

唐雁不再激動地握拳，而是別開眼。

因為眼前的女人，渾身散發著令人不忍直視的悲傷。

「這也是為什麼，我甘願冒著與魔女御靈同化的風險，也要長期維持著靈化狀態。『成為神』什麼的，都是其次，我只想要好好抓牢生存的希望，好好保持永遠的青春……僅此而已……」大顆大顆的淚水滾落南的臉頰，滲入她的髮際，「但是現在，失去御靈的我恐怕會比平常人更迅速的老死吧……明知道自己的死期就在眼前，那種絕望感……唉……」

長嘆一聲後，南輕輕睜開雙眼。

「你們也真夠愚蠢的，明明對御靈京的真相一無所知，卻還無視魔女的警告……」

「御靈京的……真相？」姜澪聽到南從剛才開始就掛在嘴邊的關鍵詞，忍不住問道。

「傻孩子，妳沒想過，為什麼魔女不惜費盡精神，做出奇美拉人造御靈，也要確保還有另外一個正統御靈者活下來嗎？」

姜澪猛然想起，魔女在對唐雁痛下殺手時，對被綁在旁邊的她說了一句話。

——身為正統御靈者的妳還有別的用處。

「御靈京的最後勝利者……並不會成為神。」

「妳說什麼？」就連唐雁也不敢置信的睜大眼睛。

「不，正確來說，的確會『得到如同神般強大的力量』，但並不是成為神。」南苦苦笑著搖頭，「你們真的以為，對御靈如此畏懼的人類會放任御靈京的勝利者，得到足以顛覆社會的力量嗎？」

「可、可是……妳剛才說，勝利者會得到如同神般強大的……」

「那是真的。」南打斷了姜澪的話語，逕自說下去：「但是除了得到神的力量外，勝利的御靈者和御靈，還會遇上另一件事。」

「什麼事？」唐雁皺起眉頭。

「承載著所有御靈和御靈者亡魂的那股力量，因為過於強大，當初創造御靈京的人類異能者們，擔心勝利者會濫用『神的力量』，所以預先準備了預防機制。」南露出疲憊的笑容，繼續解釋：「產生勝利者後，和賦予力量同時啟動的機制，就是……『把一名御靈者和御靈拖入地脈中，強制進入無止境的沉睡』，如此一來，才真正達到每百年，清除一次御靈的意義。」

姜澪的腦中一片空白。

「欸?」

「原本我的計畫是得到力量後,在魔女工坊內,以工坊賦予的權能迅速施法,讓地脈的吸收轉移到另一名御靈者身上,也就是妳,姜澪同學——讓妳代替我被拖進地脈中。」意有所指地望向困惑的姜澪,南淡淡說道:「這樣就能在成為神的同時,避免被強制進入沉睡了,這是我原本希望能達成的目標,不過……」

現在,御靈京內所有的御靈,都宣告戰敗了。

彷彿不忍觀看接下來的畫面般,南再次閉上眼睛。

「差不多要來了。」

大地劇烈震動。

「喂,不是吧?」唐雁連忙站穩身軀,左顧右盼。

突如其來的大地震讓藍瀞高中的校舍瘋狂搖晃,乒乒乓乓,各種物品傾倒的聲音不絕於耳,建築的結構體深處,發出危險的碎裂聲。

姜澪腳步一個不穩,失去平衡摔倒在地。

「糟糕,校舍是不是撐不住了?我們要不要趕快去操場?」唐雁一把拉起撞到鼻梁骨正痛得流出眼淚的姜澪,謹慎地感受著建築物受損的程度。

「去哪裡都沒用的。」南噗哧一聲輕笑出來。

「什麼叫去哪裡都沒……」唐雁話還沒說完,校長室的地板,就在瞬間被拆成碎片。

唐雁、姜霈、倒在地板上的南，還有睡在沙發上的姜雪，全都失去立足之地，朝下方摔去。

「什麼鬼！」

「呀啊！」

龐大的黑色能量，從地脈中竄出，像是海怪的觸手般，將藍灣高中的校舍硬生生扯斷，鋼筋、瓦礫四處飛濺，崩落成一塊塊無用的碎石。

校長室身處裂縫正中心，四人朝下墜落，時不時撞到翻滾的瓦礫上，被尖銳的石屑割傷，險象環生。

「阿雁！快幫幫小雪！」

「哦哦！」唐雁憑著靈化的敏捷體能，在亂石中飛竄，一把橫抱住摔落的姜雪，還順手撈起同樣無力行動的南。

「要掉下去了！」唐雁大聲提醒，大地裂開一個危險的大縫，所有人同時掉了進去。

幸虧這道裂縫雖然寬闊，但也頂多四層樓左右的深度，身為御靈者的他們，要安全著陸並不難，問題在於……

像是不知名怪物般，張牙舞爪朝他們撲來的巨大黑色能量。

「那什麼東西啊！」唐雁的大吼，幾乎被石塊彼此撞擊的巨響掩蓋過去。

轟隆隆隆！

「那就是神的力量本體……」就連南也不禁張大眼睛。

戰敗的懊悔、死去的痛苦、夢想未竟的不甘，諸多戰死御靈悲傷的情緒，交織在這股黑色能量內，鼓盪出陣陣刺耳的哀鳴。

這股力量，出自於所有敗退御靈的集合體，因此也一併吸收了他們的哀痛與執念，成為了宛如黑暗怪物般的存在。

從地脈中竄出的黑色能量，朝身在半空無處可逃的姜澪湧去。

「啊啊啊！」她的腳踝被黑色能量攫住，朝正下方裂縫中，那片深不見底的黑暗拉去。

「澪！」

危急中，影鬼的身影乍現，嘗試用鐮狀黑影斬斷綁在姜澪腳踝上的能量，但卻徒勞無功，反而一同被更多的觸手纏上，拖向地底。

唐雁踩著懸浮的石塊，朝姜澪俯衝過去。

「快！伸手！」

「阿雁！」姜澪的眼角掛著驚慌的淚珠，她從已經覆滿全身的黑色能量中，盡全力掙脫出一隻手，朝天空伸去。

「哦哦哦哦哦哦！」唐雁怒吼著，奮力一撈。

兩人的指尖，以毫釐之差交錯而過。

男孩與女孩的眼中，映照著彼此的身影。

張狂的黑色，覆蓋住姜澪的面容，朝唐雁伸出的手，在最後一刻被完全吞噬。

黑色的能量怪物，瞬間縮入地底，只留下一道巨大的裂縫。

唐雁及時扭轉身體，重重摔在裂縫底部，用背部保護懷裡的南和姜雪。

「怎麼會……」勉強爬起身來，唐雁環顧著四周。

空蕩蕩的大地裂縫中，除了他自己以外，只剩下意識不清的姜雪，和動彈不得的南。

那個總是害羞地扯著他衣角的女孩，卻不見蹤影。

從地脈中竄出的黑色能量，也像是從來沒出現過般，未殘留下半點。

「可惡！」唐雁憤恨的一拳，重重捶在地面。

尖銳的瓦礫，在他的拳頭上留下血痕，鐮刀般的新月，靜靜地映照著這一切。

◆

姜澪睜開雙眼。

周圍是一片黑暗。

她連忙將雙手舉到面前，十根白皙的手指散發著微光，清晰可見。

在確認自己不是失明後，姜澪才稍微鬆了口氣。

「阿雁？」試探性地喊了一聲，但理所當然的，沒有人回應她的叫喚。

「小雪？校長？」

姜澪的聲音，在不知深度和材質的無邊黑暗中，激起陣陣回音。

其實她心裡清楚知道現在是什麼樣的情況，也知道在這裡，無論怎麼叫喚，都不會有任何人回應她。

姜澪輕輕握住拳頭，充盈全身的力量，讓她散發著微光，但在這無際的黑暗中，就算擁有如此強大的力量，也毫無意義。

還剩下一個名字，姜澪遲遲沒有喊出口。

因為她害怕，就連喊出這個名字，都沒有人回應。

沉默了許久，姜澪才怯生生地張開嘴唇。

「……影鬼？」

漆黑的風暴，在她的身邊凝聚，身穿大衣的黑髮男人，輕輕落在女孩身邊。

「澪，妳沒事吧？」影鬼金色的瞳孔，閃耀著擔憂的光輝。

在這片黑暗中，看到熟悉的御靈搭檔，姜澪只差一點就要哭了出來。

她還來不及感動地撲上去抱住影鬼，一股強烈的倦意，就湧上她的意識。

「澪，聽我說。」身上同樣散發著微光的影鬼，輕輕扶住一個踉蹌差點跌倒的姜澪，眉頭緊蹙，「時間不多了，再過不久，我倆都會陷入沉睡。」

「嗯……」事實上，姜澪現在就很想睡，眼皮像是拖了沉重的鉛塊般，幾乎睜不開來。

「醒醒，妳不能就這樣沉睡在這裡，澪，想想妳的妹妹。」影鬼搖晃著她的肩膀。

一想到姜雪，她振作起精神，回望那對金色的眼睛。

「妳必須從這裡逃出去。」影鬼斷然說道。

「可是要怎麼做？如果能逃出去的話，校長就不必準備這麼複雜的計畫了啊……」姜澪遲疑地說道。

「不，不是這樣的，澪。」影鬼搖搖頭，「那是在身為御靈者的前提下，才會無法逃生。」

姜澪似懂非懂地歪著頭。

「身為御靈者?」

「嗯，妳還記得鳳凰的御靈嗎?」

「記得。」

想起那九死一生的經歷，姜澪都還心有餘悸。

「事實上，鳳凰就是上一回御靈京的勝利者。」

「欸?」姜澪驚訝地摀住嘴巴。

但牠卻沒有被吸入地脈之中。

與先前聽聞的御靈京規則相悖的結果，如同黑暗中擴散的光芒，直直照進姜澪心底。雖然一時間還無法全數吸收，但姜澪還是本能地相信影鬼，開口問道:「為什麼……那牠的御靈者呢?」

「這就是我接下來要說的事情。」影鬼將雙手放在姜澪的肩膀上，正色凝視著她，「澪，妳必須放棄與我的契約，將這份力量轉讓到我身上。」

姜澪沒能馬上理解影鬼的意思，漸漸遲鈍的腦袋，正嚴重影響她的思考能力。

「澪，聽好，妳必須放棄這份力量，回歸成原本的樣子。」影鬼焦急地拍拍女孩的臉頰，試圖讓她恢復清醒。

「那你呢……你怎麼辦?」姜澪撐著昏昏沉沉的意識，抬起頭，望向影鬼的雙眼。

「我會留在這裡，在地脈中陷入永恆的沉睡。」影鬼語氣平靜，「在吸收掉妳那部分的力量後，我會與這片大地同化，就像鳳凰的御靈者，為自己的搭檔做的事一樣。」

姜澪拚命搖頭。

不行，無論如何都不行，這樣的結局對影鬼來說，太悲傷了……獨自一人在無邊無際的黑暗中沉睡，這種永恆的孤寂感，絕對不是任何人能忍受的。

「我留下來陪你。」姜澪用力抓住影鬼的袖口，晶瑩的淚水從她的眼角滑下。

「不，對澪來說，上面的世界，才是真正的未來。即使沒有我，也不過就是回歸到御靈京大戰開始前罷了。」影鬼忍不住苦笑，「不對，沒有我的話，澪會過得更加快樂才對。」

在姜澪的生命中，死神的力量不斷將她所珍視的人們給帶走，拖進墳墓中。

姜澪難過地垂下眼簾。

就算能一起平安地回到地面，她身邊的人們，恐怕也會像從前一樣，一個接一個地死去吧。

他不能讓她再承受這樣的痛苦了。

「抱歉，澪，一直以來，給妳添了這麼多麻煩。」影鬼輕輕摸了摸她的頭，露出一抹溫和的微笑，「在奪去妳這麼多重要的事物後，至少讓我在做為御靈的最後時刻，盡到保護御靈者的義務吧。」

姜澪低下頭，感受著這份溫暖的觸感。

她知道影鬼錯了。

自從搭檔以來，影鬼時常自嘲地說，御靈們是從傳說中被虛擬出來的人格，並沒有人性化到能表現出真正的感情——但如果真是如此，這股直竄全身的暖意，又是什麼東西呢？

就算是真正的人類，又有多少人能表現出這樣真摯又溫柔的情感呢？

象徵純淨力量的白光，隨著影鬼放在姜澪頭上的手掌，開始緩緩流動。

等姜澪察覺到攀附在意識上的疲倦感漸漸退去後，身上的微弱光芒已經完全消失。

影鬼收回按在她頭頂的手掌，他的輪廓在強盛的白光照耀下，顯得有些模糊。

「影鬼……」姜澪擦擦臉頰上的淚痕，抬起頭，「我……」

隆隆隆隆……

深邃的回音，突然在一片黑暗的世界中震盪起來，就連兩人腳下踩著的平面，也變得不穩傾斜。

「澪，沒時間多說話了，因為把戰敗御靈的力量集中在一點，所以地脈下的空間，也開始失去平衡了，這個地方馬上就會崩壞，我會沉到更深處的地方去，妳得盡快離開。」影鬼拉住姜澪的手臂，正色說道。

離開？

像是回應姜澪心中慌亂的疑問般，影鬼朝遙遠的上方指去。

一個個潔白的方塊，像是階梯般連接在一起，直通往遠方黑暗中閃爍的圓洞。

「我替妳開路，快跑，澪！」

「可是……」姜澪回過頭，正想說些什麼，影鬼就一把抓住她的手臂，往上空甩去。

「哇啊啊啊！」突如其來的浮游感，讓姜澪一瞬間失去了冷靜。

「快跑！」影鬼大吼。

姜澪七葷八素地摔在由影鬼製成的白色階梯上，眼鏡歪到一邊，她連忙爬起身，扶正鏡框，往下看。

失控的黑暗像雪崩般朝影鬼湧去，將他拖入更深的地底。散發著光芒的影鬼，用他金色的雙眸，凝視著女孩的身影。

再見了，澪。

影鬼的雙唇動了動，露出微笑。

「影鬼！」姜澪跪在白色的方塊上，拚命大叫，聲音卻被海嘯般洶湧的回音蓋過，連自己也聽不清楚。

整個空間不斷發出崩毀斷裂的巨響，劇烈搖晃著，幾乎把姜澪甩下通往上方的階梯。

她知道這些以影鬼的力量製成的方塊，不可能支撐太久，一旦影鬼在下方失去意識，或超過了維持力量的距離，整座階梯就會崩落，而自己也會失去逃脫的希望。

快跑！

影鬼把她甩出去之前，喊出的這兩個字，在姜澪的腦袋中無限回響。

她站起身，沒命地朝頭頂上的微小光點奔去。

快跑！快跑！快跑！

「啊啊啊啊……」恐懼和悲傷的淚水不住落下，姜澪的嘴唇間，不由自主地發出無助的哀鳴。心臟怦怦直跳，重擊著她的胸腔，滿溢的腎上腺素在她的四肢奔流，驅使她沒命地向前狂奔。

白色方塊在她的身後，一個接一個碎裂消失。

「我是將參與御靈京大戰的眾多御靈之一，澪。」

初次見面的黑髮男人，以紳士般的語氣，對飽受驚嚇的眼鏡女孩伸出手。

與被自己取名為影鬼的御靈度過的每分每秒，不斷湧入姜澪的腦海。

白色方塊如電影膠捲般，在她前進的腳步下飛速後退。

「澪的安全，有我保護就足夠了。」

當她面臨是否加入魔女陣營的兩難時，影鬼果斷地這麼回答。

接著是影鬼的真實身分，與哀痛且令人震驚的事實。

以及，面對能無限再生的九頭蛇時，握在掌心的黑色鐮刀長柄觸感，耳裡彷彿聽見自己靈化時大喊的回音。

「死神鐮刀・桑納托斯！」

腦海中又浮現出影鬼落寞的身影。

「……抱歉。」

「也許在澪的眼中，我永遠都是可恨的怪物吧。」

不是這樣的……

透明的液體從頰邊掠過，飛散在空氣中。

不是這樣的！

渾沌的風暴在她下方炸開，讓姜澪的腳步一陣踉蹌，她抬起頭，透過被淚水浸溼的雙眼，朝影鬼所在的無底深淵中看去。

姜澪深吸一口氣。

「就算你是死神！是侵蝕生命的御靈！就算你的人格是從傳說中虛擬出來的也無所謂！影鬼！你是……你是……」

一股酸澀感哽在姜澪的喉頭，讓她一時間說不出半句話來。

「你是……我能在御靈京裡頭活下來的唯一理由！」拚了命將氧氣轉換成話語，與空間崩落的巨響對抗，姜澪朝著下方用力大喊：「從現在開始！影鬼就不是只能奪取生命的御靈了！因為……」

因為在這樣的最後一刻，你給了我生命。

千萬呎之下的深淵中，影鬼驀然睜開純金色的雙眼，嘴角露出一抹若有似無的微笑。

「謝謝你，澪。」

白色方塊急遽崩落。

快跑！

影鬼最後留在記憶中的面容，這麼向自己說了。

快跑！

姜澪拚命奔跑著，幾乎感受不到自己的雙腿。

快跑！快跑！快跑！快跑！快跑！

逃出這個可怕的噩夢，逃出這個無底的深淵。

快跑！

正上方的白色圓洞，已經到了可以用肉眼清晰辨認的距離，姜澪緊咬嘴脣，用力跨出腳步。

只差十個方塊！

空間突然傾斜，失去重心的姜澪一下沒踩穩，整個人滑了出去。

「嗚啊！」姜澪勉強用一隻手抓住白色方塊的邊緣，掙扎著重新爬了上去。

剩下九個。

無邊的黑暗悲鳴著，空氣中滿是眾多御靈戰敗時的絕望、悔恨，衝擊著她的意識，讓她的視線邊緣微微發白。

繼續跑，姜澪，繼續跑！

制服的裙襬飛揚。

剩下八個、七個、六個、五個……

姜澪幾乎喘不過氣，大口大口呼吸著。

四個、三個、兩個……

一個？

最後一個白色方塊，在姜澪踏上去之前，碎成一片片，整座樓梯完全崩壞。

姜澪的腳下一空，整個人開始下墜。

她拚命地對著通往地面的白色圓洞伸出手。

「幫幫我……」

淚珠從姜澪的眼角飛散。

「阿雁！」

一隻強而有力的手掌，從圓洞的另一頭穿進來，一把扯住姜澪下落的身體。

「嗚哦哦哦哦！」唐雁差點被下墜的力量，拉得失去平衡。

另一隻較細瘦的手臂，及時探了過來，一起出力幫忙，才勉強穩住重心。

「姊姊……」姜雪踩在地面上突然浮現的白色圓洞旁邊，拚命使勁往上拉。

兩人的手掌交疊在一起，將姜澪的身軀一點一點地拉出來。

姜澪看著在這世界上與她最親近的兩個人，鏡片下方的眼睛中，滿是淚水。

「出來！」唐雁一聲吆喝，卯足全身的勁頭，終於把差點被吸入地脈中的姜澪拔了出來。

白色圓洞迅速縮小。

地脈的吸力消失後，三人在裸露的土地上摔成一團。

「沒事吧？」唐雁摸著剛剛狠撞地面的後腦杓，坐起身來。

「沒事……我沒事……」失去了影鬼，卻奇蹟生還下來的姜澪，一時間，悲傷和放鬆的情緒同時湧了上來，一把鼻涕，一包眼淚的抹在唐雁胸口，讓他忍不住直皺眉頭。

喀嚓。

相機的閃光燈亮了一下。

抱在一起的兩人回過頭。

姜雪拿著從姊姊口袋裡摸出來的手機，無辜地看著他們。

「我只是想說……幫沒什麼男人緣的姊姊留個紀念這樣。」

「小雪……嗚嗚……」姜澪朝妹妹撲了過去，緊緊抱住她。

被姜澪的重量推得摔倒在地，兩團巨大的柔軟物壓在姜雪臉上，讓她幾乎沒辦法呼吸。

「小雪……妳還活著……妳還活著……」姜澪喜極而泣，像是永遠也不要再讓她遇上危險般，用力地將妹妹緊擁在胸前。

「姊姊，妳再抱下去……我才真的要死了啦……」快要窒息的姜雪，無奈地拍拍姜澪的手臂，才讓她稍微放鬆了點。

唐雁放鬆地坐在兩姊妹身邊，露出笑容。

從姜澪身上完全消失的御靈氣息，他大概猜出了事情的端倪。

「老太婆，這個結果還行吧？」唐雁背對著靠在某個石塊旁邊的南，淡淡說道。

女人沒有搭話，只是嘆了口氣。

溫潤的月光，照在用力抱住妹妹的姜澪臉上，連帶著照亮了拚命掙扎的姜雪，還有平靜地望著天空的唐雁。

灰色的薄雲於夜空中緩緩移動，璀璨的星空在頭頂上展開。

「算了，總之……」唐雁將雙手放在腦後，輕鬆地平躺下來，「能活下來，真是太好了。」

「阿雁……嗚嗚……」

唐雁的清閒狀態還維持不到一秒，姜澪就摟著姜雪撲到他身上，一口氣抱緊兩人。

「最喜歡你們了……」把臉埋在唐雁的胸口，姜澪小聲說道。

被強制塞到男人懷裡的姜雪，不好意思破壞當下的氣氛，只好輕摟著姜澪的腰間，臉頰透出一層薄紅。

被姜家姊妹夾擊的唐雁，尷尬地輕咳一聲，揉了揉兩個女孩的腦袋。

仰望著星空，唐雁勾起一抹微笑。

能活下來，真是太好了。

「一個星期前，在藍灣市爆發的不明病毒，目前已受到控制。不再傳出感染者增多的消息，但已有多名市民死傷，專家表示……」

◆

牆上掛著的大電視，傳出新聞主播清朗的聲音。

螢幕下方的新聞跑馬燈，閃出了眾多罹難者的名字：歐陽旭、雷克斯、吉兒……

報紙頭版上則刊登著斗大顯眼的標題——「**破歷史紀錄的大地震！藍灣高中一分為二**」。

唐雁扔下手中的報紙，站起身來，走出少數還堅持著營業的家庭餐廳。

他信步閒晃到街上，藍灣市的商業區，比起兩個星期前，顯得冷清許多。

在旱魃引發的喪屍事件，與那場地動山搖、把藍灣高中校園扯出一條巨大裂縫的地震後，這座小島正受到更上層的政府單位嚴密管控，學校當然也停課了。

原本繁忙的商店街，此時一一拉下鐵門，暫時歇業，所以閒下來的唐雁，也不知道該去哪裡打發時間，只好到處亂逛。

「阿雁。」

熟悉的聲音將他叫住，唐雁回過頭去。

這世界上會這麼叫他的，只有兩個女人，其中一個在失去御靈後，身體面臨迅速的老化，目前住在醫院裡，而另一個……

戴著眼鏡的長髮女孩，開心地在對街朝他揮著手。

「喲。」唐雁也舉手打招呼。

姜澪小步跑來。

難得沒有穿學校制服的她，此刻穿著深藍色的高腰吊帶裙，裡頭是白色的襯衫，裙子的上緣剛好落在胸口下方，形成微微托住胸部的視覺感，讓姜澪本傲人的胸型顯得更為突出。

「阿雁?你怎麼了?」跑到唐雁身前，姜澪疑惑地看著用手指支住下巴，別開眼神的男孩。

「原諒我剛才一瞬間產生的想法，眼鏡女。」

「什麼想法?」

「別多問，妳就說妳原諒我就好了。」唐雁滿臉認真地搭住姜澪的肩膀，語氣沉重。

剛剛她小跑步時，那陣波濤洶湧的搖晃……

「哦、哦哦……我原諒你?」姜澪毫無雜念的眼神，讓唐雁不忍直視。

「話說回來，妳怎麼在這裡?」自然地岔開話題，唐雁抱著雙臂，向姜澪問道。

「我陪小雪出來逛街啊，可是店都沒開，現在她在便利商店上廁所。」姜澪無奈地搖搖頭，「阿雁呢?你在外頭做什麼?」

把雙手背在後頭微微傾身，姜澪偏著頭，用越過鏡片上方的視線，探詢地觀察唐雁的表情。

「沒做什麼，待在家裡太悶了，出來晃晃。」唐雁聳聳肩，主動避開了姜澪的眼神，「沒有要幹麼的話，我也差不多要回去了。」

「這、這樣啊……」姜澪有些喪氣地垂下肩膀。

「拜拜，眼鏡女，幫我跟妳妹打個招呼。」唐雁揮揮手，轉身就想走。

「等、等一下！」不知道哪來的勇氣，姜澪一把扯住唐雁的衣角，把他硬生生拉停下來。

唐雁回過頭，挑起眉毛。

「有什麼事嗎？」

「沒、沒……就是……那個……」姜澪慌亂地左顧右盼，像是在期待有哪個人能跳出來，緩解這時候的尷尬一樣。

唐雁盯著她的眼神，讓她的臉頰愈來愈紅。

「不、不要……老是叫我眼鏡女……」姜澪愈講愈沒自信，洩氣地鼓起臉頰，「我也有名字的好嗎……」

「澪？」

姜澪像是觸電般跳了起來。

「不，不對，這樣叫，就和那隻黑毛的重複了。」唐雁思考了一下，重新開口：「小澪？」

「欸？咦！隨隨隨……隨便你！！」

「妳的表情真有趣。」唐雁看著通紅著臉、眼神慌亂的姜澪，忍不住露出微笑。

喀嚓喀嚓。

兩人轉過頭。

姜雪若無其事地放下手機。

「沒事，我就想說幫姊姊紀錄一下這心跳不已的時刻，你們可以繼續了。」

「那，阿雁……」姜澪滿臉羞澀地把姜雪拉了過來，推到唐雁面前，「你也可以叫她小雪。」

「欸等等，關我什麼事啊！」

沒有理會妹妹的抗議，姜澪嘿嘿笑著。

三人並肩走在藍灣市的街道上。

一根金色羽毛從晴朗的天空中飄落，在風中搖曳著，飛過藍灣市的街道，悄悄落在他們身後的人行道地磚上——

這個世界上，充斥著名為「御靈」的意識體。

因人類文化蓬勃發展，這些意識體經由口耳相傳，在許多「相信」的意念中，漸漸擁有實體和力量。

而御靈們聚集、戰鬥，追求成神夢想的地方……

就叫做「御靈京」。

這是……屬於她與他與祂的，御靈京大戰的故事。

全文完

獨家番外　歡迎來到魅惑時間！

炫目陽光的照耀下，一對白鴿拍動翅膀飛過天空，沿著空氣中光線的折射痕跡，降落在百貨公司前廣場的同伴們身邊。

戴著黑框眼鏡的長髮女孩蹲在聚集的鳥群旁，把手中捏碎的餅乾碎屑輕輕灑在地面上，引來鴿子們一陣啄食。

「喲，眼鏡女，抱歉久等啦。」

不遠處傳來的熟悉嗓音，讓姜澪抬起頭，注意到來人是誰後，她拍拍散落在制服裙襬上的碎屑，站起身來。

「阿雁，你遲到了。」望著小跑步來到面前的唐雁，姜澪不滿地鼓起臉頰。

「抱歉抱歉，老太婆堅持要我出門前先去巡邏一下，所以多花了一點時間。」依舊是白色短袖上衣搭牛仔褲的萬年造型，唐雁雙手合十道歉。

解決姜雪引起的殭屍暴走事件後，兩人此時正處於躲在魔女工坊裡避風頭的狀態。儘管睡床的問題還算好解決——**在某魔女激烈抗議下，校長室的兩張長沙發最後還是宣告主權被奪**——但日常用品的部分就真的得額外購買了。

於是兩人趁著假日的空檔，結伴來到學校附近的百貨公司。

「好！接下來就俐落地把東西買齊，然後趕快打道回府吧！」唐雁捲起雙臂的袖子，露出如臨大敵的眼神。

「阿雁，怎麼感覺你好像很急的樣子啊？」追著唐雁急促的腳步走向百貨大樓，姜澪歪著頭開口問。

唐雁迅速掃視了一下周圍，才悄悄放慢速度靠到姜澪耳邊，用嚴肅的口氣小聲說道：「聽好了，畢竟現在還是御靈京大戰期間，哪裡會冒出敵對的御靈者都不奇怪，這樣的情況下，我們在外頭待愈久就會愈危險，所以最好還是盡快回去。」

「對、對喔……」姜澪猛然醒悟過來，小心翼翼地環顧身邊，幸好熙來攘往的人潮中，並沒有任何可疑的視線投注過來。

「別擔心，雖然我們兩個的力量都還沒完全恢復，但只要謹慎一點就不至於遇到危險……到了，我們要先去幾樓？」

唐雁和姜澪並肩駐足在電梯前，觀察著塑膠牌上的各樓層簡介。

「我的話，要去地下二樓、三樓、六樓和七樓，阿雁呢？」姜澪根據簡介，很快地找到了販賣日常用品的幾個樓層。

「我沒多少東西要買，跟著妳就行。」

「跟、跟著我啊……」不知為何，姜澪滿臉通紅地低下頭。

「怎麼了嗎？」注意到她的臉色有異，唐雁疑惑地在她面前揮揮手掌。

「上樓，上樓電梯——」沒等姜澪做出反應，電梯口的金屬閘門就左右滑開，負責引導客人的電梯小姐絲綢般細膩的嗓音，迴盪在大廳中央。

「沒、沒什麼！我們走吧！」音調往上提了兩個八度的姜澪，邁著機器人似的僵硬腳步，走進敞開的電梯門裡。

唐雁一頭霧水，抓抓頭，跟了進去。

「總、總之先從地下二樓開始逛吧！然然然後一路走上去，阿雁覺得如何？」莫名死盯著「七樓」按鍵不放的姜澪，眼神混亂地提議道。

「可是……這是上樓的電梯欸？」

「咦咦咦？」

「請問要到幾樓呢？」沒等姜澪反應過來，電梯小姐親切地開口詢問。

「既然這樣，乾脆先到七樓，再一路逛下來……」正當唐雁如此打算時，姜澪一把按住他的嘴巴。

「三樓！麻煩帶我們到三樓！」

「好的。」將烏黑長髮整齊盤起的電梯小姐微微一鞠躬，熟練地伸手按下「三樓」的數字按鈕，電梯隨即在讓人全身一沉的加速感中，向上移動。

「先從三樓開始逛的話，待會兒不就又要搭電梯下來嗎？雖然我是無所謂啦……」唐雁抓抓頭，頗為不解。

「我……我就想從三樓開始逛嘛。」眼神不斷游移的姜澪，露出牽強的笑容。

鏘叮一聲，電梯門左右滑開。

「三樓到了，祝您購物愉快。」電梯小姐戴著白手套的手指輕輕展開，引導兩人走出電梯。

「我有時候真的搞不懂妳欸。」

「別這樣說嘛……阿雁……」

雙手插在口袋中的唐雁與跟在他身邊的姜澪並肩離去，留下緩緩闔起的電梯門，與電梯小姐深沉的神色。

◆

「嗯……」唐雁雙手捧著一雙紅黑配色的籃球鞋認真思考，但翻開繫在鞋帶上的標籤後，他不禁發出彷彿被重擊的低鳴聲，無奈地打了退堂鼓，默默將鞋子放回展示架上。

「阿雁，不好意思讓你久等了。」提著幾個大小紙袋的姜澪，小跑步來到唐雁面前。

「這邊東西都買好了嗎？那我們就上樓去吧，妳不是說也想逛逛七樓？」唐雁若無其事地伸出拇指，指了指背後上樓方向的電扶梯。

姜澪像是想起什麼事般，臉龐唰地一下通紅，欲言又止地低下頭。

「這個……那個……」

「啥？」唐雁皺眉，把耳朵湊了過去，這個舉動卻反而讓姜澪慌亂起來，急忙伸手把他的身體推開。

「七、七樓的話，我自己逛就可以了！」眼神已經開始打轉的姜澪，握緊雙手如此說道。

唐雁抬抬眉毛，嘆了口氣。

「眼鏡女，我不是早就說過，畢竟現在還是御靈京大戰期間，隨時都有可能會遭遇敵對御靈者襲擊，所以在外頭活動時還是盡量不要落單，這樣明白了嗎？」

一時語塞的姜澪糾結了好一陣子，才小小聲地說道：「不是啦，阿雁，因為我想要去七樓買……買的是……我的內……內……」

「買什麼？妳說大聲點。」唐雁一頭霧水，他將手掌靠在耳邊，試圖聽得更清楚些。

「內……內……」礙於羞恥感，遲遲無法把完整字詞說出來的姜澪，漲紅著臉陷入進退兩難的處境。

「澪的意思是，她想上樓去添購一些女性的貼身衣物，所以希望身為男性的你能暫時迴避。」

「影、影鬼？」

突然憑空冒出來的高瘦男人，擁有一頭漆黑的短髮與純金色的雙眼，俊美的外表和身穿黑色大衣的模樣，在百貨公司裡格外顯眼。

「請你理解，身為發育中的年輕女性，澪有時常更換貼身衣物的必要性。至於安全的部分，有我跟著應該不必擔心。」影鬼以高階侍者的姿態緩聲說道。

「原來如此，早說嘛。」唐雁掂著下巴，望向姜澪豐滿的胸口，沒有理會她被盯住後，做出「在、在看哪邊」的反應，深深點了點頭。

「妳就安心地去逛吧，我在這裡逛逛運動用品，不會打擾妳的。」唐雁豎起拇指，露出燦爛的笑容。

姜澪滿臉通紅地連退兩步，接著轉身就跑。

「澪，等等我。」

「你們……你們兩個大變態！」

目送影鬼追著心靈遭受巨大打擊的姜澪而去，唐雁放下揮到一半的手，歪頭想了想後，再度豎起大拇指。

「發育得很好喔，眼鏡女。」

◆

在運動用品區四處閒晃的唐雁背後，有道顯眼的人影躲在柱子後方，悄悄窺探著他的行動。

將烏黑的長髮整齊盤起，身穿百貨公司亮粉色制服的電梯小姐，不知為何離開了自己的工作崗位，藏身於暗處監視一個普通的客人。

正確來說，唐雁並不是「普通的客人」。

她在最初見到這對客人時，就感知到男孩與女孩身上強烈的御靈氣息。一路跟蹤過來的電梯小姐，此時終於等到兩人分頭行動的空檔。

「抓到嘍，落單的小狗狗。」電梯小姐的嘴角扭曲成一抹妖豔的獰笑。

原先吵嚷的百貨公司樓層，立刻隨著展開的靜界陷入一片沉默。

正好經過泳裝區，品評大型廣告看板上泳裝模特兒的唐雁，雙肩一震，緩緩回過頭來。

空無一人的展售空間中，高跟鞋敲擊地面的清脆聲響，迴盪在寂靜異常的百貨公司內。

面容絕美的電梯小姐走出轉角，來到距離唐雁約十公尺遠的前方，雙手在腰前交握，露出完美無缺的笑容。

「你好啊，少年。」

「御靈者嗎？有意思。」唐雁高高挑起眉毛，伸展了下垂落的雙手。

敵人居然剛好挑在自己和眼鏡女分開的時候出現，怎麼說也實在太湊巧了，看來兩人早就已經被盯上，對方才能抓準空檔展開奇襲。

唐雁將警戒提到最高點，畢竟對方既然敢主動現身，代表她有了一對一的必勝把握。

「不待在電梯裡沒問題嗎？怠忽職守的話，可是會被炒魷魚的喔！」唐雁無視背後留下的汗水，擠出一抹嘲諷的冷笑。

「請放心，御靈者少年，把你和你的夥伴收拾掉之後，我就會馬上回去工作。」輕輕一鞠躬後，電梯小姐伸手解開盤起的長髮，讓一頭烏絲如瀑布般垂落。

「不，妳沒機會這麼做的，要問為什麼……」唐雁憑空拔出兩柄獵刀，如拉滿的弓弦般緩緩壓低身軀。

「在妳和我正面相對的那刻開始，就已經輸了！」

唐雁猛踢地面，疾風似的身影一閃而過，十公尺的距離瞬間接近。

獵刀交叉的刀光劃過電梯小姐的身軀，將她徹底斬碎。

唐雁的嘴角正要揚起勝利微笑，卻倏地綳緊。

理應碎成數塊的女人身體，卻融化在一陣粉色的流光中，在兩步遠的地方揉合、凝固，重新塑成電梯小姐的模樣。

放下頭髮後顯得妖豔無比的女人，啪嗒一聲解開自己胸前的扣子，以柔入骨髓的語氣輕聲嘆道：

「少年啊，好心提醒你一句，物理系的攻擊對我的御靈可不管用喔。」

「什……」唐雁睜大眼睛。

一口氣敞開胸口衣襟的女人，抬起絕美的臉蛋，在她大大張開雙臂的瞬間，令人頭暈目眩的嬌笑聲猛然貫穿唐雁的腦門。

「陷入無盡的慾望幻境，然後在加速到超過極限的心跳中死去吧！吾名為『魅魔』！」

引人遐想的粉色彩光吞沒唐雁的視線，讓他連追砍魅魔的機會也沒有，只能從護住頭部的雙臂縫隙間瞇眼觀察四周的情況。

過了一陣子後，光芒完全退去，周圍也恢復了原狀。靜界依舊沒有解除，周遭卻也沒有任何動靜，這讓唐雁更摸不著頭腦了。

正當他警戒地環顧四周時，有道婀娜的身影忽然出現，貼到了他跟前。

「唐雁先生，來和我一起玩嘛——」穿著藍色比基尼的火辣金髮美女，輕點自己的下巴，嘟起嘴脣，緩緩靠在他的胸前。

「喂，搞什麼……」還沒反應過來的唐雁，只能眼睜睜看著泳裝美女主動放軟腰肢，撲到了自己懷裡，深邃豔麗的五官貼在他臉旁，吐出炙熱的氣息。

藏身於泳裝美女幻象後的魅魔勾起冷笑，感應著唐雁起伏漸大的心跳。

年輕人畢竟是年輕人，血氣方剛，只是區區幻覺就心浮氣躁，看來這一戰也能像往常那樣輕鬆拿下了。

「雕蟲小技。」唐雁冷然道，獵刀一豎，直接將眼前泳裝美女的幻象劈成兩半。

魅魔及時後退消去氣息，眉梢抽動了一下。

「雖然不知道妳在打什麼鬼主意，但這種照抄廣告模特兒的下三濫幻覺還騙不倒我。」唐雁指了指身後印有金髮泳裝美女的廣告看板，不屑地噴了口氣。

「可惡……臭小鬼，居然敢小看我……」魅魔憤怒地咬牙，手指一彈，「那麼這又如何？」

「阿雁？」

聽到熟悉的叫喚，唐雁回過頭。

隨即瞪大眼睛！

「阿雁，幫幫我好不好……」全身上下僅穿著白色蕾絲內衣褲的姜澪，將雙手交握在胸前，以楚楚可憐的姿態出現在唐雁面前。

女孩頸部以下的軀體可說是一覽無遺，白皙的肌膚、形狀優美的鎖骨、曲線有致的腰肢與大腿，以及幾乎填滿視線、包覆在薄薄布料後方的豐滿存在……

「幫、幫什麼？」腦袋一時間陷入當機狀態的唐雁，反射性地問道。

女孩從眼鏡的鏡片後方抬起水汪汪的大眼睛，紅暈浮上她的臉頰，櫻唇輕啟。

「幫我決定要買哪個款式的內衣……好不好？」

發現唐雁滿臉通紅地別開視線後，幻象姜澪伸出雙手，略為強硬地將他的頭扳了回來。

「看著人家，然後告訴我這樣穿好不好看啦。」

「呃，還、還行吧，一般般。」面對幻象姜澪的軟語央求，唐雁游移著視線，極力保持理智，距離全面性的意識崩壞只差最後一步。

很好！能行！藏身在幻象背後的魅魔暗暗握拳。

讀取對方的意念，將幻象變化為受術者印象深刻的異性，雖然沒料到這麼快就得使出壓箱寶，但幸好這招很管用。

既然如此，接下來就一口氣加強媚術的強度，一決勝負吧！

魅魔手指連彈，額外變化出兩個幻象分身，「奧義．後宮夾擊之術！」

粉色的光芒迸現，兩道全新的身影出現在唐雁眼中——

「阿雁，特別課程開始嘍！」

「學長，不要只顧著疼愛姊姊嘛！看這邊……」

身穿深紫和淺藍色比基尼泳裝的南與姜雪翩然現身，一左一右往唐雁湊了過來，再加上正中間輕張手臂、擺出任君採擷模樣的姜霈，形成絕讚的「姊妹丼」加「巨乳教師泳裝」的夾擊狀態。

一時間，唐雁的視野被動人心魄的美景所填滿，各種搖動彈動晃動的事物拚命搖撼著他的理智，四肢的所有感知神經都被柔軟的觸感包圍，讓他幾乎喪失了所有集中力。

「咕！」唐雁睜大雙眼，幾乎無法呼吸。

此刻，唐雁作為人類的最後一道防線正面臨極大的考驗。

魅魔得勝的輕笑迴盪在靜界的每個角落。

幻象姜霈微微張開薄唇，吐出芝蘭香氣，距離唐雁的臉龐愈來愈近，愈來愈近……

同樣形狀的另一張嘴脣，此時正大口大口喘著氣，衝下靜止不動的電扶梯。

姜澪被汗水浸溼的黑色長髮向後飛散，她三步併作兩步，躍下最後三階，停在籠罩六樓的靜界邊緣，擦了擦頰邊的水珠。

「澪，別著急，貿然踏入展開的靜界很可能會中敵人的陷阱。」藏身在陰影中的影鬼，用冷靜的聲音提醒道。

「我知道，可是……」姜澪咬住嘴唇，緊緊握住雙拳。

察覺到樓層下展開的靜界，多半是出自其他御靈者對唐雁的襲擊時，她就第一時間朝下趕去，但終究還是慢了一步。

「沒時間管這麼多了，我要進去嘍!影鬼，周圍的警備就交給你了。」

「知道了，澪，妳也小心點。」

姜澪深吸一口氣，下定決心往前踏出一步。

「哦?」感覺到自己的靜界被入侵後，魅魔高高挑起一邊的眉毛，隨即用嘴角勾出一抹妖豔的冷笑。

「原來是那個眼鏡小妹啊……好吧，正好我這邊也快結束了，就讓我來送份見面禮給妳吧。」

她伸展了下腰肢，一派輕鬆，經過快招架不住姜家姊妹和南組成的三重誘惑的唐雁身邊，來到正在靜界邊緣東張西望的姜澪面前。

「奧義．後宮夾擊之術!」魅魔一彈指，雙眼圓睜，甫照面就發動了壓箱絕技。

粉色的光芒迸現，兩道背影朝不知所措的姜澪疾衝而去——

赤裸著上身，露出精實肌肉線條的影鬼和唐雁，一左一右環抱住女孩的身軀，將嘴脣靠在她的耳邊輕聲呢喃。

「澪，待在我身邊吧，我是妳的御靈，一切悉聽尊便。」

「眼鏡女，比起老太婆，我更想成為守護妳的騎士呢，把妳的全部都交給我吧。」

影鬼略顯蒼白的肌膚和美男子系的修長身型，與唐雁運動員般的剛健體魄將姜澪包圍，兩雙手臂環繞著，完全沒有給她任何逃脫的空間。

「咦？咦咦？」姜澪呆滯地來回看著眼前的景象，臉龐漸漸通紅，接著噗咻一聲從腦袋噴出過熱的蒸氣。

「看來這邊也是輕鬆搞定了。」魅魔得意地咧開嘴脣。

「嗯？」過了一會，她豔麗的五官才倏然僵住。

低垂著頭，肩膀微微顫抖的姜澪舉起一隻手，針刺般扎人的寒氣聚集在她的掌心，盪出一圈圈波紋。

真正的影鬼苦笑著從陰影中現身，鏘的一聲變化為漆黑的死神鐮刀，任由姜澪握在手中。

「真、真是……」姜澪抬起頭，紅透的臉蛋上掛著氣憤的淚珠，巨大鐮刀高高揚起，漆黑的風暴立刻席捲而出，把來不及防備的魅魔吹倒在地。

「太不知羞恥了啊啊啊啊啊啊！」

姜澪崩潰地大叫，手起刀落，黑色的刃芒一閃而過，天上地下所有事物同時被一分為二。

附在電梯小姐身上的魅魔御靈，以及她所製造的幻象、靜界，全都在瞬間被死神鐮刀劈成兩半。

「怎麼會？為什麼……為什麼魅惑沒有效？」魅魔驚恐的耳語，在還沒得到任何答覆前，便完全消散。

啪咚，維持著揮刀姿勢的姜澪和頭昏腦脹的唐雁，一同掉回百貨公司的地板上。

「怎、怎麼回事？妳怎麼在這……等等，是真的眼鏡女嗎？泳裝呢？」甩甩腦袋解除頭暈後，明顯還不在狀況內的唐雁坐起身來，四面張望著。

「阿雁，東西都已經買齊了，我們走吧。」收起死神鐮刀的姜澪對他伸出手，露出不容分說的微笑。

「可是那個魅魔……」

「我．們．走．吧？」再次加重語氣的姜澪，笑容中已經滲入了些許寒意。

「好、好喔，妳冷靜點啦。」唐雁吞了吞口水，不敢回望姜澪藏在鏡片後虛無的眼神。

◆

黃昏的百貨公司前廣場，姜澪、影鬼與唐雁一同踏上歸途。

實體化的影鬼望著把臉藏在雙手後面的姜澪，還有邊搔著臉頰邊跟在她後面、滿臉尷尬的唐雁，露出平淡的微笑。

「喂，你知道眼鏡女是怎麼回事嗎？她好像怪怪的……」唐雁放慢腳步來到影鬼身邊，小聲探詢道。

「很抱歉，我無法回答這個問題。」影鬼避重就輕，淡淡說道，接著展開一抹藏不住的微笑，「不過我有個建議要給你。」

「建議？」唐雁一頭霧水。

「奉勸你一句，之後還是不要在澪的視線範圍內隨便脫衣服才好，否則的話……說不定會招來殺身之禍喔。」

「殺身……」

看了眼一時說不出話來的唐雁，影鬼終於無法掩住自己上揚的嘴角，化為一縷黑煙鑽回姜澪的影子中。

番外完

作者後記

大家好，我是散狐！

感謝看到這裡的各位，這還是我首度在實體書的平臺上與大家見面，希望你／妳會喜歡這部作品。

首先，我必須說一句，這本書是我第一次在寫完的時候，如此鬆了口氣的作品，沒有之一。

雖然平時固定會在網路上的平臺張貼連載，但原名《御靈京》的本書創作過程一波三折，壓力完全不是平常隨興寫文章時可比的。

這部講述各路妖怪打架的故事，是散狐寫來參加 POPO 原創市集舉辦的「2018 POPO 華文創作大賞」的作品。

但因為比賽期過了一半才決定參賽，只有別人一半的時間可以創作，所以全程都火力全開地在飆車，完全沒有半點鬆懈，好不容易才在比賽截稿死線的前幾個小時，把最後的章節丟上去。

按下上傳鍵的那刻，有種剛完成整組體能訓練，做完最後一下伏地挺身時的暢快感，當然還有滿滿的疲勞。

但光是能好好把手中的孩子送上更高的舞臺，當下的心情就是無比快樂的。

好了，比賽的部分先聊到這邊，接著，我想來說說有關這部作品的事情。

「御靈京」這個奇幻都市大逃殺的概念，出自於散狐之前玩的一款吃雞手遊。我那時候就想，把一堆妖魔鬼怪塞在人類的都市裡面，來場精彩刺激的大逃殺，感覺好像會很好玩？這部作品的基本概念就大致定型了。

各派人馬各自用不同的方式，在這片腥風血雨中，試著活下去。有些人龜縮不出，有些人英勇善戰，也有些人連狀況都搞不清楚，就誤打誤撞地活到最後了。各種戰術、戰略、戰鬥、特殊能力、冷兵器、熱兵器攪在一起，成為一場場刺激緊張的奇幻大戰，這就是我想呈現出來的劇情風貌。

希望之後還有機會能以同樣的世界觀，來創作更多以各式各樣不同的「御靈京」為舞臺的作品，如果順利成真，到時還請各位多多指教了。

那麼，礙於篇幅，也差不多進入例行的感謝時間了(編輯有命，後記不能寫太長，否則依照散狐平常話癆的個性……嗯……)。

首先我想感謝 POPO 原創編輯部的編編們，不辭辛勞地辦了這樣的比賽，並在出版的過程中不斷對經驗不足的散狐伸出援手，沒有這些幫助，這本書就沒辦法順利問世，謝謝你們。

接下來我想感謝那些雖然我可能不知道，但卻始終相信散狐能成功的人們。在連自己都開始懷疑自己的時候，一想到還有人依舊相信我能扭轉情勢，就讓人忍不住產生「感覺還能再試試看」的能量，謝謝你們。

我也想感謝從網路時代開始，就一直支持散狐的夥伴和讀者朋友們，因為有你們的一路相伴，我才能在短短兩年多的時間走到這裡，真的……非常感謝！

最後，再次感謝看到這個地方的你／妳。

不論你／妳拿起這本書的原因是什麼，很高興我們能在此時此刻相遇，希望這部作品能帶給你／妳足夠的樂趣，如此一來，我就心滿意足了。

我是散狐，期待之後能很快地再跟大家見面喔！

那麼，到時再見啦！

散狐

國家圖書館出版品預行編目資料

她與他與祂的召靈大逃殺 / 散狐作 . -- 初版 . -- 臺北市：
POPO 出版：家庭傳媒城邦分公司發行，民 108.05
面； 公分 . -- (PO 小說；35)
ISBN 978-986-96882-6-0(平裝)

857.7 108006095

PO 小說 35
她與他與祂的召靈大逃殺

作　　者／散狐
企畫選書／高郁涵　　行銷業務／林政杰
責任編輯／高郁涵、吳思佳　　版　　權／李婷雯
總 編 輯／劉皇佑

總 經 理／伍文翠
發 行 人／何飛鵬
法律顧問／元禾法律事務所　王子文律師
出　　版／城邦原創 POPO 出版　城邦原創股份有限公司
台北市中山區民生東路二段 141 號 6 樓
電話：(02) 2509-5506　傳真：(02) 2500-1933
POPO 原創市集網址：www.popo.tw　POPO 出版網址：publish.popo.tw
電子郵件信箱：pod_service@popo.tw
發　　行／英屬蓋曼群島商家庭傳媒股份有限公司城邦分公司
聯絡地址：台北市中山區民生東路二段 141 號 11 樓
書虫客服服務專線：(02) 25007718．(02) 25007719
24 小時傳真服務：(02) 25001990．(02) 25001991
服務時間：週一至週五 09:30-12:00．13:30-17:00
郵撥帳號：19863813　戶名：書虫股份有限公司
讀者服務信箱 email：service@readingclub.com.tw
城邦讀書花園網址：www.cite.com.tw
香港發行所／城邦（香港）出版集團有限公司
地址：香港灣仔駱克道 193 號東超商業中心 1 樓
email：hkcite@biznetvigator.com
電話：(852) 25086231　傳真：(852) 25789337
馬新發行所／城邦（馬新）出版集團 Cité(M)Sdn. Bhd.
41, Jalan Radin Anum, Bandar Baru Sri Petaling,
57000 Kuala Lumpur, Malaysia.
電話：(603) 90578822　傳真：(603) 90576622
email:cite@cite.com.my

封面插畫／天由　　封面設計／塵千煙
印　　刷／漾格科技股份有限公司
經 銷 商／聯合發行股份有限公司
電話：(02) 2917-8022　傳真：(02) 2911-0053

□ 2019 年 (民 108) 5 月初版　　Printed in Taiwan.

定價／ 260 元
 ISBN 978-986-96882-6-0
本書如有缺頁、倒裝，請來信至 pod_service@popo.tw，會有專人協助換書事宜，謝謝！